荨麻

QIANMA

夏茗悠 著

江苏凤凰文艺出版社
JIANGSU PHOENIX LITERATURE AND ART PUBLISHING

CONTENTS

目录

就算是会消逝的梦境，
也希望能在记忆里埋一点美好的化石。
你拉过我的手，
你和我说一个校园童话，
你对我笑了。

我开始意识到喜欢一个人的意义。

也许对方是谁、差距多远、走不走在一起都不重要，

重要的是，我能借助这种喜欢的力量。

第一话

QIANMA

混日子你都嫌辛苦

[1] “你是瑶池仙女”

从家出发，去大学报到，不过二十多公里的距离。

本市，不同区。

缺了火车站、机场的送行环节，没有仪式感，只剩琐碎的烦躁。

早高峰的地铁车厢里，人和人挤着挨着，皮肤擦过皮肤，脚跟脚尖争夺站位。这种环境中，我拖了个装随身衣物和洗漱用品的行李箱，像难民。

我最怕在人群里显得格格不入。

怕什么来什么，挺奇妙的。

行李箱还是小事。

我从小不聪明但很用功，学业马马虎虎过得去，中考咬咬牙考上了市重点，不过我们东海的市重点有二十多所，这也就不算特别值得吹嘘的履历了。

高中三年我在最差的班级混个中等，年级六百多名，高考参加艺考上了东海大学，表演系。

东海大学是国内排名前三的学校，表演系听起来又是美女云集之所。虽然文化课录取线差了四百分，将来毕业证上盖的也是东海大学的章，和其他专业没区别。顶级学府加艺术光环，却没有锦上添花。

学表演最优秀的那批都去了专业院校，接下来又被各大名校艺术学院捞走一批，东大艺术学院才成立两年，在其中只能算末流，没出过荧幕上脸熟的演员，算不上什么令人骄傲的出处。

聚焦到我自己身上就更离谱了。

我是个体弱的胖子，脸色苍白，黑眼圈，头发少，表情很不丰富——甚至无法成为一个搞笑艺人。

为什么能取得进入表演系的资格呢？

报名艺考时，以为这项去年文化课录取线两百来分的专业特别冷门，竞争会没那么激烈。谁料到了现场一看，至少有70%漂亮女生。我当场吓得说不出话，说不出话却进了录取门槛，这让人不得不怀疑考官老师怀着恶趣味，想看看一个胖子在美少女的环绕下如何出丑闹笑话。

如今的电视剧需要胖子特型演员吗？不，电视里的胖子也是用美女加特效塑造的。

这就好像四年缓刑，我想象不出四年后从这个表演系毕业能找到什么工作。

爸爸妈妈看得开，说按我们家晓晓的性格，找个文秘工作肯定没问题。

那为什么当初不直接报考文秘专业，非要搞成半路出家？

我不是没懊恼过，但本着乐观主义阿Q精神，东海大学的校训是“苟利国家生死以，岂因祸福避趋之”，和我这赶鸭子上架的处境还挺契合的不是吗？

如果知乎有人问“一步登天是怎样一种感受”，现在我还能分享心得。

脚踩在云上，心是虚的。

高中时学校有个A班，主三门课年级前三十五名的优等生都在里面，行走在校园常年眼睛看天。每届的这三十五人，除了五六个零志愿被清华北大录取，剩下一大半进东大，一小半进东理工。

想到自己未来的同校同学全是从前A班那副傲慢样，心里就发怵。

和高中时还不一样，高中时不管选科如何走班，成绩接近的人才会同班，我怎么也不可能和A班人一个教室上课，属于井水不犯河水，活在两个次元。

但东大是个综合类大学，通选公选都是全校选课，前后左右的同学，都会是A班人那类。

军训时我就有体会了。

军训按文科学院分的连，宿舍二十人一间。我运气不好，没遇上一个同系同专业的。奇怪的是，她们明明也还没入学，却对东大的名师名人了如指掌，经常谈论大牛们的传奇事迹，琢磨如何才能选到蹭到名家大课。

这种学霸话题，我压根插不上嘴，日常话题，我也怕露怯，夜聊只跟着捡点零碎，怕过度八卦暴露了不学无术的本性。

将近半个月，没交朋友，比往日更沉默，每天只盘算一件事：多吃点米饭扛饿，最好再抢几勺番茄炒蛋。

地铁车窗外牙膏广告上女孩的笑容颇有感染力，明亮耀眼。

但LED屏幕画面始终保持频繁闪烁。

是肉眼可见的闪烁。

握着扶手的掌心渗汗，打滑。

我换了只手，想去抓另一侧，却被人挤得失去落点，列车还正好开始刹车，这让我差点朝前飞出去。

阳乐棋眼明手快拽了我一把，瘦高的身形瞬间把来自牙膏广告的光遮了个严实，他松开手冲我一笑，又不经意把光线让了出来。

阳乐棋没有大件行李，跟我同一天报到，是正经的东大生，工学院。

我们俩初中就是同学，高中不同班。他成绩好，就在那个传说中的A班，可我觉得他是个非典型A班人，没什么傲气，也没什么距离感。

阳乐棋也不见得非常爱学习，不过脑子灵光，学什么一遍就会，考试好一阵歹一阵，常挨打，一边调皮捣蛋，一边把我读不懂的书学完了。

初一时我爸爸工作调动，举家搬迁，我从北方转学到东海。和北方不同，东海这边六年级归在初中，我初一才来插班，很难融入已经形成的小团体，终日独来独往。只有同桌的女生易然偶尔会对我说上两句“英语作业也太多了”，我就点头附和，说些类似的话。

这样过了三个月，语文课推荐课外读物的活动轮到了我。

我准备充分还是难免紧张，前夜没睡好，顶着两个比平时更严重的黑眼圈上了讲台，讲得支支吾吾，阳乐棋恶作剧地在台下学我说话。

北方话后鼻音比较夸张，我每说一个这种字，阳乐棋就怪腔怪调学一个，好几个男生跟着嗤笑起哄。我被哄得汗流浃背，头晕目眩跌下去坐在台阶上，在啜泣间大口喘气，语文老师和前排的几个女生扶我起来送去医务室，男生们面面相觑。

第二天午休时，阳乐棋被易然硬推过来，嬉皮笑脸挠着头给我道歉。他说自己是小学时从湖南来东海读书，也因为口音有别被同学们开过玩笑，从来没当回事，还觉得挺好玩的。

我已经能够平静地喝着热水，说些谅解性质的场面话，怪自己心理素质太差。

阳乐棋道歉归道歉，并不悔改，后来还是老学我说话，只不过再也没有当众。

整个初中阶段，阳乐棋和易然是我仅有的两个熟人——算不上什么友谊，特别是和阳乐棋的联系，几乎是他单方面的努力。

高中时易然考上东海附中，学业特忙，跟我联络没从前那么频繁，高中的走班制也不利于我结交新朋友，再加上阳乐棋父母都很热情，只好认下他这个朋友。

谁知大学军训汇报演出那天晚上，阳乐棋突然发微信把我从宿舍叫下楼告白。

我略一思索，认为其中有诈。

青春电影里不是常有那种情节吗？丑小鸭被最受欢迎的男生告白后正热泪盈眶，他的狐朋狗友会突然跳出来大肆嘲笑，阳乐棋搞出这种恶作剧一点也不奇怪。

识破了他的诡计后，我控制住自己的表情，沉着地点点头，准备在他的朋友们跳出来后再加一重反转，板着脸告诉他们我也只是开开玩笑，棋高一着。

但什么也没有发生。

阳乐棋喜形于色地走了，剩下我一头雾水。

恶作剧的揭晓被延迟，也许意味着恶劣程度的上升。我开始惴惴不安，交往是怎么回事，接着要怎么办？约会吗？和阳乐棋？在他完成对我的戏弄前我们得假装多久，做些什么？

问号变得更多了。

军训宣誓就地解散后，我卷着行李仓皇逃跑，没等阳乐棋。

开学前放假的那几天，阳乐棋叫我去看了一次球赛，我约了阳乐棋看电影却没能成行。阳乐棋暑假跟两个哥们儿组了个队去参加三人篮球赛，不是在比赛就是在练习，还得了挺靠前的名次，一直没淘汰。

因为忙碌，我们只见过这一面，通过几次电话，发过不少微信，还和以前做朋友一样。

我渐渐从惊弓之鸟的状态恢复正常。

但是刚确定关系的情侣就不复相见果然不对劲，这证实了我的猜测。

等待另一只鞋掉下来的滋味不太好受。

东大主校区地处城市西南一隅，距离市中心也是二十多公里，地图上和我家形成一个等边三角形。学校周围有点荒凉，除了别墅区就是农民工聚集地。

校内倒是环境优美，不过眼下开学第一天，广场和道路被各学院搭的迎新棚子分割得乱七八糟，有碍观瞻。

阳乐棋帮我拖着行李箱，陪我从最南走到最北，没找到艺术学院摊位。

他又低头看看手机，检查一遍我通知书上的报到校区。

我踮着脚挤在一边跟着看，校区没错。

一条微信正好切进来，是他妈，内容就很短的一句话："你和晓晓报到顺利吗？"

他皱着眉飞快地把通知划走，没打算回。

这时又发现还有一条未读微信。是我妈妈，阳乐棋点开。

"阳阳，晓晓说箱子放不下，死活不肯带枕头，要在学校附近买。我怕她挑不对，你晚上忙完了陪她去一趟商场，她一直睡的是慢回弹的枕头，太高了会落枕。"

我妈的微信他不敢不回，快速输入发送出去："明白了阿姨，您放心。"

还加了个可爱表情。

"工学院，就在这儿。"我指着五米开外的摊位给他看。

阳乐棋抬起头，眯起眼看看招牌。

我追了一句："先陪你报到。"

"不行，我妈教育我任何时候都要让女士优先。"

"所以你妈立志把你养成女孩。"

阳乐棋被我噎得哈哈大笑。

我经常揶揄他异性缘好、爱和女孩玩，小姐姐小妹妹一堆，按社交属性分类，他可能就是女生。阳乐棋都习惯了。

其实更主要的原因是我已经走得满头大汗，不完成个阶段性目标有点泄气。

阳乐棋刚抬起手，我立刻掩着额头闪开，也习惯了。

"你别弹我脑门儿，我现在……"话说到这里突然打住。

阳乐棋边走边转过眼问："现在怎么？"

化妆了。我说不出口。

虽然外貌欠佳，但也不代表我就放弃了形象管理。

很多人会以为胖子自律性差，控制不了饮食又缺乏运动，用"好吃懒做"一言蔽之，我无法不感到委屈。我并不贪吃也并不懒，高考后我花了一个月节食，每天除了水煮蔬菜什么都不吃，最后上秤一量，才减了三斤，相对我的体重杯水车薪。

军训期间我也注意涂抹防晒，可还是黑了两度。所以开学第一天，我抹了点粉底，还戴了美瞳刷了睫毛膏，再复杂的妆我也来不及学了，先将就用着。

阳乐棋对此没有研究，绝对看不出来。

要我“自首”，也挺难为情的。

很多人对化妆这种行为也持消极看法，想当然地认为只有美女才有资格化妆，丑人化妆徒劳无功，而美女不化妆也天生丽质，归根结底，大家都应该不化妆才对。那些可以化妆打扮后依然颜值抱歉的人难免会听见隐形的窃笑声。

让阳乐棋知道我偷偷化了妆，说不定会挂在嘴边嘲讽一年。

我把后半句咽了消化一下重新吐出来：“有偶像包袱。”

话没说完，脑门儿就被无情地弹了。

“嗯，手感不错，今天脸皮厚了点。”阳乐棋开着玩笑。

“你……”

因为粉底吗?

这也不好反驳。

工学院报到处，几个学长学姐正忙着帮新生登记办手续，阳乐棋排进报到队里，一边和我聊天一边慢慢前移。

到了跟前，轮到一个学长接待，抬头对他友好地一笑：“叫什么名字？”

“阳乐棋。”

学长对照手里的列表清单：“先把……录取通知书、档案、家庭情况调查表这三样给我。”

阳乐棋从包里找出材料依次递过去，学长与他核对，又拿起一份表格递给他：“在这上面找找你自己的班级和寝室。”接着他看向我，“你呢？”

阳乐棋回头看我尴尬，急忙解释：“哦，她是我女朋友孟晓，艺术学院的。”

“艺术学院啊。”学长换出张瞧不起的脸，话里带刺地调侃，“有人说过你是锦鲤吗？不用很累很努力就成了东大人。”

我把期待的眼神投向阳乐棋，希望他能替我回应，但他显然很忙，甚至没有听见这位学长说的话。

我只好硬着头皮低声答话：“我不喜欢被这么说，把我们归到有钱就上的二级学院一类，像故意不劳而获。”

学长一愣，转而笑起来：“你们艺术生只要专业过了，对文化分没什么要求吧？”

我底气掉了一半，细声道："不是的，先按专业排名，再按照高考分数择优录取。"

"那你高考分数多少啊？"

"没多少……"

学长饶有兴趣状："我记得艺术类录取线一直挺低的，也就……两百多分？"

我感到异常地尴尬："我不记得了。"

可这学长不依不饶，立刻拿出手机搜索："上网查一下不就知道了。才265分呀，孟……晓，招生三十人，你专业排名三十？265分的是你吗？"放下手机后更阴阳怪气了，"哦哟，两百多分拿东大毕业证。这不叫'不劳而获'，难道叫'实至名归'？"

我咬了咬下唇，低声嘟哝："也不是我想拿那个证。"

学长一拍手，调笑道："哎哟我的天哪，怎么什么话都让你说了呢。你进了东大门，四年都是东大人，毕业了和大牛们领一样的证，实实在在的好处。二级学院人还花钱给咱们建楼了呢，你花什么了。本来东大要丰富学科，你们要名校头衔，各取所需的事儿，我们也不想说什么，可你不能又当又立还去踩别人吧，多虚伪呀。"

我不知道自己脸上是什么表情。

学长唤回低头找寝室压根没跟上这边对话的阳乐棋问："阳乐棋你高考多少分儿？"

阳乐棋也没抬头，随口答："593分。"

一旁的学姐整理着文件插嘴："这届新生的分数普遍高啊，进我们院系的最低分都是587分。"

学长说："听说今年东海卷题目简单。"

"是啊，我去年才考了579分。你考了多少？"

这提问正中下怀，学长自豪地拔高音调："我又不是东海的，我全国卷，满分750分，我730分。"

学姐惊讶："厉害嘛！"

阳乐棋崇拜地从纸页上抬起脸："那学长你得是状元吧！"

他肯定不是状元，不然早吹上天了，不过他得了恭维还是心满意足，回头对快要缩起来的我笑了笑："看，你考两百多分儿，想要五百七百分儿的待遇。占了便宜还要尊重，妹妹你不是锦鲤，你是瑶池仙女。"

我脸上一阵热，拽拽阳乐棋小声说："我们院好像在那个方向，我先去报到了，待会儿见。”

阳乐棋到最后也没听出学长对我的嘲讽，神经像麻绳编的，说：“好啊你先去，等我弄完去找你。”

我拖着行李箱飞快地逃出很远，忌惮地回头朝那学长瞥一眼。

从窘境里脱身才回过味来，这学长情绪激动时说话的调调怎么妖里妖气的。

原来是个妖，难怪要嘲讽人家仙女。

[2] “有什么实质性进展？”

我在学校里绕晕了，明明记得刚才经过了第五食堂，兜兜转转一抬头，又看见第五食堂的招牌。行道树在视野里舞动起来，树根拱出地面，楼体的边缘也跟着弯曲。

我突然恍惚，汗水大颗大颗顺着脸颊滑落，强烈的胃痉挛接踵而至，使我不得不跌跌撞撞摸向路边，找食堂门口的台阶席地而坐。

我无法呼吸，颤抖不停，沉溺在濒死的感觉里，四面八方的建筑朝这边移动、碾压。很快有路人注意到我的异常。

“同学，你还好吗？”女生的声音仿佛从极远处传来，我很想回答却回答不了，这个瞬间，我离开了自己的身体慢慢飘向树梢，难得轻盈。

我俯瞰校园，看见一群友善的同学围着自己，害怕自己会突然爆炸惊吓到大家。

地平线像海浪一样起伏，连道路尽头墙上的涂鸦都龇牙咧嘴露出嘲讽的笑。

我十分确信自己已经死了，灵魂在低空游荡，随风颠簸摇曳。

约莫过了五分钟，我重新回到了身体里，虽然还有点虚弱，但幸运地复活过来。

确认我身体无碍后，聚在身边的人逐渐散了。

我又怔怔地在台阶上坐了一会儿，回想刚才的一切，心有余悸，初中那次语文课发言沦为笑柄时的感受又出现了，比上次还剧烈。

出师不利。这是开学第一天。

我白着一张脸，慢吞吞地拖着行李箱，往方才围观同学给我指的艺术学院报名点方向走去，摊位上是两个学姐，没有男生，这让我松了口气。相较而言，我更不擅长和男生打交道。

我跟着报到队伍慢慢挪动，更幸运的是前一个新生刚离开，学姐就注意到我，不需要我斟酌开场白，学姐就主动问：“同学你叫什么？”

“孟晓……孟浩然的《春晓》……那个……”

“找到了。”学姐善解人意地抬头冲我微笑，缓解我的尴尬，又迅速在寝室分配表上指出我的名字，“你住这里，45楼408。把报到材料给我吧。”

我乖乖照做，瞬间喜欢上了她。

对方动作麻利地完成所有材料核对，将校卡和新生手册递给我，一一嘱咐：“这是饭卡，除了吃饭还能刷校医院，第二食堂比较好吃，就是离我们宿舍楼有点远。这个是新生手册，没什么重点，可以忽略。”

我认真听着，偶尔拘谨地点点头，正往书包里塞没重点的新生手册，又来了一个学姐，拍拍面前坐着的这个说：“辛苦啦，剩下的我来吧。”

面前这个一边起身一边说：“那我先去找宿舍了，学姐们有空来玩。”

“晚上去找你。”

我一时没跟上剧情，没搞懂她们之间的关系。收材料的学姐忽然从桌下拉出个行李箱，对我说：“我们走吧。我们在一个宿舍。”

我视线追着她走，惊诧得忘了胆怯：“你也是新生？”

“是啊，不像吗？”她笑着问。

还以为她至少是大三的学姐。

我摇摇头，这才重新认真打量她，她瘦而结实，穿一条半透明绉纱的碎花连衣裙，大面积地袒露出胸和长腿，既不艳俗也不小清新，浓烈得夺目，自然卷的黑头发像瀑布一样浓密厚实，一动就散发出香水味。

她不像是会出现在我身边，而像是会出现在大幅海报上的那种人。

她愉悦欢快的雀跃声调也让人自惭形秽：“刚才只是学姐上厕所去了，我帮忙搭把手。我叫钟凯昕。”

我们俩沉默着拖着箱子走出几步，她又打开话匣：“我好像在哪儿见过你……你是不是拍过广告？”

“哎？没有呀。”

“大概我们上小学那时候，有个广告……嗯……四五岁小妹妹和小狗狗追来追去唱着歌的卫生纸广告，没拍过吗？”

我知道她说的是哪个广告，高一时我的语文老师也提过我长得像那个圆乎乎的小朋友，但只是长得有点像。

我提醒她：“你上小学的时候，我应该也上小学了，怎么可能四五岁？”

“哦对，说得也是哈哈哈。”钟凯昕乐呵呵地挠挠脑袋。

我弯起眼睛，我们可以聊这么轻松的话题，或许我能和她成为朋友。

在社交方面，我总是近乎碰运气，碰上阳乐棋这样性格活泼热情主动的人能和我多说几句话，或者碰上易然这样同样不活跃的愿意和我一起慢热，这种概率不高，钟凯昕看起来更像前者，而我只能坐在原处静待对方行动。

我很早就意识到，自己性格有点问题，比起四处交际更适合安静独处，而这种想法也使我的羞怯愈演愈烈，减少社交后，我变得更加不善于社交。在一些不得不进行社交的场合，我发现自己已经连说话音量都控制不好，当我放松下来时很容易出现失控的高音，把自己都吓一跳，继而红着脸彻底陷入沉默。

前两年我还羞于承认，最近越来越多人半真半假地自称“社恐”倒是让我松了口气。内向、孤僻听起来都带着负面含义，而“社恐”听上去却只是一种流行。我终于可以放下自我纠结，不再时刻想着这件事。

我希望爸爸妈妈也别再一脸担忧地催我“学会和人打交道”，希望能一个人待着而不被揣测内心阴暗，希望好朋友能自己送上门而不用我没话找话地去努力攀附，希望不再有必须成为人群中焦点被评头论足的出丑活动……

一想到未来四年要学的专业是表演，我就生无可恋，可是考虑高考志愿时我别无选择，仅有的两个朋友都一定能考上东海大学，为了跟随他们只能走这条超低分的捷径。

往宿舍去途经奶茶店，钟凯昕提议买杯饮料，我并不渴，但不介意守着两个行李箱站在台阶下等她。

钟凯昕靠着柜台随口跟我闲聊：“今天太热了，人都快化了。”

“是啊，气温有四十度……”我小心翼翼地附和。

道路对面传来高亢的呼喊：“晓晓！孟晓！孟——晓——晓——”

不用猜也知道是易然。我不喜欢在大庭广众下被喊名字，这让我感到招摇和尴尬，但我不怪易然，因为知道易然和我有相似的毛病——对说话这件事不够娴熟，当她兴奋起来就很难控制音量，她不是故意的。

与此同时，钟凯昕在身侧对店员点单：“我要一杯冰的茉香奶绿，不要奶盖。”

我暗暗羡慕她能对点单如此得心应手，并开始幻想，如果能和她成为朋友，点单这种事就能顺理成章交给她代劳。

从前我和易然总是互相盼着对方能代替自己迎接这种挑战，两个人时常在麦当劳耗上半天，互相推诿，最后用猜拳和赖皮决定由谁去和店员交涉。

大多数时候——如果店员是男生，或者店员长得凶，或者他们看起来太忙碌——我和易然就会放弃点单，出门去找一家便利店，从货架上自取两个饭团，无声地排队结账，尽量避免和陌生人产生复杂的纠缠。

而此时，我责无旁贷，必须介绍钟凯昕和易然认识。

好在钟凯昕亲和力强，大大降低了这事的难度，等我话音一落，她就主动接过话茬问易然："你哪个院的？"

"我数院。"

"哇！"

这语气词的隐藏意义不言而喻，数学是东大的王牌专业，我也跟着为此骄傲起来。

说话间两个男生经过我们身边，一片耀眼夺目的白色从眼前掠过，是夏日阳光直射下白T恤的一角，我的目光却没有像钟凯昕那样追随过去。

年轻的店员拿出菜单对他们介绍："建议尝试一下我们的开学新品。"

而眼前，易然发出邀约："星期六下午陪我去大悦城参加见面会吧。"

"可我跟阳阳约了看电影。"我说。

"真交往啦？我只出去旅游两个星期你们就搞这么大新闻。"

"哈哈，他告白太突然，我也来不及跟你商量，一上头就答应了。"

"然后呢？有什么实质性进展？"

"没有，那天到现在我们才见了一面，今天是第二面。"

"那是怎么回事？吵架了？"

"没有啊，也没吵架，他就是一直在和朋友练球，叫我去看他打球，我又觉得太晒。"

"啊？你们俩怎么搞的？"易然不经意往钟凯昕那边扫一眼，突然压低了音量，用近乎气声继续说道，"开始了交往又各忙各的，连面都不见，太奇怪了吧，不是因为喜欢才交往的吗？难道互相喜欢的人不会想天天腻在一起？"

"不知道呀，我之前又没有谈过恋爱。我还想问你呢。"

"所以我才说你们奇怪。"易然续过之前的话题，"你们星期六看什么电影？"

"《杀人独白》。"

"不是我说，正常的情侣约会该看爱情片。"

"我想看嘛，想了一个月，约阳阳他老是不来。"

"好像已经下映了。"

"院线没了，但学校下映晚一点，早上我路过礼堂，看海报写星期六还有最后一场……”

“好吧，不去算了，下周我们再一起出去。我寝室还没收拾，先回去啦。”

“嗯，拜拜。”

易然离开后，我回头去看钟凯昕是否已经拿到她的奶茶，却见她正笑盈盈地咬着吸管朝不远处深情注目。

钟凯昕用下巴往前点了点，道：“看见没？叶尧、裴弈。”

“嗯？”又过了两秒，我才反应过来她念的是两个人名，顺着她的视线往前看去，只见两个男生的背影，就是刚才跟在钟凯昕身后买奶茶那两个白T恤，可我一直没抬头看过脸，我的眼睛通常只能徘徊在别人胸前。

仿佛心灵感应似的，其中一个男生回过头来。

我的神经像含羞草那样因为受到突然的刺激而蜷缩起来，替钟凯昕羞怯，没想到人家压根不当回事，落落大方地高举手臂朝他挥了挥，同时凑近我耳边说：“前面那个叶尧，建筑学院大帅哥，你觉得他帅还是顾浔帅？”

“顾浔？”傻瓜似的重复，我以为她指的是另一个没回头的，“我没看见脸。”

钟凯昕无语，不得不转头对我把前因后果交代清楚：“军训那会儿的钢枪连你知道吧？所有被选进去的男生身高都在一米八以上。叶尧是里面最帅的那个。”

我赶在对方把脸转回去之前匆匆一瞥，男生似是对钟凯昕克制地展露了一点微笑。

酸涩感忽然漫过了我的鼻腔。很羡慕他们，漂亮，明朗，坦然的样子，仅仅是在奶茶店碰过面就能彼此留下深刻印象，像种子落入肥沃的土壤，不需要刻意的灌溉就能长出参天大树。而我做不到，卑微笨拙的我竭尽全力也做不到讨人喜欢，人们把目光投向我的唯一原因是觉得我怪异准备嘲笑。

我失落地点点头：“那顾浔又是谁？”

钟凯昕一手奶茶一手行李箱动身往前走：“一个男的，都说是校草，不是我的菜。没听说过吗？你军训的时候都在干吗了？”

“在……在防晒啊。”

[3] “混日子你都嫌辛苦”

过了两天，选课试听都走上正轨后，在去教学楼的路上，临时帐篷又被支了起来。社团们开始招新了。前辈们为了“揽客”使尽浑身解数，发传单是最平常的，还有很多社团发的是一口一个的点心。

整条校园主路上，同学们随手接过陌生人递来的食物塞进嘴里，连基本的戒心都没有，这种奇观让我头皮发麻，大家从来不看法制节目和推理小说吗？

有人用一次性餐盘给我递来一块长宽高大约一寸的小蛋糕，我轻轻摆手礼貌地拒绝，略侧过脸，身边的凯昕已经吃上了。

为表谢意，她应邀驻足听他们介绍自己的社团，并频频点头露出感兴趣的模样，等到要决定是否加入时，她拿起一张传单说“再考虑考虑”。

我站在一旁认真观察她的优雅和舒展，希望能从中学到点什么。

我有种奇怪的感觉，凯昕好像知道我的企图但她并不反感，反而拿出了示范的姿态，有时她为了让我看清细节甚至已经接近使用慢动作。

我从前那两个朋友从来不能为我提供这种学习素材，他们处于两个极端，一个和我一样拘谨局促，一个又过度没心没肺。

“你想加入什么社团？”凯昕问我。

“正常点就行。”我的实际意思是，让我显得正常点就行。

又往前走了几步，我们看见了文艺部的摊位。按我的经验，地理位置与心理位置息息相关，在学校两条主干道交叉口的摊位拥有一席之地的组织，肯定是官方视野中的主流，反例就是开学迎新时的艺术学院。

但这个文艺部有点冷清，大概因为它是学生干部据点，不像民间社团那么自由活泼，没出引人驻足的点子。我倒很庆幸不用再次拒绝递到面前的食物。

也只有自称部长的学姐在对凯昕卖力地阐述文艺部的好处——“平时闲得很，有活动的时候会忙一点，另外每周五会象征性地开个例会。”

我领悟它与其他社团的差距所在了，其他社团的目标是丰富大家的课余生活，而文艺部的目标是不给大家添麻烦。

凯昕深表遗憾地说：“呃……周五我不行，我有兼职。”

这和我了解的事实有点出入。

“不是在双休日吗？”我小声询问。

凯昕对我解释：“双休日经常会有商务礼仪的活，还有不稳定的平面模特单子。”

“学妹你也太拼了吧，大一就这么多校外工作……”部长笑嘻嘻地恭维着，并没有放弃继续说服我们加入她的麾下。这边话音未落，身后不远处的摊位明显地骚动起来。

那几个不干活的部员女孩因为某人的出现而放大了闲聊的音量，我们都知道这种表现的目的，但是男生似乎就无从觉察。

叶尧把一打装的矿泉水放在摆放资料的桌面上，抬头迎过部长正好转过去的目光：“我把水放这儿了？”

部长点点头。

这时，男生从自己裤子口袋里抽出手，顺带摸出一串钥匙，用其中一支插进矿泉水的塑料包装把它划开，取了一瓶递给部长，同时另一只手又在取第二瓶。

部长接过水瓶后出人意料地转手给了凯昕。

于是叶尧看向她，眼里没有丝毫意外之色，微微朝她点头打招呼。

我的理解是，他早就发现她了，说不定正是因为她在场而有了拆包装递水的一连串举动。

他知道部长自然也不会冷落我，替她省了个步骤，直接把下一瓶水递给了我，并向我扫来匆匆的一眼，浮光掠影般笑了笑。

他果然很高，长手长脚，我用目光丈量过彼此之间的距离，如果换成我的小短手去递水一定非常吃力，但对他来说就很轻松，一倾身就送过来了。

这一倾身也终于让我近距离看清了他的脸，就像悬疑电影经过九十分钟卖弄似的铺垫后，冲击性地揭晓真相的那一刻。

原先我总觉得太高的人因为肢体不协调而带着某种程度的滑稽，让我联想到商场门口迎风狂舞的长条气球人，但这个男生一点傻气都没有，也许是因为他有双英气逼人的眼睛。

我感到他对待我的态度里带着郑重，大概是我看起来像凯昕的好闺密。如果一个男生打算跟一个女生展开浪漫故事，他一定不会无视她身边总是同行的女性朋友。

我已经从他们之间感受到了浪漫并且“势均力敌”的氛围，我猜他们正处于为了“谁先迈出第一步”而较劲的阶段，因此叶尧并没有长时间逗留，给我们几个递过水就去远处调整易拉宝的位置了。

凯昕等他走远，低声问部长：“学姐，你有叶尧的微信吗？”

部长立刻会意，朝她眨眨眼：“他就在文艺部群里，你加进来就有了。”

“怎么进？”

“简单，填个表就行。”她动作麻利地抽出两张表格发给我们，补充说明，“填了表可以来参加第一次例会听听介绍，再决定要不要加入文艺部。”

只是一次例会，听起来没有拒绝的理由。

但我和凯昕填完表，部长又得寸进尺地提出了要求：“有空帮忙发点传单吗？”

我不确定要不要加入文艺部，这取决于凯昕想不想加入文艺部，现在看来，她的意愿并不强烈。更何况我对散发传单并不擅长。凯昕的进度比我快，她四处游走主动出击，很快就把传单发完了，而我只能等别人来主动索取。

阳乐棋在离我十多米的地方就看见了我，一路喊着我的名字招着手走近，同行的还有他那个讨人嫌的学长，他也还记得我，又开始阴阳怪气：“哎哟仙女妹妹！什么社团这么了不起差遣你发传单呢！”

我对他尴尬地笑笑，有点佩服阳乐棋怎么还能和高年级的人玩到一起去。

阳乐棋看了眼我手中的传单：“你加入文艺部了？”

“嗯……”我犹豫着不知怎么回答。

他却会错了意，立刻表扬：“这么快就确定目标，真不错。”

这让我更骑虎难下。

他的讨厌学长一脸鄙视：“文艺部？怎么还没被取缔啊，真让人匪夷所思。”

“什么意思？”

“不成文的规定，东大社团每年都会根据业务水平进行五星评级，最终决定各个社团来年招新时的占地面积。你看看文艺部占地多大。”

我顺着他的目光回头看，不由得脸红。

巴掌大的一块地，周围再没有更小的摊位，凯昕和叶尧就在这巴掌大的一块地眉来眼去地绕着，也十分诡异。

“我没想那么多。”我支吾道，“选社团不就看个人兴趣吗？而且文艺部又是团委直属……”

讨厌学长打断我的话抢白道：“哎呀呀小妹妹，你说你不懂不懂吧，还知道看团委直属能做学生干部，心机挺缜密嘛。”

“我是想说，既然是团委的部门，应该很正规，总不会差到哪里去。”我口齿不清地辩解，恨自己嘴笨。

“差倒是差不到哪儿去，总比交钱就能进的好。”

我一时语塞：“那……那你说什么社团好？”

讨厌学长笑着做了个动画片里老巫婆的手势：“那种像是带魔法，你看了马上就想拥有的。”

阳乐棋没从他的玩笑中品出恶意，也跟着笑起来。

我忍不住白他一眼：“你参加的是什么社？”

“我参加辩论社！”讨厌学长抢答，“阳乐棋也进了。”

这让我无法跟风："可我又不会辩论。"

讨厌学长装作认真想了想："也是，我们社要面试的，你应该离标准还差一点。带魔法的社团一般都要面试，估计你要进也难。"

阳乐棋安慰我："没事，我觉得文艺部挺适合你，别多想了。"

"哦，话可不能这么说……你说文艺部适合她那是对她的侮辱。"讨厌学长夸张地卖关子，惹得阳乐棋诧异地朝他看，他才继续往下说，"文艺部适合的都是混子，平时打打杂，有活动扶扶话筒，铺铺地毯，毕竟让表演节目，他们也上不了台呀。"

"很辛苦吗？"我追问。

"混日子你都嫌辛苦，那就别来我们滚滚红尘了。"他嘲笑着转脸冲我来。

我又羞又恼，脸色涨得通红："可是我没有想混日子。"

他笑眯眯道："这可不是你想不想的问题，就跟艺术学院也属于东大一样，客观事实存在着，再说是因为感兴趣才加入直属正规军就'白莲'了。"

我无言以对，这个人的本事似乎是让你觉得自己每句话都说得不对。

阳乐棋终于也感觉不对劲，帮我说了句话："学长，晓晓不是这意思，她是个很单纯的人。"

讨厌学长笑笑："对呀，她是单纯。考大学不用操心，选社团不用操心，操心得少可不就单纯了。还有你这样的男朋友。"

阳乐棋突然被夸不好意思，挠挠头，扯开话题："学长你不是说要去找系主任吗？"

"哎哟喂！你看我这记性，回头见。"

咋咋呼呼的人终于走了，现场瞬间安静下来。

我望着他的背影叹口气："他好像特别不喜欢我。"

阳乐棋说："没有的事，怎么会有人不喜欢你。他还叫你'仙女妹妹'呢。"

"那是讽刺我。"

阳乐棋非常笃定："你想多了，学长说话就这搞笑腔调，不是讽刺，挺好玩的。"

我对他没有好脸色："行吧，你觉得好就好。"

阳乐棋从我手中拿走大部分传单："好了好了，我帮你一块儿发，发完我们去吃午饭。其实开学第一天你走后学长还夸你来着。"

"夸我什么？"

"夸你是个聪明孩子，只不过聪明劲没用在学习上。"阳乐棋笑嘻嘻地说。

我半张着嘴，半晌没接上话。

是该感慨那个人尖酸刻薄还是阳乐棋缺心眼呢，我拿不定主意。

我推掉了阳乐棋“一起吃午饭”的邀约，但不是因为我生气，而是因为在众多陌生人的注视下吃东西对我来说很困难。初中时我就经常和易然两个人端着餐盒离开教室去找无人的校园一角吃饭，不过阳乐棋至今没注意到这件事，我也懒得特地提起。

在饭点，校内便利店里通常也人满为患。

我换了双轻便运动鞋，盯着手机地图步行去一个距离较远的小超市完成了购物行动。

拎着我的简餐回校途中，手机弹出消息提醒，凯昕把我拉进了文艺部的微信群。在十字路口等红绿灯时闲得无聊，我打开群扫了几眼里面的成员，一个个头像和名字看过去，猜测谁是叶尧的可能性更大。但凡我稍微了解一点这人的性格，也许会有更多线索。

就在我逐个排查嫌疑人时，凯昕在群里直接做起了自我介绍：“大家好，我是艺术学院新生钟凯昕，这是我的室友孟晓。”她还提到了我！

我感到血液在一瞬间涌上脸颊，虽然不用在现实中直面人们的目光，但这示众效果也足够令人难堪。

有个可爱女孩头像的人秒回：“欢迎欢迎！”

紧接着一个头像是简单点和线条的人跟在下面，用emoji表情撒花庆祝。

水落石出，这个发表情的人一定就是叶尧。

绿灯亮起来，我收起手机过马路，一辆纵向车道的SUV右转过来，我在斑马线中间放慢步伐给它让路。没想到它也停在了马路中间。一人一车对峙了三四秒，我才领会它的意图，是想让我先过去。行动迟缓的我仿佛突然受了催促，手忙脚乱地奔向对面人行道。

虽然对方是好意，但这短短三四秒的进退两难让我的心情坏掉了一点。

往下的路程我有种虚脱的感觉，抬不动脚。

同样好奇群里谁是叶尧，凯昕只需要花两秒时间发条消息。和她相比，我猥琐得像只长成鞋垫样的草履虫。

这天晚上我在用透明胶粘掉落满桌的头发时，凯昕已经在和叶尧一起打游戏了。她和我是两个世界的人，这很正常。当我收到易然的微信，说她在英语课上遇到了让她心动的人，我却有点恐慌了。

按经验来说，易然应该和我是一个世界的人，现在我多了个不知在密谋着什么恶作剧的古怪“男友”，易然却向正常的世界迈了一大步。

她会和某个人开始亲密交往而扔下我吗？

[4] “下一个更乖”

文艺部群里有个可爱女孩头像的人是部长，她叫陆佳虞，新闻传播学院大二生，在校内BBS和知乎上都很活跃，偏爱甜食，像氛围组一样每天去星巴克打卡学习，记课堂笔记和电子手账；有许多漂亮的笔记模板，经常热心地分享给大家；会自己剪Vlog，有B站账号，我无法分辨以她的粉丝数算网红还是素人……这些信息凯昕一点也不知道，像我这样现实中很无聊的人才会满互联网闲逛去了解一个人。

凯昕的时间要分给生活中和她有交集的人，比如叶尧。

叶尧的微信头像原来是半只狗头，他的朋友圈对陌生人展览了十条动态，这十条动态都与大学新生活有关，说明他对微信社交十分热衷，不太热衷的我上一条朋友圈动态还是半年前对外宣布艺考离奇合格。

我对他的好奇不如对部长的，所以了解就到此为止了，凯昕应该比我知道得多。这几天只要我把注意力转向凯昕，她都在和叶尧一起“开黑”，而且她很话痨，以此推断叶尧也很话痨。不过今天晚上，我感觉格外地安静，也许叶尧有课。

洗澡时我自上而下打量自己，肚子的高度超过了胸，这是个令人沮丧的发现。吹干头发，我加急做了二十多个卷腹。

难得闲着无聊的凯昕困惑地朝我的床瞄过来：“刚洗完澡就做运动不是又出一身汗吗？”

“洗澡才发现肚子更胖了。”

她没有像其他女生那样说些“你才不胖”之类虚伪的话，而是看了看我藏在衣服下的肚子，又看了看我裸露在外的腿，最后说：“你没有什么部位胖得很突出啊。要想瘦点明天我们早起绕学校跑步吧，有氧瘦得比较快。”

“跑步真的管用吗？”

“我每次上镜前嫌自己胖就会连续跑一星期，能减个五六斤，更明显的是气色会好很多，人也更有精神。”

“一星期就能减五六斤？”

“我易胖易瘦体质。”

“真羡慕你。”

但凯昕信心满满的样子给我造成了一点压力，如果我跟不上她的跑步节奏，或者经过一星期完全没有成效，她会不会因为感到挫败而疏远我？

过了大约一刻钟，我上铺的室友从床上跳下来嚷着“收衣服收衣服”直冲出门去。

我和凯昕面面相觑几秒，听见窗外传来淅淅沥沥的雨声，探头一看，天空乌云渐密，似有越下越大的趋势。

我打开手机查看天气预报，明日雨。

顿时松了口气，意味着跑步计划从第一天就因不可抗力搁置，以凯昕的个性，再过两天她估计就忘了。

眼下她就已经不像我这样一见雨就联想到无法跑步，她在忙着捣鼓路由器：“你今天晚上能正常上网吗？我怎么总是连微信都收不到。”

微信发不出去可能是网络故障，收不到或许更可能是人出了故障。

我不敢直说，挠挠额头企图蒙混过关：“嗯……好像是有点……时好时不好，看东西费劲。”

“哎——我看你算了吧，不回微信大概率就是不喜欢……”凯昕上铺的室友小八煲了一整晚电话粥，有些观点我已经听见她在说第二遍，这时候突然和我们的话题无缝衔接上了。

不只我，凯昕也扭头去看了她一眼。

小八一边继续跟她的闺密聊天，一边用眼神和动作询问凯昕是否因为自己打电话，影响了她手中路由器的正常运转。

凯昕摇摇头，放下路由器，蹭到我床边来向我出示她的手机：“你说叶尧这人怎么回事，昨天跟我玩了大半夜的游戏，说好今天再约的，都两个小时不回消息了。”

如果换个女生，我会觉得她在炫耀，她有116个联系人发来241条消息未读，我微信里所有联系人加起来还不到116个。

不过聚焦在眼下，她给那个半只狗头的家伙发的上一条消息的确是两小时以前，而对方没有回复。

“可能……他在忙吧。”

“‘在忙’是最烂的借口，你见过信息时代有一小时不碰手机的人吗？回短信能耽误多久？不要相信跟你说‘在忙’的人。”

看来凯昕比我想象得清醒，这就轻松多了，我只需要顺着她的话附和她就行。

“是哦。那你觉得他是为什么不回消息？”

“我觉得他是觉得已经撩上我了，所以开始晾我。”

我差点笑出来，我还以为只有我对男生这么悲观。

“为什么他这么坏？”

“这叫欲擒故纵，他以为这招很聪明，但我偏不上钩。”

“那你打算怎么办？”

“我就……和别人聊啊。”虽然看起来凯昕在和我的聊天中自行理清了所有思路，但抵达核心问题时，她依然想不出什么妙招。

“情感专家”小八倒是给她的闺密提了个实用建议，同时也对我们有用：“要么你发条朋友圈好了，挑一张最好看的照片，试试他给不给你点赞。”

凯昕一边回到自己床上一边操作手机，我知道她一定已经在挑选自拍照片了。

我没有像研究陆佳虞学姐那样深度挖掘过凯昕的社交账号，我很少研究自己的朋友，这也许是逃避现实的一种方式，我害怕找到他们不想让我知道的一面。

正如我至今没有投入大量精力去搞清阳乐棋对我告白的背后藏着什么阴谋，我的鸵鸟式处理方法很像电脑杀毒，划定一块区域，把疑似病毒的文件扔进去隔离，并不打开。

但是现在，替凯昕搞清叶尧的阴谋似乎比逃避现实更重要些，凯昕是那种招人觊觎的女孩，我必须善用我的小技能来暗中做她的骑士。

她发了一张手机前置摄像头拍的照片，很漂亮而且不像艺术照那么刻意。

叶尧没有点赞。

我继续往前翻，她发过很多做模特的艺术照和花絮照，叶尧都点过赞还不时留言，看日期应该是加她之后补的，回复数量证明他在无故失踪两小时之前对这段关系本来非常积极。

凯昕也是个“陆佳虞式”的女生，不带贬义，她们热爱把自己的生活细节全方位发上网，就像和各种社交平台签订了真人秀合同一样。

与陆佳虞不同的是，她的生活确实有那么多细节值得展示，她比陆佳虞外向，兼职很多，活动丰富，朋友圈只有自拍和同性好朋友的聚会照片，看起来她一直单身，对男生兴趣缺缺，叶尧也许是她另眼相看的第一个异性。她喜欢看书，更喜欢看电影，每当有热门电影她总是在首映日就晒票，但是书……

现在还有人看书吗？

像这样小众的兴趣爱好极有可能成为一个人独一无二的标签。

她不仅喜欢看书，而且兴趣取向很冷门，有一本她晒过封面的英文原版书在豆瓣上只有三条短评，而正如之前了解的，凯昕很难不对外展示生活细节。于是我知道了她的豆瓣账号。

有别于朋友圈里单纯的晒照，找到一个人的豆瓣账号就像进入了她的大脑。

我获得了无数她喜爱之物的关键词，这些东西的交集让我顺利锁定了她的微博。她的微博也有一些合照，确定是她。

微博这种公开平台的好处是，你能以全知视角顺藤摸瓜，点击每个给她留言的名字去认识她的每个熟人。

我打开了新世界的大门。

仅仅在这个暑假，她就和四个男生产生过情感交集。为了方便记忆我给他们起好了外号。

“马屁精一号”是经常给她拍照的摄影师，在一个月内给她拍过六种风格的照片，也许是同一次拍的，他分了六次发，虽然他分了六次把她叫来自己的微博并成功说上了话，但始终没能约上她吃饭，因为她总是“在忙”——哈哈，难怪凯昕在这方面很有心得。

“马屁精二号”不太矜持，总在她每一条微博评论里上蹿下跳，无论她回不回复都要留下十几条，但是他说话逻辑性欠佳，而且并不能看懂凯昕喜欢的书和电影，看不懂还这么爱发表评论，就让人很尴尬了。

“正常人三号”是她的七月男友，应该是毕业时告白的同班同学，说话没有奇怪讨嫌之处，凯昕和他正常交往过一阵，当她自称吃太多“胖成猪”的时候，他发了条《现代实用养猪技术大全》的微博，机灵抖得有点甜。不过到了八月中旬他就不再出现在凯昕的微博评论里了，而且每天深夜在自己微博转发悲伤情歌和心灵鸡汤，根据心灵鸡汤频繁地暗示“女人很难理解”可推测，他不知道女朋友为什么要跟他分手，但我知道，是因为“男神四号”。

“男神四号”从来没来过凯昕的微博留言。她在八月初的一天晚上转发了七八条各种明星的杂志封面和拍摄花絮，乍一看很像易然的微博风格，这很反常，她以前从不追星。认真观察他们的共同点，摄影师是同一个。说明她对摄影师没有偏见，“马屁精一号”应该反省自己的技术水平。

我找到了这个杂志、找到了这位知名摄影师的微博，他长得很高很帅，二十五六岁，很有品位。除了给明星拍照的微博会被相关粉丝刷成千上万评论，他的日常微博光是朋友评论也有好几百，其中就有凯昕的身影。她没有掩饰对他的崇拜，但他没有回以相应的热情。凯昕给他留言两行，他回复两个字；凯昕给他留言一行，他回复一个表情。如果观察不够仔细可能会以为凯昕是一厢情愿。

她不是一厢情愿，“男神四号”在微博发餐厅评价的那天，凯昕在微信朋友圈发了同一个餐厅定位的自拍照。这里有种隐藏可能性，是凯昕悄悄尾随男神去了这家餐厅吗？这种可能很快就被我排除了。

此后的一个星期，她变得过度热衷于分享自己的生活——在微信里，从早到晚事无巨细都要发朋友圈，平均每天发上个七八条，除了微商和代购没有人像她这么勤奋。很明显，她是为了发给某人看的，说明男神加了她的微信，说明前面那天不可能是尾随。

我找到了更多他们生活的重叠部分，他们在一个周末一起去了东海附近的城市——短途旅行，这期间凯昕的照片艺术质量很高，是谁拍的不言而喻。然后我又绕回来，通过交集找到男神的豆瓣账号，他们还有三次几乎同时发了同一个院线电影的评论，说明他们一起看了电影，其中还有我想看的《杀人独白》。事实证明情侣也可以看这个。

——他们的关系比我和阳乐棋亲密多了，他们不是情侣才天理难容。

可是八月三十一号，凯昕发微博强调自己是单身。一般来说，单身是不用公开宣布的，毕竟不算什么喜讯，宣布的原因可能是状态变化——她分手了，也可能是有人误解了——旨在撇清关系。根据这条微博下疑似知情人的闺密留言“下一个更乖”，我大胆猜测，她是被分手的那个。

发生了什么呢？

我又直奔男主角那边搜寻线索，八月三十号一下午他都在工作，但是……他是不是对工作太热情了？拍摄对象只是个没名气的小偶像，他连发了六条微博，顶流明星都没能让他激动成这样。

他劈腿这个小偶像了吗？

也许没那么严重。

但我能看见的微博，凯昕也能看见。

我脑补了一个“女朋友提出抗议，他却捍卫工作自由到底，从而产生了激烈矛盾”的故事，优秀的人同时也骄傲而固执，男主角至今没有删除这些关于小偶像的微博。不必在意中间的戏剧走向是否合理，这个故事的结局是确定的。

进度条拉到这个时刻，我已经讨厌“男神四号”了，他发过太多酒吧内景照片，虽然很有艺术感，但看起来不守男德。我也和凯昕的闺密持相同观点，“下一个更乖”。

倒是有点同情“正常人三号”，如果他看见这条评论，可能还以为凯昕也沉浸在和自己分手的伤感中需要闺密开导。不过凯昕不喜欢他，一定是因为他有很多缺点，可怜之人必有可恨之处。

凯昕并不需要闺密安慰，就我开学那天见到她的状态来说，非常棒。她没在“男神四号”身上浪费太多时间，注意力很快就转移去了叶尧那儿。

要我来定义的话，叶尧可以算“正常人五号”，虽然身高和长相的相似性让他看起来像“男神四号”的“代餐”，可是现在凯昕的焦灼状态说明他还挺值得重视。

凯昕重视的人，我就重视。

回到最初的问题，叶尧为什么突然失联，我还是没能找到答案，因为从凯昕的微博评论里我分辨不出哪个是叶尧。

要么他社交不活跃，虽然看起来不像；要么他发言数很有节制，混进了凯昕的女性朋友留言中难以辨别。主要归咎于，凯昕的女性朋友是男朋友数量的几十倍。真羡慕她。

我也在文艺部群里，我可以加上叶尧的微信获得更多线索，但问题是，凯昕需要我做她的骑士吗?

感情问题她处理得很潇洒。如果换成一个男生，我会觉得他是个渣男。但是凯昕……“双标”的我觉得她棒极了。

就在我犹豫的过程中，小八不知什么时候已经挂了她闺密的电话，又接起了一个新电话，并且朝我喊来：“孟晓，电话！”

我几乎没有怀疑地跳下床冲了过去，要么是我妈，要么是易然。

但对面是个男声，让人困惑，而且不是阳乐棋，声音比阳乐棋好听多了。

我们通常会认为声音好听是个优点，但声音好听的人十有八九长得不好看，这点我深有体会。我的声音就很好听，高中时我加入过一个网上的广播剧社团，我们有着少年音、少女音、男神音、女神音，配音之余也曾对彼此充满遐想，但是第一次线下见面就震惊了彼此，大家都是胖子。

上帝是公平的，胖胖人士一般声音都好听。

阳乐棋人长得不错，声音可以称得上刺耳。我在困惑，除了他还有哪个男生知道我寝室电话，也许是辅导员。

但是又不像辅导员。

在我说完“喂你好”之后，他直接说“抱歉啊，我手机丢了”。

我迟疑地说着“啊……是吗”的同时看向小八，用眼神追问她为什么找我接电话，这听起来像打错了。小八没能领悟我的意思，用眼神反问我在说什么。

对面的男生继续说："下午出门回来就不见了，你给我发信息了吗？"

我一边与小八进行鸡同鸭讲的神交，一边茫然对电话道："没有呢。"

"那就好，我怕你以为我故意不回你。"对方说。

我的思绪终于回到电话上："可……你是谁啊？"

"叶尧啊。"

啊？

"哦我接错电话了，你等一下……"我飞快地反应过来，"凯昕，叶尧找你。"

凯昕惊讶地跳下床："怎么回事？"

我捂住听筒："他手机丢了。"

她脸上露出如释重负的笑容，接过听筒深呼吸："喂？"

我回到自己床上压低声对小八说："找她的怎么给我，我是孟晓呀，她才是钟凯昕。"

"他说找孟瑶啊。"

"我不叫孟瑶，我叫孟晓。而且凯昕才是跟他聊天的人呢，我跟他根本不认识。"

"可他说的就是找你。"

可你一秒之前还在叫我"孟瑶"，我无奈道："你确定？没有人和名字对不上号？"

"我知道啊，找孟凯昕是她……"

我及时打断："她不叫孟凯昕，她叫钟凯昕。"

"我知道啊，可是……"小八有点迷糊了，挠了挠头。

我看了眼手机上的时间，叶尧失联了两个半小时，他可能在小八煲电话期间一直在打我们寝室电话，凯昕还没有给他手机号吗？那失联的责任也不完全在他。

暂时把他从黑名单里放出来进入考察期。

[5] "每个都不错"

凯昕反而对我的男友很好奇，明明在一个学校却很少见我们见面。星期五早晨我和凯昕同行去上专业课，阳乐棋冒出来给我送了个便携键盘，但他也有课，从我这儿换走了触屏笔后马上就离开了。

当我简单介绍他的身份时，凯昕露出了难以置信的表情。

的确，我这种社交金字塔底部人士，看起来不应该有个阳光健气四肢健全的男朋友。

“我们是初中高中同学。”我进一步解释着，打消她的疑虑。

“啊，日久生情吗？”

这么说也不准确。阳乐棋起初一直和易然玩得更好，我只不过跟在易然身边混个脸熟。不过他家和我家在一个小区，每天早上我乘公交车去学校，要么能看见他骑单车，要么他会和我在同一辆车上。如果没有易然在场，即便和我出现在同一辆车上他也不太会跟我说话，顶多朝我看一眼打个招呼。

真正熟悉起来是有一次双休日我出门上补习班，手机钱包都被偷了自己还没觉察，等到上公交车后才站在投币口旁边翻书包着急。司机看我可怜兮兮没打算跟我计较，朝我挥挥手让我往里走。

我对欠了人情感到焦虑，一直拽着最近的拉杆魂不守舍，身边有其他乘客以为我身体不适，主动问我是否需要帮助。我借来手机给阳乐棋发了短信，请他带着零钱来车站帮我补投硬币。

我并不确定他有没有收到短信，持续忐忑直到我家那站。

站台上没有他的身影，我难免有些失望。

所以当他横穿斑马线迎面跑来，满头大汗地冲上车帮我投币，又退下车露着灿烂笑容等我下去时，才格外让人惊喜。

犹如腾云驾雾而来。我目光短浅浑浑噩噩的日常中很少能酝酿出这样戏剧性的反转，特别是往好的方向。

从那以后，即使易然不在，我也会主动跟他说话，因此开始的交集。

我没跟凯昕说他对我的告白可能是出于恶作剧，而且他总对我恶作剧。我相信他并没有恶意，这也让易然很容易理解，却很难让不了解他的人认同没那么严重，凯昕知道后也许会用叫不醒斯德哥尔摩患者的恨铁不成钢的眼神看待我。

下午我们到文艺部活动教室时，里面还只有零零星星几个人。不过只要凯昕在我身边，与陌生人交际的难度就降低了，大部分情况下我不用开口，只需在一旁微笑。

“我先声明哦，我可不会陪你给他们打杂，我只是来见叶尧的。”凯昕见我黏得紧，生怕我会错了意。

“你不是说周五会很忙吗？”我正亢奋地东张西望，搜寻部长的身影。

“对啊，所以我见完他就走。”她借机发表“独立宣言”，“无论如何都不要为了男人放弃事业。”

我笑起来。

没关系，本来我也并不一定要加入文艺部，只是因为想接近部长，也许活动本身很无聊，就像凯昕预测的那样只是打杂，那我就根本不用为“如何与陌生社员相处”而操心了。

“我来是因为现在时间正合适，从我们上次见面到现在将近七十二小时，对处在暧昧初期的男女来说，刚好是一段可以确认心意的留白。”凯昕煞有介事地对我阐述她决策的正确性。

想起社交网络显示她的确很受异性欢迎，我不禁肃然起敬，收藏进我的社交规则笔记里。

不管这些小技巧是否真能奏效，以结果来看，凯昕去做个情感专家也比小八有说服力。

在我们聊天的同时，又有不少人走进教室，文艺部终于显得有些人气了。

我注意到，至少有七八个人是我们的同班同学：“是不是我们系的人都默认应该进文艺部。”

“至少你现在不用担心没熟人了。”凯昕说着环顾四周。

陆佳虞部长已经出现，刚发了一张签到表让到场同学登记，签到表传到我和凯昕手里时，大部分名字后面都打上了钩，选填的手机号码却没有几个人登记。

我的视线一直没有离开过部长本人。

我对她的崇拜之情源于她的B站视频，当然不是那些做手账和吃吐司的Vlog。不可否认，她花了大量时间在不容易让人领悟价值的事情上，比如手账中的装饰拼贴，每到这个环节我都会面无表情地往前拖动进度条，但往往一条二十分钟的Vlog视频跳过拼贴后就只剩二十秒了。她的才华不在这里。

在一条三分钟的短视频中，她演示了如何制作她每条Vlog的片头动画，用的是个画画软件，我从前甚至不知道这软件可以用来做动画。

我看明白了她的每个制作思路，她的细致，她的想象力。她幼稚粗糙的画风用在这里显得十分可爱。同时我也看明白，这些东西我永远学不会。这段一百多帧的小动画比她平时长篇累牍的拼贴更有趣也更有审美。而且她自己好像没意识到，否则不会把制作过程加速录制。可能在她看来，她只是运用了一些专业课学到的技术而已。

我发现一个规律，长得漂亮的人在没意识到自己漂亮时会加倍漂亮，才华横溢的人在没意识到自己才华横溢时会加倍有魅力。

今天，我换了一种仰望女神的崭新目光看她，即使能和她说上话的前提，是得加入文艺部，那我也愿意。易然为了追星经常自己不吃饭省钱买周边，相比起来我这不算什么牺牲。

凯昕来回翻看名录，上面压根没有叶尧的名字。她直接拿出手机给叶尧发了微信，问他为什么没来参加例会。

部长回收了那张签到表，又拿出新的小表格发给大家："今天我们的任务很简单，就是双向选择分部门，大家在心仪的部门后面打钩，我们会根据个人意愿优先分配……"

我有点怀疑这个组织的日常就是填无穷无尽的表格了。

想看看凯昕的选择做参考，但她根本没有投入"新地图的剧情"，抱着手机和叶尧聊得热火朝天。

我只能无助地四处打量开心讨论着的那些人。

好不容易等她放下手机，她忽然抄起书包起身准备走了。

"怎么了？不等叶尧吗？"我慌张地盯着她。

她一边躬身从我面前座位的缝隙挤过去，一边解释："嗐！搞了半天叶尧都不是文艺部的人，他只不过跟陆佳虞关系好，一有事就被叫来帮忙。"

完蛋，凯昕肯定不会加入文艺部了。

我刚开始适应这个新环境，如履薄冰颤颤巍巍，像被派遣走出舱门去维修太空空间站的航天员。系在腰间的安全带断了，我飘向深渊般的宇宙，胡乱划拉的四肢碰不到一点可依托的承重物。

都怪叶尧。我很难不把这账算在他头上。

祸不单行的是，填写部门申请意愿活动速战速决，在大部分成员完成任务离开前，我没能做出选择并及时从战场撤离，等我回过神，教室里只剩下女神部长和我面面相觑。

她满脸堆笑地转向我："还没决定好吗？"

让人盛情难却，断了我立刻拔腿就跑的后路。时机转瞬即逝，即使我想拒绝加入文艺部，也已经没有了开口的机会。

我紧张得正襟危坐，用蚊子般的小声音对她道歉："对不起部长，我马上决定。"

陆佳虞热情地拖开我面前的椅子，支着桌倾身过来："你们刚入校还不了解社团，选择困难很正常，我跟你说说吧。"

我不知道她为什么唯独关心我，凯昕中途离开教室时她无动于衷。

“咱们部的主要任务是组织校内文娱活动，所以大部分人都会选策划部，策划部呢，需要把控整个文艺活动，跟进演出流程，保证节目顺利进行，考验的是社员的统筹能力。”

听起来都是些很重要的事情，不像凯昕猜的全是打杂和我猜的全是填表格。

我飞快地在纸上落笔，填入“策划部”。

可是学姐并没有收走我的意向表，而是一边望着窗外一边继续推荐：“其次就是宣传部了，每次活动定了节目单之后，宣传部就得广而告之啦，怎么吸引到别人的眼球也是技术活，锻炼的是表达能力。”

我明白了，她是在等着什么人而不得不在活动结束后继续待在这里，给我介绍部门不过是顺便。

“哦……那我可能更适合这个部门……”我顺着她的话往下说，画掉之前的字，但并没有写上“宣传部”。

她果然接着往下说：“我们还有个小众部门……”

我配合她，全神贯注地听，她却因为看见什么而走神停了下来。我顺着她的视线往窗外望去，原来正好到了一节课的下课时间，从对面教学楼涌出来的学生把广场上停的共享单车骑走了。

“学姐你要是有事就先走吧。”我忙不迭主动提出，“我回去决定好了发微信给你。”

“不用不用。”她又把我按回座位，一边操作手机一边跟我说话，“我觉得说不定你会更喜欢外联部……”

我倒觉得光听名字我就更加不适合外联部。

看来我只是她打发等待时间的工具人。

我被困在这里又听她说了十来分钟的“部内趣事”，有些我已经在校内BBS上文艺部开的活动主题帖里见过了，出于礼貌没有打断她，由于没有输入新信息，我的思绪有点游离在话题外。我想起更多细节，那些文艺部的帖子里我很少见到陆学姐的身影，与她在其他版面的活跃度不太一致。

好像她并不像表面上这么喜欢文艺部。一个念头从我脑海里闪过去。

谢天谢地，有人在楼下叫她的名字，叫停了我脑海里阴谋论的扩散。

我和她同时从窗口探出头往楼下看去。

叶尧坐在一辆共享单车上仰望着我们，一片云的阴影从他的白T恤上飘过去，他的笑容倏忽明亮耀眼至过曝，脸的轮廓只剩几笔潦草的速写线条。

“谢啦，放着吧。”陆学姐说。

“放着？”他又笑了笑，“我只要一离开，马上就被人骑走。”

随后他看见了我躲在窗帘后的半个脑袋，问学姐：“例会还没结束？”

学姐笑眯眯地顺手把我推出来：“散了。但是这个博爱的小朋友觉得每个部门都不错，不知道选那个好。”

我可没说过“每个都不错”那种话……但她对我的描述让我感到受宠若惊。

这相当于挑明了学姐是为我一个人耽误时间。

危机指数满点，我面红耳赤地往帘子后面缩了缩。

男生的视线追过来认出了我，收起了他们之间熟络的笑容：“你声音好听，去广播台不就行了。”

“对哦！”陆学姐眼前一亮，“正好你比较害羞，广播台只需要读写好的稿子，很轻松啦。”

“那太好啦。”我附和着她，做出松了口气的样子。其实我确实松了口气，只不过此时疑惑感盖过了轻松感。

学姐就这么匆匆打发了我，跑向共享单车后骑上离开了，仿佛她一直等的人就是叶尧。

但蹊跷的是，叶尧在和她道别后和她背向而行，步行往宿舍区去了，仿佛只是带辆车来给她。

简而言之，他们俩剧情对不上。

在食堂打饭时我碰见了快吃完饭准备离开的阳乐棋，他除了明天不能陪我看电影并没有带来好消息。

“系会啊？”我有些沮丧，迁怒于他们系领导，无端占用双休日时间开会。

“你们没有吗？应该是全校性的。”

“可能因为我们是这个学校里的非主流，根本没人关注我们吧……”

注意到我说着丧气话，阳乐棋好心提议：“那我后天再陪你去？”

“可明天之后就要下映了。”我尽量挤出一丝苦笑。

“要不找易然陪你去？”

“她也有自己的事。算了。”我装作洒脱地挥挥手，免得讨人嫌弃。

阳乐棋轻描淡写地把这话题揭过了：“等上了新片一定陪你去。”

而我也没再过多纠结，因为有更重要的谜底刚刚揭晓，我想通了刚才在文艺部发生的一切。

用凯昕临走前的话来形容“他只不过跟陆佳虞关系好，一有事就被叫来帮忙”。

眼下不就是“有事”的一种情况？

散会之后因为麻烦的学妹耽搁，附近的共享单车都被放学的人群骑走了，所以拜托叶尧帮她骑一辆过来，顺理成章。

这种“有事”的局面是她主动制造的，也许以往的每次都是。

既然学姐喜欢叶尧，为什么要招募这么多可能对自己产生威胁的漂亮女孩进文艺部呢？

——哦，我醍醐灌顶，叶尧并不在文艺部。

我不禁对叶尧心生嫉妒。凯昕是我的朋友，学姐是我的女神，她们都那么有才华，也都喜欢叶尧，而叶尧有什么？他只不过长得帅，也可能是因为我还没找到他的社交账号。

不……等等，我是怎么看见他在凯昕朋友圈留言的？

第二话

QIANMA

你搞了什么鬼

[6] “你要买票？”

我对什么时候加过叶尧的微信完全没有印象，瞬间被吓出一身冷汗。

战战兢兢打开和半只狗头的对话框，我发现，是他加的我，就在我们被拉进一个与文艺部有关组群的那天晚上。

那天晚上，凯昕和叶尧在打游戏，我在逛论坛研究如何投放选课意愿点。

叶尧怎么还能在打游戏之后抽出空来加我为好友？加我的时间是……23:45……我都睡觉了。他肯定加错了人。

我注意到，我没跟他说过话，他也没跟我说过，我们聊天记录里只有他加我时的一句“我换了个微信，同意一下”，连个自我介绍都没有。而我通过他申请的时间是第二天早上。

我有点印象了，第二天一早我有专业课，从起床就像打仗，忙乱中打开手机似乎有这么条微信提示。可我分明记得头像是个动漫美少女，所以才会默认是我们广播剧小团体里的哪位肥宅好朋友，不假思索地通过。

可眼下看来，叶尧的头像依然是那半个狗头，是我记错了。

我犯了一个致命的错误，没有设置他参观我朋友圈的权限。如果他想，他可以往前翻到我小学，太不幸了。不幸中的万幸，他没那么闲，他没给我的任何动态点赞，应该压根没点进来过。

我以光速对他设置了“三天可见”，最近三天我没有发朋友圈，尴尬而又不失礼貌地安全着陆。

再进入他的相册。

他对我也只有区区“一个月可见”，小气鬼。

令人欣慰的是，他和凯昕打游戏时发了游戏战绩的朋友圈——我不太能看懂，大致是收获颇丰的意思。

但他和陆学姐聚会时还发了五人合照，他们俩再加三个朋友，配文是“好久没聚了”，“好久”意味着……他和学姐是认识已久的朋友吗？

我不知该站哪个阵营了。

虽然我站哪个阵营都无人在意。

星期六，全校各系都在开会的时间段，我还是一个人前往学校礼堂电影放映厅。有个意外情况，当我到达售票窗口时，叶尧正倚在售票窗口前和当天值班卖票的女生说话。

也在买票想看电影吗？

为什么他不用开会？

为了避免上前后必须相认打招呼的局面，我在前一个路口转弯，绕教学楼散步一圈，但是回来后叶尧还没走。我有些烦躁起来，从他背后悄悄接近，停在能听见他们对话内容的最远距离处。

“那能退一张吗？”男生问。

“怎么不早说，开场前十五分钟就不能退票了。”女生说。

原来叶尧是想退票，我耐心地站在后面排队等待。

他看了眼手机：“还有十四分钟，就差一点。”

值班的女生说话软绵绵：“我不能决定咯。”

叶尧仍不放弃：“今天你在这儿，就该由你来做主，学校又不知道我到底是十五分钟还是十四分钟退票的，就当帮我个忙。”

值班女生撑着脸歪过头，顽皮地笑：“我为什么要帮你啊？”

“我会感谢你啊……”他的声音也带着笑，一边说，一边偏了偏头。

于是，我看清了他那自鸣得意的半个侧脸，恍然大悟。

原来醉翁之意不在酒，品品他们之间的氛围，这哪是退票？分明是打情骂俏。

值班女生不依不饶地追问：“怎么感谢？”

“给你表演个胸口碎大石行吗？”

值班女生喜笑颜开：“可以考虑！”

“真的？”叶尧有些骑虎难下，企图卖惨蒙混过关，“我都被放了鸽子，你还想看我更惨？”

“想啊，又不是我鸽的你。”

我突发奇想，放了叶尧鸽子的人可能是凯昕，最近他们俩聊得热火朝天，但凯昕今天又有校外工作。

这么一想岂不更让人恼火？凯昕在认真工作，他却和别的女生搞暧昧。

“那现在电影都快开始了，你先替我退，我呢欠你个人情，给你打个欠条吧。”

值班女生对此很受用：“欠条？写什么呢？”

我不禁想摇晃她的肩膀劝她清醒，叶尧不过长了张帅气的脸就模糊了他的渣男行径，如果他换成我这样的胖子，你根本不会跟他多啰嗦一句废话。

“就写——”渣男拖着长音卖关子，倚在窗口前佯装思考，一回头发现了我，“你要买票？”

我紧张地点点头，但愿他没看见我刚才那一瞬满脸的鄙夷。

他没看见，所以态度友好地移开一步，让出窗前的位置：“那你先买。”

局面容不得我犹豫，幸好当值的是个女孩，我凑上前去努力克服与陌生人说话的障碍：“你好，我要一张《杀人独白》的票。”

值班女生扫了眼她的电脑：“不好意思，这部已经卖完了。”

真的吗？我不信。

开大会的时候怎么可能满场？

我还在蓄力准备开口让她帮我再确认一遍，叶尧的耐性却已经用完了，无视我的存在，续上刚才他们之间的话题：“你说吧，让我写什么都行。”

我瞥见叶尧手里的两张票就是《杀人独白》，尽管如此他也没提出最合理的建议——把票退给我，他在意的根本不是这九元票钱，而是和当值的女孩聊天。

这个坏蛋！

就算已经发现我在场，他还这么有恃无恐！

晚上我一定要向凯昕揭发你在外面撩女生！

但理智劝我别说，凯昕比我聪明，未必不知道叶尧是什么样的人，也许他们俩棋逢对手乐在其中？电视和漫画里的经验告诉我们，在关于对她亲亲男友的评价方面，闺密一般不爱听逆耳忠言。

值班女生笑嘻嘻地从窗口里扔出纸和笔：“那你得先写个自我介绍，叫什么名字，在哪个学院，电话微信都写上，否则我以后怎么找你兑现欠条？”

叶尧真开始写了，并且看起来还要占着窗口前的位置写好长一段时间，这让我的存在更加多余。

我憋不住，涨红脸脱口而出：“你别退了，卖给我好了。”

我又犯了情绪激动时说话音量过大的毛病。叶尧和窗口里的女生明显被我吓了一跳，两道目光同时向我投来。

就在我快要惊恐发作的时候，叶尧轻描淡写地冲我摇了摇手里的票，问了句废话：“你想要？”

念及他和凯昕的关系，我尽量缓和语气：“票卖完了，你又多一张，助人为乐不好吗？”

听见了自己的声音才知道还是有些气呼呼的意味，我想起易然和我曾经一起研究得出结论，使用太多反问句会显得咄咄逼人。

可叶尧不怎么在意，扔下手里的纸笔爽快道：“好啊，走吧。”

在我反应过来之前，他已经转身往放映厅那个方向去了。

我和窗口里遭此突变一脸茫然的女生面面相觑，意识到我坏了人家的好事，如何处理这种场面，不在我的能力范围内。

我拔腿就跑，在检票的地方追上了叶尧，两张票对应两个人，顺利过关。

“我们是几排几座？”我跟在他身后问。

他头也没回，随手塞给我一张票：“五排，20号、21号。”

“520、521？”我很快读出其中的隐藏信息，“你本来想和谁来看的？”

“孟晓啊。”

我愣了愣，在比他高一级的台阶上停住，虽然比他矮，但我气势不输，厉声强调：“我才是孟晓。”

“哦？是吗？”叶尧轻飘飘地笑笑，根本不当回事，从我面前经过。

我较真地跟上去：“是啊！你那位叫钟凯昕！”

“哦。”

他这态度简直让人抓狂。

“真是离谱，她都跟你聊了那么久，怎么还会把人名字记错？”也太不尊重人了，这后半句我没说出口。

“哈哈。”他又笑，像个糊弄投诉客人的机器人客服，眼看快把我激怒了，才端正态度敷衍一句，“放我鸽子的是钟凯昕，好的记住了。”

谁让你记仇了？

我们找到了座位。

“她也不是故意放你鸽子的。”我艰难地组织语言帮凯昕解释，“她每个双休日总有一天都要去做模特，超级忙，也是为了以后工作能更顺利。”

“哦。”他又犯了机器人客服毛病，好像没在听我说话，有他反衬，我一个社恐人士都成了话痨。

“如果你像我这样，开场前再买票，就不会有退票烦恼了。”我替凯昕把责任推卸给他，然后闭嘴等放映。

耳边飘来他难得的一个长句：“但我会有买票烦恼。”

他说得也没错，我撇撇嘴，没看他，拿出手机准备从微信里把票钱转给他。

“再借我一下。”他自说自话地从我手里把票根抽走，“我发个微博。”

哦，他有微博，可是以我的角度虽然能看见他拍了照片发了微博，却看不清他的ID。他动作也太快了，很快就收起了手机，大概是发现了我还盯着，他解释道：“留个纪念。”

我收回视线：“纪念什么？”

“第一次被放鸽子。”他把票根塞还给我。

“那应该只拍一张票啊。”我指出他的逻辑漏洞，“这两张都被检过了，谁能知道你被放鸽子呢？”

“所以我假装自己没被放鸽子。”

我无语，不想再接话了，我们俩话不投机半句多。

他刚才微博正文还加了“憧憬”表情，傻气中透着一丝神经兮兮，是我最讨厌的表情。

放映厅里灯光暗下来，场内却还是只有我们两个人。

“看来这场电影，被鸽的不只我。”

“哪是啊。”如果不是卖票的女生看错了，那就还有一个更合理的原因，“这肯定是粉丝锁场。”

“什么意思？”

“就是主角的粉丝，为了替偶像制造高票房，会在没什么人看的场次买票，但自己并不来看。”是因为易然追星，我才有此见识。

“你知道的还挺多。”嘴上挂着表扬，可他脸上露出一种瞧不起人的笑容。

“一般观众肯定都去开系会了，这次是全校性质的会，大家都要去的。”

他以牙还牙指出我的漏洞：“那你怎么不去？”

我不想说我们学院是无人理会的三等公民。

“我……我们学院别的时间已经开过会了。”

“我们院不用开会。”他大大咧咧接话。

我石化了三秒。原来也有其他院系不开会，叶尧他们根本不在意。

“你看过剧透吗？没什么血腥镜头吧？”他快速切了一个新话题。

每次看电影前我都看剧透，这样比较有安全感。

我有一半的脑细胞还缠绕着“原来不是全校开会”，费力地回想：“嗯……听说不血腥，只不过男主角黑化的时候有点惊悚。”

“哎——”他忽然拖出懊恼的长音，“你剧透了。”

啊？

正常人的理解都会认为你这么问是为了得到剧透吧？

我臊出一身热汗，心情又坏掉一点。

和叶尧说话总是焦虑迭起。

好想打他啊。

[7] “你会来吗？”

值得庆幸的是，叶尧看电影也像我一样全神贯注，除了男主角黑化时他发出了很轻的一声喟叹——我听见了，全程没找我搭过话。

出礼堂后形势却变得有些尴尬，我走在回寝室的路上，叶尧走在我身边，这看起来就好像我们是同行的朋友，事实并非如此。

我努力想走快点以便甩了他，无奈他人高腿长，不费吹灰之力就能保持和我相同的步速。

横穿过第一个路口，我终于得救。一个同班女生从垂直于主干道的小路上叫着我的名字朝我跑来，和我们一起踏上了前往寝室之路。

热情地与我寒暄之后，她也顺便跟叶尧打了个招呼。叶尧在学校里的交友范围令人惊叹，似乎我身边没什么人不认识他。

毛毛——我想起了凯昕对这位女同学的昵称。

除了一起上专业课，她和我还有不少额外交集，选了同一门体育课，在文艺部提交部门申请那天我也看见过她。

基于以上原因，她和我说话时已经非常熟络：“你们这是打哪儿来？”

“礼堂，看了电影。”

“一起去看电影吗？”她惊讶的语气中流露出对我的羡慕。

我想她可能误会了什么，但叶尧没有予以纠正。

我只好自己开口澄清误会：“我们买了同一场的票，在门口碰见了。”

“什么电影啊？”

叶尧依然不回答，对话自动限定在了毛毛和我之间。

“《杀人独白》。”

“啊？现在才看吗？”

我扯了一些军训前后手忙脚乱的借口，没提阳乐棋。

毛毛跟我聊了一路影评，大部分都是网络上的陈词滥调，但我很感激她用这些二手消息缓解了大家之间的冷场。

在我有限的认知中，叶尧平时也很外向，积极加入聊天不是难事，可他只是出于礼貌偶尔附和，也许是因为我们提不起他的社交兴趣。

快要到达男生宿舍区时毛毛已经词穷，这才想起我们还有另一个共同话题，此前部长在群里发了条通知，邀请加入文艺部的朋友们星期二晚上团建吃自助餐，只有两三个女生立刻在群里积极响应。

于是毛毛问：“星期二的文艺部活动你会参加吗？”

“会的。”

虽然在陌生人面前吃东西对我来说很困难，但我更不能承担缺席集体活动、日后很难再融入新集体的风险，我已经计划好什么也不吃，只拿两块点心做做样子。

由于之前大部分时候都是我在和毛毛对话，我不假思索地回答了。

话音刚落我才注意到她这回用的是“你”，等我抬眼发现她正从斜后方望着叶尧时已经铸成了大错。我反应过来，她想得到的是叶尧的回答。

我懊恼自己为什么总是习惯在说话时不注视对方的眼睛，对毛毛倍感抱歉。

叶尧还没注意到这边的阴错阳差，不知是不是因为他此前没有参与过对话，思绪已经神游去了别处。

当我放慢脚步，毛毛随着我的步速也慢下来，叶尧却依然保持着原来的速度，和我们自然而然拉开了两三步差距。

我惶恐地用只有毛毛能听见的低声对她说：“你再问他吧。”

毛毛惊讶地眨眨眼睛：“我在问你啊。”

那是不可能的，她这么说只是为了缓解尴尬，并且不具备勇气和时机再问第二遍。

叶尧并没有像我们猜测的那样回宿舍区，到达距离宿舍区还有一段路的便利店他就停了下来，随口和我们打了个招呼，转弯进去了。

我和毛毛同时松了口气。

和叶尧偶遇的这次观影对我造成了不小的心理伤害。

只要我坐下来闲着，就会想起那一次又一次令人难堪的窘境，就连晚上睡觉也睡得不踏实，我一个噩梦连着一个噩梦，在梦里经历了好几场更加死亡尴尬的虚惊，到第二天早上我已经精疲力竭。

我难受了一天。

上午十点多，阳乐棋给我发来微信，问我在不在学校，要不要中午一起吃饭。

我装作没有看见这条微信，直到将近十二点才回复他：“哎呀，我一上午没看手机，我已经吃过午饭啦。”

阳乐棋却并没有因此作罢，又追问我下午有什么计划。

我如实相告：“准备去咖啡馆做英语课作业。”

“那我去找你。我也带着作业。”

我郁闷地叹气。

这又是怎么回事？

整个暑假要约阳乐棋都很困难，开学后他也忙得神龙见首不见尾，为什么在我最精神不振的这天，他突然变了一副不见到我誓不罢休的架势？

是那个时刻要来了吗？揭晓恶作剧的时刻。

我大致猜到他为什么要拖到现在才采取行动，开学以来他应该交到了一些会为他的恶作剧拍手叫好的新朋友，其中说不定就有那个阴阳怪气的毒舌学长陈瑞。

易然总是很烦阳乐棋的恶作剧并喜欢严肃地劝他正经，如果今天易然在场也一定会帮我斥责他，可惜她这两天都忙着跟偶像行程。

如果我早晨六点半去图书馆门口等开门，把做作业地点定在自修区，也没人敢在图书馆闹出什么大动静。

我企图找借口将“约会”推迟到周一，但没能成功。

慌乱中我想起也许凯昕在场能让阳乐棋延迟他的计划，所有男生肯定都会在意大美女对自己的看法。

凯昕昨晚回寝室睡了觉，今天她在校园里的可能性很大。

我没有贸然联系以免遭拒，而是先打开她的朋友圈，上午没有新动态。

我又爬上微博前往她的主页。

有小视频！

这是凯昕第一次发小视频。拍的是打篮球的片段，我认出地点是我们东海大学的篮球场，有两次傍晚经过看见阳乐棋在那儿打球。

而这段视频的主人公似乎是叶尧，点开后的几秒镜头追随的人都是他。篮球是我的知识盲区，所以我很难辨别他和阳乐棋的水平孰高孰低。

凯昕打算“官宣”男友了吗?

但接下去的几秒出现反转，叶尧运球来到了凯昕面前。

哇！我们凯昕真是英姿飒爽！

冒出“星星眼”的同时我意识到，这说明拍视频的人不是凯昕，不过是个女生，当凯昕断了叶尧的球，她在画面外发出了“哇哇哇！厉害！”的喝彩声，我觉得这声音似曾相识，却一时想不起是谁。

画外音女孩喊着“XIAOYU，快点快点！”，那是我不知道的一个人名。

画面上却有个男生毫无悬念地被凯昕晃了过去，镜头在他帅气的笑脸上停留了一秒，追着凯昕跑了。

“唉……”画外音女孩甜甜地叹息着，很快又精神地叫出一句，“当心PEIYI，啊！”

与她的哀叹同时，球已经被凯昕传给了另一个男生，我想起这个名字从凯昕嘴里听见过，就在开学第一天，他和叶尧一起出现在奶茶店。

果然帅哥的朋友都是帅哥。

被称为“XIAOYU”的男生迅速接近裴弈身边去防守，但又轻易被晃过。

手机镜头没有再跟随裴弈，而是停留在“XIAOYU”身上，画外音女孩说：“太没用！太不行了你！”

还出现了一个画外音男孩跟着笑：“哈哈哈。”

被嘲笑的“XIAOYU”笑嘻嘻地对镜头摊了摊手，阳光可爱。

不过画面也没在他身上停留太久，当晃动的手机再次稳定聚焦时，刚巧捕捉到一个完整的抛物线，篮球被裴弈回传给凯昕，而防守她的人成了叶尧。

我屏住呼吸，希望凯昕能赢。

他们同时起跳，叶尧无疑占了身高优势，凯昕却突然把篮球从右手换到左手，以一种优美的姿势从叶尧的身侧穿过，左手送篮入筐。

我不禁热泪盈眶。

在我眼里，这一定是什么打败终极大魔王的高级技能，在NBA精彩进球盘点上才会出现的。

画外音女孩大喊“漂亮！”，我发现她立场相当不坚定。

凯昕落地后笑着往镜头这边看来，这是自我认识她起，她最美的一刻。

拍摄到此戛然而止，而我又心绪难平地看了第二遍、第三遍……完全忘了自己是为什么跑来她的微博。

我激动地翻遍了底下每一条夸赞她的留言，就好像每一条赞美都是我发的一样。

很快，我知道了画外音女孩是谁。

我的女神陆佳虞在我的闺密钟凯昕的微博下留言了！

她说："下次再一起出来玩啊。"

阅读理解："下次再"说明这次就在一起。

我想起这声音的确是她。小视频是陆学姐拍的，真羡慕她们可以这么爽朗开心地一起玩。美中不足的是她留言太晚，凯昕也许还没看见，因此暂时没有回复。

我又翻了几遍评论，又看了几遍视频，从中汲取了振奋精神的能量，给凯昕点了赞，切换出微信界面对她发出一起去咖啡馆做作业的邀约。

比我想象得顺利，她爽快地回道："我吃完饭冲个澡过去找你。"

我耍了个小心机，把和凯昕会面的时间定在了和阳乐棋之前半小时，凯昕会保护我的。

她只花了一刻钟就做完了英语作业，然后就在我身边玩起了手机。

"叶尧有女朋友了……"

"啥？"我诧异地猛抬头，然后才分辨出她这个是疑问句，句尾音调微妙地上扬。

不过我的反应接在疑问句之后也不显得突兀，她回答了我："他昨天和女朋友去看电影了嘛。"

我迟钝了片刻才意识到这可能是凯昕刷叶尧微博得出的结论，急忙解释："啊不是，他是跟我一起看的。"

凯昕脸上的疑惑没有减轻半分，我紧张地追加说明："他本来想跟你看但被你拒了就想退票，售票处不让他退，我又正好没票，就从他那儿买了一张。"

我这才想起，事后给叶尧转的票钱他没收，也许还没顾得上看手机，也许他不想理我。

凯昕蹙眉挠了挠头："他就问我有没有空，又没说要看电影。"

"不过看的是《杀人独白》，你也看过。"

"我可以再看一遍。"

“哎？”我脑子有点转不过弯，“不过，你也有工作，不是说不为男人放弃事业嘛。”

“那也得有男人啊。有男人之后，不要放弃事业。”她强调道，“有先后顺序的。”

“啊——但是……我感觉他这个人好像很花心。昨天我到那儿的时候他正在和售票处小姐姐商量退票，整个语气都不对劲，好暧昧啊。”

“长得帅，花心很正常啊。”凯昕不以为意。

我短暂地丧失了语言功能，凯昕的理论都仅限于理论。

“阳乐棋也很帅啊。”我重整旗鼓说服道，“阳乐棋可不会像中央空调一样，虽然他女生朋友很多，但从来感觉不到他在撩妹，就非常正常……”

真意外，我居然发现了阳乐棋的一个优点。

不过还是没能说服凯昕，她耸耸肩：“人和人风格不一样嘛，有些人比较规矩，有些人很爱社交，没有高下之分啊，找到适合自己的才是对的。比如你觉得阳乐棋这种好，可我觉得他这种就有点没劲。”

“哪里没劲？”

“像幼儿园小孩过家家，一个扮演爸爸一个扮演妈妈，从一开始就商量好角色，对我来说没挑战。”

啊，真的！

终于找到了准确形容。

我和阳乐棋果然很像幼儿园小孩过家家，虽然也有可能是幼儿园小孩恶作剧。

[8] “你搞了什么鬼？”

正说着阳乐棋，阳乐棋就到了，凯昕还记得他的长相，在我向门口朝他招手时就已经认出来，颇为嫌弃：“嗐——电灯泡说来就来。”

凯昕这样的大美女当然也让人过目不忘，阳乐棋笑着反击：“咱俩互为电灯泡，谁也别嘲笑谁。”

这样就算打过了招呼。

我有些意外，他没有带着毒舌学长，也没有别的朋友，看起来本来就不打算协众人搞恶作剧。原来我是虚惊一场。但是对于他今天约我的目的，我依然百思不得其解。

思绪被凯昕的提问打断：“你怎么介绍我的？”

我愣了愣，还没来得及回答，阳乐棋替我总结：“按照她的介绍，你应该已经上院士墙了。”

凯昕和我同时露出了笑容。阳乐棋有他的优点，能在最短时间里和小姐妹们打成一片。

他从书包里一样一样掏出书和作业，很快在咖啡桌上堆出座小山，不知道的还以为他想在这儿扎根野营。

我诧异地问：“你们怎么这么多作业？”

“正常啊。”他嘻嘻哈哈不以为然，“工科嘛。你课选完了吗？我周二或者周五想跟你选节通选课一起上，你有什么想法？”

我突然明白过来，阳乐棋今天急于见面的原因是第一轮选课刚截止公布结果，我们有几天时间退选补选一些通选和公共课，他想和我选相同的课，必须得尽快来说服我，许多热门课程的补选名额也就寥寥几个，需要不断刷新才能碰上别人退课。

阳乐棋和易然都深知我的自闭，如果没有选上相同的课，可能整个学期都没什么机会和我见面。不过阳乐棋相比易然还是笨了点，他学业忙，易然也忙，可易然早就知道打来电话提前挂号，明明一通电话就能商量好的事情，何必拖到周末抽空见面？害我草木皆兵。

“我周五和易然一起选《政治必修》了。”我如实以告。

“那就周二吧。你什么时间段有空？”

我打开手机看看截图的课表：“下午三点到五点，只有这个时间有空了。我们这学期专业课很多。”

凯昕不淡定了，从她的手机上抬起脸，尖声提醒我：“周二下午你不是得跟我一起上《保护生物学》吗？”

“什么生物学？”我脸上一定出现了傻瓜般的表情。

“《保护生物学》，我昨晚选课的时候问了你的，你也答应了啊。”

“啊……那我可能没注意听。”我昨天受到和叶尧看电影的毁灭打击正精神恍惚，但凡事讲先来后到，眼下我只能牺牲阳乐棋了，为难地劝他，“要不你也选这个《保护生物学》吧？”

“我理科学分够多了，需要选一门文科。”

凯昕听出我话里对她的偏向，胸有成竹地把自己和阳乐棋送上天平两端：“这下要二选一了，晓晓你不是重色轻友的人吧？”

我连连摇头。

凯昕得意地转向阳乐棋："看，她选我。"

阳乐棋并不死心，继续劝我："晓晓，文科对你来说也比较容易哦。"

这倒是，我又陷入犹豫。以我这种脑子去选生物可能会挂科。

凯昕对阳乐棋相当不满："你这是专业歧视吧。什么叫'文科比较容易'？我看也不见得。我学表演是因为我喜欢表演，不代表我学不会流体力学……"

"我是学不会。"我小声接话。

凯昕无奈地白了我一眼："没你这么拆台的。"她顿了顿，凑近阳乐棋的笔记本电脑探头看看屏幕上的选课系统，"要不你现在决定好你想选的课，说出来让晓晓挑挑看。"

"《艺术与审美》。"

凯昕直接替我驳回："那是我们院开的，我们不能选通选。再说这课比较难，感觉你就学不会，你也退了吧。"

阳乐棋感受到这还是对刚才专业歧视的反击，笑起来，又好脾气地换了个："那我选……《爱的心理学》。"

凯昕的脑袋再次伸到他屏幕前："那个在周一，我们有台词课哦。"

"《西方政治思想》怎么样？"阳乐棋问我。

我为难地挠挠脑袋："听起来……和《保护生物学》差不多。"

都是光听名字搞不清学些什么的类型。

"你对哪个感兴趣？"凯昕问我，可我答不上来，她还不罢休，"你喜欢熊猫吗？"

"哎？"这个奇怪的问题，我倒是能脱口而出，"喜欢。"

凯昕拍拍我的肩："那你喜欢《保护生物学》。"

"喂……"阳乐棋笑着大声抗议，笑够了他正色建议道，"要不你再发个投票吧。"

凯昕好奇："什么投票？"

阳乐棋对她解释："她当初没法决定高考志愿，最后在微博上发了个投票。"

没错，我的人生大事就是靠阳乐棋、易然和十几个玩广播剧的网友小伙伴投票决定的。

凯昕瞠目结舌，半天没说出话来。

她找出我近半年前的那条投票微博后更加震惊："竞争选项是去师大学教育啊？这谁想出来的？"

"晓晓自己。"阳乐棋想想就发笑。

凯昕一脸困惑地转向我，我连忙解释："因为师大就在隔壁，离阳阳和易然也很近。"

"当老师的日常工作就是要在很多人面前说话啊。"

"是的，所以幸好大家都投票让我学表演了。"

凯昕对此无法置评，表演对我来说也不算轻松，上周表演课有些解放天性的尝试，我已经不幸被任课老师盯上了。

但总比当老师强一点。

晚上睡前，我又爬上凯昕的微博看了一遍留言，多了点意外发现，陆学姐那条"下次再约"的评论不见了。

是凯昕删除的吗？不知道。

也许凯昕只是因为有共同的朋友而勉强和她一起玩，并不真的喜欢她。

说来奇怪，在给凯昕留言的人里面，我找不到视频里的那几个男生，包括叶尧。至少是没有一个人留下类似陆学姐那样的言论。

我又翻了翻凯昕最近的新粉丝，有易然——她和凯昕互关，还有一些看起来像我们学校的学生，不过其中没有像叶尧的人，也没陆学姐。

这样一来就更奇怪了，这条小视频是怎么从浩瀚的信息流中脱颖而出被陆学姐看见并评论的呢？

这群帅哥美女之间的关系好复杂呀。

我没资格对他们发表这样的评论，我一个人的生活就很复杂了，今天的我依然抱着"阳乐棋究竟有什么阴谋"的问号入睡。

星期一的台词课不像表演课挑战那么大，我还挺喜欢的，最近两节课只是在训练呼吸。不过我高考前根本没有参加过系统的艺考培训，当然赶不上凯昕。

下课后她叫我一起吃午饭，我的理解是一起去食堂打包带回寝室吃。

出门时我才喘过一口气："呼吸太难了，两节课上下来都缺氧了。"

"首先你应该放松一点，然后可以适当做些体育运动，增加肌肉力量。"凯昕总觉得运动可以解决一切人生问题。

我赶紧转移话题，一边拨弄手机一边感慨："怎么突然有这么多人给我投票。"

昨天发的选课微博，参与人数已经达到439人，我第一次知道我有这么多朋友——这是玩笑，脚趾也能猜到一定是凯昕做了什么手脚，其中选生物课的有387人。

她说："我课前转了你微博。"

什么？

我只有今天没看过凯昕微博就出了这么大乱子！

我慌张地点开她的微博，好几次手机差点从我手里滑出去，又来了，刚开学时被突然拉进文艺部微信群里郑重介绍时的紧张感。虽然对大多数人来说这不算什么，凯昕是出于一片好意，但即便是在网上，也能让我陷入示众般的窘迫。

凯昕没有意识到给我造成了多大恐慌，得意地说：“我从来不会轻视任何一场比赛，哈哈！”

我咽了咽口水，用老师刚才课上教的方法努力调整呼吸。

如果请求凯昕删掉转发，或者我自己删掉原微博，凯昕肯定会觉得扫兴的。

正巧这时，阳乐棋的微信切了进来，发给我一张截图，就是我现在正面对的投票画面，发来一串问号，接着说：“你搞了什么鬼？”

看来他也刚下课发现这个惊人反转。

既然事已至此，只能随遇而安了。

我边走边回复他的消息：“凯昕转了我微博，看来你遇到劲敌了哟。”

对话框上方显示阳乐棋“正在输入中……”。

我又抢在他回复之前追加了两句，宣布结果。

“没想到她这么较真。”

“看来我们不能一起上课啦。”

对话框上方没有再显示“正在输入中……”，阳乐棋迟迟没有回复。

塞翁失马，焉知非福。我收起手机快走两步跟上凯昕：“你想吃第几食堂？”

“二食堂。”

本来我就比较想和凯昕一起上课，谁知道阳乐棋选的课上有没有毒舌学长啊！

话虽如此，对阳乐棋我还有些过意不去，在食堂排队时我又打开手机点进与他的对话栏，他回了条：“哼！等着！”

我有种不好的预感，又顺势戳进他朋友圈看看有没有吐槽。

吐槽没有，却有条拉票微信，他把截图发在了朋友圈——也就是把我挂了，吆喝大家：“快点去微博投票支持《西方政治思想》，这是名誉之战！”

这算哪门子名誉？我一脑袋黑线。

易然已经在回复中嘲笑了他：“你这选项看起来就毫无吸引力，怎么找到女朋友的？”

阳乐棋不服气：“西方政治怎么不好？只要认识字就不会挂科！”

易然：“她星期五跟我一起上中国政治，星期二还得跟你一起上西方政治？

她是专门来东大学政治的吗？”

我不禁笑出了声。

凯昕好奇地回头看我。

我对她解释：“阳乐棋也去拉票了。”

凯昕不以为意：“不信他微博比我有号召力。”

阳乐棋也有微博，不过他很懒，半年一年才发一条，确实没什么人气。

“所以他截图发朋友圈了。”

“嘁。那也赢不了。”

只过了几分钟，我就眼尖地在另一个窗口排队人群中发现了易然，拨了她手机叫她过来。

易然兴奋地换到了我们这条队，和我们分享了她这两天追星获得的喜悦。之后，我们自然谈到了这次投票。

“我昨天就看到你微博了，凭感觉盲投了生物学，因为我想你选那么多政治没意思嘛。不过刚才阳乐棋发了朋友圈我才发现，为什么好多我们数院的人都在给生物学投票？阳乐棋那票数简直是凄凄惨惨戚戚。”

我已经从“示众危机”中缓过神来，能够笑着指指凯昕：“是凯昕拉的票。”

可当事人自己困惑不解：“我不认识什么数院的人啊。”

正是因为我们数学都学得不好，所以才不知道当拉票出现人传人现象时，投票人数会不断倍增，截止到这天晚上，虽然整个学校认识我的人还不到十个，但是已经有上万人为我选哪门课投过了票。

大家纷纷转发截图告诉朋友、朋友的朋友这是一场极为重要的决战——“别问为什么，投就是了！”

最终胜出的还是凯昕的生物学，幸好我没有等到结果揭晓才去选课，这场无厘头投票对决的副作用是，这两门课的热门指数飙升，谁也选不进去了。这依然没拦住群众的好奇心，即使选不上，大家也想登录上去看看这两门课的课程简介，再加上选课周本来的流量基础，选课系统瘫痪得更加频繁了。

校内广播在解释原因时没提到玩过火的投票，因为这是我的第一次广播台实习。

[9] “我们组拒绝‘水货’”

由于听说《保护生物学》成了网红课，周二下午凯昕和我早早跑去占座，生怕第一节课就得坐台阶。情况比我们预料得好，走进教室并没有看见人满为患的场面，在离上课还有一刻钟的时候教室里还剩一半空位，可以肯定的是五分钟以后上一节课下课，会迎来人流量的新高潮。现在我们不用着急，安心寻找自己喜欢的座位。

凯昕和我在这方面的偏好不同，她几乎毫不犹豫就往教室靠前排的中间位置走去，而我的习惯是在靠墙窗边溜达。

我看见了叶尧。他和一个没见过的男生坐在教室中后排区域。

凯昕在认真物色中意的座位，没看见他。

我犹豫了两秒，决定假装也没看见他，不提醒凯昕。这节课还算是选课周内，大家还有补选和退课的可能，希望叶尧听完这节课觉得没意思回去就退课，这学期就可以避免和他一起上课了。

“钟凯昕！孟晓！”叶尧喊。

怎么会有人直接在二百人的阶梯教室大喊人名？！他侵犯了我的隐私，还掀翻了我的如意算盘。

凯昕回头看见他，立刻决定坐到他们身边去。

“叶尧也选这课？”过去的途中我多此一举地装作刚发现叶尧。

“我也才知道。”凯昕拉着我落座的同时随口对他们寒暄，“好巧啊，你们也选了这课。”

叶尧身边的男生说：“我不是跟你吐槽过他喊我们选这课，我们都选上就他被踢了，补选才挤进来的吗？”

“哦——原来就是这门课啊，我当时没注意听。”凯昕恍然大悟。

我瞬间出戏，险些笑场，赶紧低下头掩饰表情。

归咎于这学期我们学的是舞台表演吧，凯昕的演技有些夸张。这欲盖弥彰地“锤”了她一定事先知道叶尧选这课因此也选这课，与特地去文艺部碰叶尧是相似行为。

我甚至怀疑，刚才一进教室她说不定就已经看见了叶尧，为了让叶尧先喊她才埋头找座位。

“还有两个人呢？”凯昕的问题是对他旁边的男生问的，可我也怀疑，实际她希望叶尧来回答。

我把脑海中的线索串了串，推测凯昕提到的两人是指裴弈和“XIAOYU”，而面前这个没见过面的男生大概是打篮球时的男声画外音，听着也有几分像。

叶尧终于接话了：“他们听说试听课老师不点名，今天没来。”

凯昕露出鄙夷的神色："混学分选这课干吗？BBS上评价又没有很高。"

这是我关心的问题，我插嘴问："为什么评价不高？"

"小组作业比较麻烦，期末给分不高。"叶尧说。

我下意识地拽起了刚安置好的书包："给分不高？那我还是……"

凯昕按住我："你选通选课是为了得到分数还是得到知识？"

"分数。"我如实回答。

叶尧别着脸没看我们，但在一旁发出"扑哧"的笑声。

凯昕有点郁闷，展开又一轮说服："通选有上百门，又没人逼你选这个，再怎么说你也是因为感兴趣……"

"我是因为被投票。"我飞快地纠正她。

"哦对。"凯昕苦恼地挠挠额头，"晓晓你不关心我们生活的世界吗？现在全世界八百万个物种，有一百万个正因为人类活动而遭受灭绝威胁。你要明白形势有多严峻。"

这又不是我造成的。

我目瞪口呆，样子肯定很傻。

我的眼角余光瞥见叶尧的朋友用看戏般的笑眼盯着我，好像在说"这个胖子怎么回事？长得难看脑子也不灵"，我往后缩了缩，利用凯昕的身体挡住他向我投来的视线。

"八分之一的生物濒临灭绝。"凯昕用《动物世界》节目的语气渲染道，"这将是多么可怕的景象，意味着如果七个小矮人活着，白雪公主就必然会死。"

我眨眨眼睛："他们不是同一物种吗？"

轮到凯昕也眨起了眼睛。那两个该死的男生在背景里笑个没完。

凯昕凭借强大的心理素质继续扯淡："是的，所以40%以上的两栖动物、33%的造礁珊瑚和33%以上的海洋哺乳动物面临灭绝风险。"

是的？所以？

但是凯昕就是有这种魔力，只要你看见她成竹在胸的表情，就会觉得她说得在理。

我费解地点点头，顺着她的话说："好像真的很严重。为什么会这样？"

"是因为人类活动对生态系统造成了破坏，你看，这和我们每个人有关，是我们造成的，影响我们的未来。"语文老师教育我们，要在结尾升华主题。

如果我坚持退课，凯昕要和四个男生一起上课，或许她会不太自在，至少我现在当场离开，会让她在这两个男生面前很没面子。

我放开书包坐好："我们是怎么造成的破坏？"

"主要是工业化导致污染。"凯昕松了口气，开始往外整理她的文具，"工业化以来已经改变了75%的地球环境。"

"75%的土地和66%的海洋生态环境。"叶尧纠正道。

我诧异地朝他望过去，男生们喜欢显摆自己的知识面，有点讨厌。

我语气寡淡，字面上捧场："你们好厉害，怎么知道那么多。"

叶尧微侧头问凯昕："她好像真的不感兴趣，怎么办？"

"先试听一节课吧，说不定能听进去呢？"凯昕征求过我的意见后如释重负，"如果再加上你，我们就能自己解决小组作业不用和其他人搭档了。"

叶尧的朋友附和道："是啊，我们四个，加今天没来的那两个，六个人不多不少正合适。"

凯昕摇头："我不带那两个，学习态度这么差，拖飞机太累。"

叶尧笑起来："没那么严重吧，他俩又不是天天翘课。"

"你确定？"他朋友笑着拆台，"XIAOYU不翘课我觉得能行，裴弈我就不知道了，我感觉他长了一张翘课的脸。"

这增加了凯昕的疑虑："不仅不能翘课，小组讨论也不能缺席。"

叶尧无奈："怎么你这小组门槛这么高？还要信用背书？"

"那当然，我们组拒绝'水货'。"不知怎的，凯昕已经俨然有组长的威严。

"哇，你真无情。"叶尧撑着脸笑。

我发现了，他和凯昕在一起时不像他独处时那样给人压迫感，大概是因为他总笑。他不笑时眼神太犀利，像金刚葫芦娃那样炯炯有神，笑一笑就柔和多了。

很不幸，他对我是不太有笑脸的。

晚上文艺部的自助餐，叶尧也在，不知道他又是以什么身份来蹭吃蹭喝，我给凯昕发消息通风报信，凯昕没来。

一方面下午已经一起上过课，总见面已经没什么新鲜感。另一方面凯昕早早洗过澡敷上了面膜，懒得再化妆出门。我猜还有没告诉我的原因，她可能不太想和陆学姐碰面。

这样一来我也轻松多了，不用在凯昕和学姐之间二选一，可以放心黏着学姐去套近乎。

不过学姐间歇性地对我热情过度也给我造成了不少麻烦，由于我总跟在她身后，她取每样食物时都顺手给我夹一些，即使我百般推辞也无济于事，最终收获了一大盘菜。

我呆坐在餐桌一角，盯着餐盘里的大虾、鸡翅和面条一筹莫展。

这么多人在场，我不能当着大家的面张牙舞爪地剥虾，抓过鸡翅啃得满手满嘴油，我还可能把面条吃出“哧溜哧溜”的声音，我坚信如果我坐在这里吃着这些东西，一定会引来大家的关注。但我又没法把餐盘里的食物还回去，扔掉它们就太浪费了。

吃完两块米糕后我就没了动静，对着一大盘吃的绞尽脑汁。

周围的女生在聊什么我也没听清，脸上始终挂着傻笑，对面已经有人注意到我，连续瞥了两眼过来，再这样下去我会暴露的。

我真不应该不知天高地厚，参加这种活动。

我不能无限制地在这里静坐，现在只剩两种选择，放下餐盘偷偷离开，或者带着餐盘偷偷找个无人的角落把东西吃完再回来。

理智让我选择了后者，虽然麻烦一点，我不想事后被人发现是个留下一盘食物没动就逃跑的怪人。

我端起餐盘，假装要去再拿些东西，没有人特别注意我。

我稳住步调，使了个障眼法，在接近消防通道边的那盒食物面前稍作停留，确认身后也没有人看我时，以迅雷不及掩耳之势闪进了消防通道。

哦——我看见了什么？

叶尧和毛毛？！

叶尧抬起头来看向我的脸上还挂着来不及收回的笑，而毛毛的反应比他慢半拍，也更惊慌失措，笑容瞬间消失，下意识猛地拉开了和他的距离。

毛毛，这就是你的不对了。你们只是靠着窗台在说笑，可你这反应激烈得像被捉奸在床，你让我一个双手还端着盘子、跑也跑不快的吃瓜群众如何自处？

叶尧，凯昕不在你又撩妹了！我精神上谴责你，但我现在顾不上你，拜拜。

“嗨……”我装作云淡风轻地朝他们打了个招呼，按原路退回了自助餐厅。

真倒霉。

好在餐桌边大家快吃饱了刚开始玩游戏，没有人注意到我。

我换了个方向迅速逃离，从活动室正门出去，找到另一侧消防通道，连下了两层楼，终于安全。

可是屋漏偏逢连夜雨，我刚在台阶上坐定喘过气来，连一口都没吃上，下课铃响了，凌乱的脚步声从楼上传下来，不用几分钟就会有下课的同学经过这里，等不到或者挤不上电梯的时候，总有不少人爱走消防通道。

我只好端起餐盘再回走廊，也许是跑得太急，刚进走廊就当胸撞了个人，就在我差点失手把餐盘扣人胸口的瞬间，对方一手撑住门一手接住了盘子，里面的好几样食物都跳了跳，有惊无险。

我抬起眼，看见叶尧，这回没笑。

从打篮球小视频就看得出来，他身手敏捷。

与其说救了我，不如说从我的“魔爪”下救了他自己。

复盘一下眼前的局面，多么像两分钟前我抓包了背叛闺密的渣男，两分钟后蓄意将餐盘扣他身上……未遂。

我和他对视两秒。

与葫芦娃四目相对，你会感觉很难解释清楚。

我当机立断，把棘手的餐盘和一盘子吃的“转送”给他掉头就跑，汇入下课的人群中一口气跑到一楼才停下，心有余悸地回头张望。

他没有追过来。

这也许是最好的结局，在文艺部的大家眼里我还是个正常人，只有叶尧发现我神经病。

算了，他不重要。

我拖着疲惫的身心走在回寝室的路上，开始认真考虑凯昕的建议，既然大学生活这么危机四伏，我的确应该练一练跑步。

[10] “吃过饭了？”

这两天我在学校里行走都戴着口罩和棒球帽，假装感冒或粉尘过敏，主要是为了降低路遇熟人被认出来的概率，这位“熟人”主要指叶尧。

我本来怀疑他当天晚上就会发消息把我的古怪行径告诉凯昕，凯昕或许会以“不善交际”替我解释——她知道我在这方面有点困扰。可是凯昕没提起文艺部聚会相关的任何细节，也许我多虑了，叶尧根本不在意身边冒出个我这样的怪人。

早晨上课前阳乐棋从我身边与我擦肩而过，不过没认出我。说明我的变装计划还挺成功，校园里常有日本和韩国留学生喜欢这样打扮，我在其中也不显得突兀。

就这样平安无事到了周四，广播台长通知我们这届的几个新人去试读稿，考核我并不怕，虽然广播台的工作和在网上录广播剧没有共通之处，但形式上都不需要见人，还算轻松。

让我更担心的是碰见叶尧，怕什么来什么，我从细致的观察和惨痛的教训中总结出了规律，只要陆学姐出现，叶尧十有八九会被喊来。而今天陆学姐作为台长的“上级领导”也会到场，还有可能避过叶尧吗？我只能祈祷他记性不要太好。

上午第二节课间，我在教学楼前被易然逮住了，她非要拖我去吃距离学校两站路的肯德基——我们学校门口就有，但总是人满为患，所以我们现在就得动身出发。

至于戴着帽子口罩怎么还能被易然一眼认出，她说：“你散发着猥琐的气场。”

“真的吗？”我没注意到。

她进一步解释：“上课不想被老师点名发言时不是会‘苟’起来吗？你无时无刻不‘苟’着就十分可疑。鬼鬼祟祟的，不是明星就是小偷。把帽子摘掉吧，免得让交警也多看几眼。”

反正出了校门我也不怕碰见叶尧了，把帽子口罩都收进书包。

易然此行目的主要是与我分享她和心动对象的新进展：“我加上了他的支付宝好友，然后……”

我隐约觉得不对劲，这听起来像遇上电信诈骗似的进展，连忙打断她中插一个背景补充：“支付宝好友有什么功能？互相打钱吗？”

“不不不不用打钱，这样我就可以每天把他的鸡雇到我的庄园来干活。”

我依稀记得这个功能，但我已经很久没玩过了，印象不够深刻，确认道：“那你怎么跟鸡的主人交流？”

“如果他开了通知，就能每天收到‘我带走了你的小鸡’提醒。”

我不知该如何评价，很难想象这样一种活动如何增进感情：“但你为什么不加他微信，而是加支付宝好友呢？”

“有一天社团活动之后我们一起去食堂，他没带一卡通，借了我的，然后把钱转给我。之后我就加了他支付宝好友。”

“那你们的新进展不是一起吃了饭吗？干吗从鸡说起！”

“不不不没有吃饭，我们只是一起买了饭，买完饭我就带着打包盒回寝室了。”

我想起易然和我相同的毛病，没法当众吃饭，情有可原，不过……

“这还是英语课的男生吗？”

“是啊。”

“那‘社团活动’又是怎么回事啊？”

“哦，我发现他参加了‘模拟联合国协会’，所以我也参加了。”

“那新进展不该是参加了同一个社团吗？干吗从鸡说起！”

“但我们第一次活动只是大家一一自我介绍，他发现我是他英语课同桌之后就问我借了一卡通，接着就是鸡的故事了啊。”

原来其他故事线还没能展开情节，看起来还真的只有养鸡进展取得了质的飞跃。

“我现在没有正事找他，加上他也没有共同话题，贸然要了微信也只能默默躺在他通讯录里，还不如天天用系统通知刷刷存在，显得没有那么刻意嘛。”

我觉得挺有道理的，探过头去：“给我看看你们的小鸡。”

易然美滋滋地进入页面，三只胖鸡把她的地盘塞得满满当当。

“还有一只是谁？”

“是你啊。”

“这只是我吗？”

“这只才是你。”

“可是我的小鸡被你带走我也没有收到提醒。”

“嗯……因为你把这类提醒拒收了吧。”易然有点沮丧，这样刷存在好像可行性很低。我也不知该怎么安慰她。

我们不善交际的女生要追个人真是太难了。

不想见面的人倒是一次也逃不过，说的就是叶尧。广播台考核他果然出现了，比我到得还早。

我从肯德基走回学校，迟到了两分钟。台长已经在介绍控制台如何操作，我安静地在几个人身后站定。

我们每个新人读了段稿子，有些人普通话不标准，被陆学姐领回文艺部其他分部去。我的问题不明显，台长只建议我声音别那么轻。最后留下的四个人里有我，我们领到了排班表，台长让我们根据各自的课表商量确定值班时间。

当值班表完全定下后，台长把它抄到了小黑板上。

叶尧在翻看广播台的CD，间歇抬眼看看黑板，回头瞄我一眼，笑了笑。

不明白这个笑是什么意思，我心里毛毛的，往另一个同学身后躲过去，找了个储物柜和墙壁之间的安全地藏起来。

没想到叶尧放下手里的CD挨着墙壁溜了过来，在我身边停住，看着前方假装听台长说注意事项，也就听了两句，压低声音问我：“吃过饭了？”

我不明所以地点点头。

"我还以为你从来不吃饭。"

"啊？"

"那你干吗一晚上端着餐盘到处乱窜，什么都不吃？"

果然他还是来嘲笑我了。

我咽了咽口水，反唇相讥："你不也在到处乱窜？"

叶尧微怔，对我的反击感到些许意外，笑起来："我吃饱了撑的，你也？"

我对不要脸的人格外没辙。

他的说话声惹得台长向我们这方向扫来一眼，虽然从台长的角度无法穿过储物柜看见我，我还是一阵紧张，对叶尧做了个噤声手势劝他收敛。

"珺仪。"叶尧直接高声喊出台长的名字，吓得我血压升高，"你还要再讲几分钟？都赶不上饭点了。"

台长白了他一眼："谁让你在这儿听了？快走快走。"

台长说出了我的心声。

叶尧作势推了推身边两个新生："好啦，散会散会。"

台长回头冲陆学姐告状："你看叶尧呀！"

陆学姐笑着随便对叶尧挥挥手："你别闹了。"又对台长说，"要不我去帮你们买回来吧。"

台长说："不用，我一会儿叫外卖。"

"我帮你叫，你们还有谁没吃午饭的？我一块儿叫了。"叶尧拿出手机问剩下的人。

广播室气氛顿时活跃起来，有两个女生举手要他帮忙点份套餐，他拖过椅子坐下，慢慢操作。台长又想起来要嘱咐我们不要在操作台上吃东西，以免损坏仪器。

大家打成一片的同时，我好像成了唯一的受害者。

叶尧坐在这里堵住了我的去路，想离开我只能往另一个方向跳窗。

虽然目前这处境看起来还无害，但马上就会恶化，一旦大家都吃上外卖我又无法撤离，难道我一个人缩在墙角看大家吃吗？

叶尧没意识到他成了路障，还从手机上抬起头问我："你要再吃点吗？"

我把头摇得像拨浪鼓。

他并不气馁，把手机转到我眼前滑动两下："没有你想吃的吗？"

我还是摇头。

“饮料呢？”

我坚定地继续摇头。

他放下手机，眯起眼怀疑地看我，半晌不说话，仿佛下一秒就要拿出雄黄酒逼我喝掉自证身份似的。

沉默数秒后，他才松弛了神情笑起来：“其实我就是想试试你能不能吃东西。”

“看出来了。”我面无表情，看来根本不是我脑洞太大，叶尧就是有毛病！

“因为你一副做贼心虚的样子。”他找补道。

我承认，他在察言观色方面天赋异禀，我只能实话实说打消他的疑虑：“我只是不喜欢在别人面前吃东西。”

他虽然正经起来，却换出更困惑的神色，扬了扬眉毛：“为什么？”

因为我是医学上确诊的社交障碍，虽然和易然相似，但比她严重得多。高中时妈妈带我去检查是否有多动症时意外发现的，不过发现我并非多动症而是社交障碍，得到这个结果对妈妈来说反而是意外之喜。

虽然医生说没必要进行药物治疗，目前没有特别高效的处理方法，我妈妈将其简单理解为“我是个天生害羞的孩子”并泰然处之了。

这件事我没有告诉过任何朋友，连易然也不过以为我只是比她更害羞一点。跟相当于陌生人的叶尧就更无从说起了。

为了避免和对方产生过多奇怪的纠葛，我不愿渲染这些琐碎的困难给我造成的麻烦，只是含糊其词：“心理上觉得不舒服。”

叶尧一副自作聪明了然于胸的神情点了点头，没再说什么，低下头去专心给大家叫餐。

但这反而让我有点落空，好像世界上并没有人真正关心我究竟出了什么问题，都不过浅尝辄止随口问问罢了，发现结果不及想象得那么糟就删除话题，说不定暗自腹诽我叽叽歪歪小题大做。

“我考据了小矮人的物种，应该是人类。”叶尧一边操作手机一边没头没脑来了这么一句。

我脑子死机三秒，艰难地反问：“啊……不然呢？”

“我本来还以为可能是森林里的精灵，你知道，北欧神话霍比特人那种。”他抬起头笑。

“呃……”

“但我查到1812年的初版《格林童话》，小矮人出场就说自己是挖金的矿工。矿下作业嘛。”他得意地用手在自己头顶比画一下，“身高不能太高，不方便。人设很现实主义了。”

我舔舔嘴唇：“你没去过迪士尼乐园吗？”

轮到对方沉默。

小矮人是人还需要考据初版《格林童话》？

你不会以为我也是森林里的精灵吧？

晚上寝室里只有我和凯昕没课。我在给盆栽浇水的同时频频偷瞄，找准她打完游戏闲下来玩手机的时间凑上去和她商量：“我还是觉得我应该退了生物课。”

“为什么？”这个突发状况引起了凯昕的重视，她扔开手机猛地从床上坐起来。

“嗯……我觉得……你们都比我聪明太多了，知识面也广，我要完全听懂你们说话都很费劲。”我拿出早已准备好的说辞。

凯昕一头雾水：“我们上课也不能说话啊。”

她为什么会这样理解？觉得根源是我不爱听他们说话？

我哭笑不得，抿嘴沉默片刻，想起小组成绩才是凯昕最介意的部分：“可是小组作业占了总成绩的60%，组里有我这么个高中生物没及格过的废柴，肯定会拖累你们。”

“你先别考虑小组，就考虑自己的感觉，你觉得课程内容有意思吗？”

“有意思。”我老实点头，“但考试有没有意思就不知道了。”

“你干吗老想着分数？”

“我不是担心我自己分数，是担心我一个人影响大家的分数。”特别是叶尧，我敢打包票，如果我拖了大家后腿，他一定会脸色特别难看，种种迹象表明，他才不像表面看起来那么容易相处，只有凯昕被激情蒙蔽了双眼。

“不会的。”她大手一挥，“翘课那两个家伙都不是死读书的人，只有于焕我们不熟，拿不准，对吧？”

呃……你不觉得……我也和叶尧不熟吗？他还质疑我的物种呢。

“我们组五个人都不计较绩点，于焕计较应该他退出啊，凭什么你退出？”

不……等一下，怎么这个叫于焕的就成为众矢之的了？叶尧是怎么被跳过的？

第三话

QIANMA

有缘在哪里

[11] “说来听听呀”

易然说有些偶像就是这种负面印象绝缘体质，不是说没有负面，而是不管多么作恶多端对他却完全没影响，明明隔三岔五出不可饶恕的负面，路人缘却莫名很好。

星期五早上轮到我独立做一整个时段的节目，和之前实习加试播几次一句话新闻不同，如今新闻稿要自己撰写，音乐要自己挑选，我前一天在BBS版面蹲守了东大之锋新生辩论赛的战况，早晨提前半小时到了广播室，叶尧竟又比我到得早，不知是部长还是台长拜托他带钥匙来开门，她们和他关系都不错。

不过，我刚进门，他就一脸沉重地告诉我一个坏消息：“机器出了故障，今天没法播报。”

“哦……”我在门口呆了两秒，转身走了。

叶尧又“哎哎哎孟晓”地叫着，追上来在走廊上把我拖住：“我开玩笑的，你怎么也不挣扎一下。”

有时候我真不明白他们男生，这叫什么玩笑？好笑吗？以前阳乐棋就总爱玩这套，现在又来了叶尧。

我无话可说，回到广播室，把笔记本从书包里拿出来，默念一遍稿子。

叶尧看起来在等我播完锁门之前没什么事可做，起先在储物的区域晃来晃去，后来又绕到我面前居高临下地抱臂盯着我，像领导视察工作。

我犹豫许久，忍无可忍才抬头对他说：“正式播报的时候，你能出去吗？”

“为什么？”

“你在这里影响我。”我尽量用温和的语气说，生怕因此得罪他。

他的反应和我想象得不一样，不仅没生气，居然还笑了：“哦，好吧。”说着就退出门去。

我开始专注做我的工作，一切准备妥当后，我往走廊里望了一眼，他没有看着我这边，而是撑着栏杆面朝外。

阳光变着角度慢慢地铺进走廊，细碎的灰尘在光的通路中安静起伏。

风吹过叶，发出“沙沙”声宛如耳语。

他挺拔的背影让我想起高中时的一些风云人物，起初是翠绿草坪上刺眼的小白点，日光的烘晒没有使他们融化蒸发，在狂躁的蝉声中，他们变成了篮球不离手的巧克力人，笑一笑露出异常洁白的牙齿，整体显得很甜。

可实际上他们很能惹是生非，他们滋事，他们打架，他们在国旗下的演讲之后念检讨，他们闹腾起来，连放学时校门口汹涌的车流都被反衬得温柔。这种人，就算抽风也有许多观众。

我从来没和这种人说上过话。

他突然弯下腰，把走廊上的两片落叶朝外面扔出去，虽然看起来使出了吃奶的劲，但并没能扔多远，两片树叶近在咫尺，又被风吹进了走廊，滑稽。

这份滑稽像从梦境中伸出现实的手臂把我猛地摇醒，我偷笑了一下，把思绪收回到播报上。

等我按部就班读完辩论赛战况，放上了准备好的歌曲，叶尧才转身回来，靠在门边：“还挺顺利嘛，我以为你会紧张得结结巴巴。”

所以你是来看我笑话的吗？

抱歉没有出现你期待的意外啊。

我知道这些回答都过分尖锐，可我不知道怎么样的回答才妥帖。在我想出最好的回答前已经失去了回答的时机，他很快打开另一个话题。

“那你为什么不敢在别人面前吃饭？怕什么？”

他怎么还在好奇这个？

“怕吃相难看会出丑。”我实话实说。

“你出过什么丑？”

叶尧真是怪人，追问这个，难道是打算跟着笑？

“我还没出过。”

“那你觉得会出什么丑？说来听听呀。”他一副打破砂锅问到底的架势。

“像是……啃东西龇牙咧嘴的，还不小心把米饭、油和酱沾到脸上，而自己还没觉察，被别人先看见了。”

“看见就看见呗，看一眼少块肉吗？”

看一眼少块肉倒好了，这人换位思考能力真差。

“看见了会被嘲笑的。”

“笑就笑呗，笑过不就算了？你又不是真人秀明星，谁一天到晚盯着你？”

这人的共情能力也让人头秃。

我费劲地解释：“不是真人秀明星，也有可能被当个笑话拍下照来发朋友圈，以后大家每次吃饭都想起你闹过的笑话。”

“谁会干这种事啊？你在谁朋友圈见过别人沾着米饭的脸？”

“你没见过不代表世界上没有。”

“行行行，你说有就有。”他突然朝我举起手机摆出要拍照的姿势，“可你脸上有牙膏……”

我从座位上弹跳起来，一边挡住他的手机，一边飞快地用手抹自己的脸，不知道他说的牙膏具体在哪儿，所以哪儿都抹了一遍，直到看见他乐得直不起腰才发现被戏弄了。

“还真怕啊你哈哈哈哈……”

叶尧你还是人吗？！

“裴弈说路上有点堵，他们晚五分钟到。”凯昕一边操作手机回复“好”，一边把这消息转告我。

“他时间观念好强啊，只晚五分钟都提前打招呼。”我心里想的还有，好好一个人怎么会想不开交上叶尧那种朋友。

我退课未遂，大家星期六约了一起做小组作业，为了迁就凯昕，把地点定在了她拍模特照工作地点附近的露天咖啡馆，这么多人在场，估计叶尧不敢欺负我。

由于前天晚上凯昕把大家拉了个小群，我提前做了些功课，把他们几个人分清了。

裴弈是经济学院的，特别好说话，在群里有求必应。小翊和于焕是数院的，同班，不过和易然不同班，爱开玩笑，不是叶尧那种恶劣的玩笑。

他们几个军训时一个寝室一个连，就是凯昕说的那个“钢枪连”，所以身高条件摆在那儿，颜值差不到哪儿去，人呢，我觉得除了叶尧都很好相处。

凯昕却笑我天真：“要么是真有时间观念，要么是先预设五分钟让我们先放松警惕等一等，过五分钟再说还有十分钟也不一定，怕一口气说迟到一刻钟我当场爹毛。”

“这么狡猾？不过也不能怪他们。”我看了看手机时间，“你约的这个时间路上车流高峰，都赶着进出门约饭，这会儿还正好下雨了，更堵。”

夏天的阵雨说来就来，我出门时这雨还没下，希望等会儿我们回去时能停。

凯昕在伞下悠然喝着咖啡，神秘地朝我眨眨眼：“你不知道了吧，这时间也很狡猾的。如果一会儿聊完小组作业觉得话不投机半句多，可以借口‘后面有约’趁早散。”

“要是觉得很投机呢？”我有点惊讶。

“那就‘差不多到饭点了，我们找个地方一起吃饭吧’。”

我得从现在开始考虑到时开溜的借口了。

“万一人家有约了呢？”

“正常人不会晚饭有约还接受四点半出门谈正事的，不算路程时间吗？”

凯昕这么说，相当于也断了我的退路。

我郁闷地叹气：“大家都这么聪明，连这些人际交往套路好像都是约定俗成的，每个人都知道，只有我像个傻子。”

“这和聪明、傻有什么关系。有些人喜欢用心经营人际关系，有些人不想操心，就和有人喜欢弹钢琴才会花时间去练习一样。”凯昕说。

“你是我朋友，所以不会嫌我傻，但朋友的朋友可不这么想。”

“谁嫌你傻了？”

我发现了凯昕和叶尧的共同点，他们都不太买单泛指，每次必须找出具体攻击目标。

我苦思冥想，找出了这么个目标：“阳乐棋的朋友就嫌我傻，他有个学长总是明里暗里讽刺我，说我进东大是捡了便宜，是锦鲤……”

“那我觉得他进东大才是捡了便宜，幸亏高考不考人品。阳乐棋不帮你呛他，阳乐棋就比你更傻。”有了具体目标，凯昕就打击得更加精准了。

我笑起来，又收起笑：“等会儿要是他们几个也有人阴阳怪气，我可以找机会逃走吗？”

“他们要是阴阳怪气，我比你逃得更快。”

我松了口气，还是凯昕靠得住。

“哦，他们来了。”

出租车开过了一点，在马路对面斜前方的停车区停下来。

两把黑色雨伞最先伸出来，分别撑开在前后排。

两个男生站直了比车顶高一大截，雨幕中视界模糊，我勉强认出前排的是裴弈，后排的是于焕。

裴弈又俯下身伸手进窗去拿车票，与此同时，后排钻出来第二个人，小诩一下车就机灵地找到坐着朝他们招手的凯昕，招招手作为回应，和于焕共撑一把伞，单肩背着书包加快步伐过马路。

四个人两把伞，但裴弈给叶尧把伞伸过去，却被他摆手拒绝了。

这个人坚持要冒雨耍帅，裴弈跟在最后一脸无奈与尴尬地微笑。

不管怎么说，四个大长腿来到我们面前还是幅自带背景音乐的美好画面。可是这样的男生们和凯昕那种大美女同框才和谐，我是个美好画面破坏分子，一想到这里我就坐不住了。

裴弈边收伞边说："不好意思，久等了。"

我这才回过神看了眼手机："四分半！"对凯昕惊讶，"他算得好准。"

叶尧嘲讽地笑道："高德地图算的。"

我难为情地咬咬嘴唇。

叶尧终于打算做个人了，对他的朋友们简单介绍了我："这是孟晓。"

我拘谨地朝大家点了点头。

裴弈果然在我意料之中的温和善良："我叫裴弈，我不会翘课的。"

凯昕笑得被饮料呛了，嗔怪地扫了眼叶尧，平复了咳嗽对裴弈说："看得出来有人逼你发誓了。"

裴弈捂着胸口开玩笑："中了毒还没拿到解药。"

连我都捡了点玩笑，十分自然地融入了集体。

等于焕和小诩都简单做过自我介绍，叶尧急不可待地拽我面前的笔记本："你们聊到哪儿了？"

我紧张地攥紧笔记本："还没开始。"

于焕从书包里拿出打印好的A4纸分发给每个人："我去查了一下生科院公布的教学大纲。小组作业可以是这些方面：校园保护小区相关、保护政策研究相关、保护生物学研究相关。"

叶尧也正经起来，从于焕书包里拿出一沓资料分给每个人："孟晓不是对大熊猫感兴趣吗？我们可以专做大熊猫保护研究。大熊猫保护的策略相对成熟，可研究的方向很多，栖息地和生态系统保护、保护区网络设计和管理、保护区外部检测等。"

凯昕拿出文件夹，把叶尧给的大熊猫保护素材列表夹进左边，从右边拿出一些资料分给大家："大熊猫的保护虽然典型，但肯定很多组都会选择这种材料丰富的方向。相比起来一些稀有物种的保护还没有得到大熊猫这样的重视，探索意义可能更大。这是我和晓晓搜集的最近热点问题。"

我在一连串交换资料操作中慌了神，听见凯昕提到自己才恢复正常脸色。

我什么准备也没做，虽然昨晚凯昕提醒过我，但没能引起我的重视。

"我这里搜集了一些国际知名生物保护组织的关注方向。"小栩把资料递过来，调皮一笑，"跟着别人的经验走总归错不了。"

接着裴弈也拿出些文件："我这里是这个月在东海举行的相关讲座。我们可以先听听讲座再决定方向。"

交换资料结束。大家低头开始快速浏览其他人给的资料。

我有些如坐针毡，左顾右盼。凯昕头也没抬，分了一些给我，才缓解了我的尴尬。

我一个字也没看进去，慌乱地跟风翻动纸页弄出声音，表示我在看。

我错估了形势，这些人可不是绣花枕头，我和他们的差距不止颜值。

虽然我一直把"他们聪明我笨"挂在嘴边当成打退堂鼓的理由，但我没有真当回事，直到此刻才陷入真正的窘境，和他们相比，我连基本学习方法都不懂。

"好像挺默契的，正好做的功课都没有重叠的部分。"凯昕一目十行地速读完她得到的资料，抬头总结，"要不我们就按照现在的分工，大家往各自方向再深入一点，下次讨论拿出一些实质性的课题方向来挑选，怎么样？"

"赞成。"于焕说，小栩跟着他做了个OK的手势。

"听讲座的任务就交给我了。"裴弈接话。

"孟晓你想跟钟凯昕继续搜集热点还是研究大熊猫？"叶尧一边翻资料一边突然点了我名。

"我？"我难免又一阵手忙脚乱，随口说，"大熊猫。"

"你以前对大熊猫关注过哪方面？"

"我……"我被拷问得汗流浃背，"我看过熊猫直播。"

叶尧没笑："那你去搜集一些保护区如何建立、设计、管理的资料，行吗？"

我纠结地挠着头："保护区……怎么搜集？"

"查各种报告和科研文献，电话采访成都基地和相关单位，索取一手数据。"

凯昕见我半晌没反应，拍拍僵硬的我："我会帮你的。"

我面红耳赤地点了点头。

凯昕拍手宣布："收工。找地方一起吃饭吧，我饿了。"

"效率好高啊我们。"于焕笑。

的确，从我们全员到齐到凯昕宣布收工才半小时。

叶尧看了看手机："现在打车回学校可能会很堵，要不就近找家店吧。"

小栩拿出手机开始查大众点评："你们吃什么？日料？烧烤？"

凯昕说"日料"的同时叶尧说了"烧烤"。

"哦嚯……"于焕起哄道，"默契小组出现分歧了。"

叶尧笑："举手表决吧。吃日料的举手。"

我突然惊醒，就是现在！我应该找借口走了。可是现在已经在举手投票了。

我条件反射举起了手。比起烧烤当然是日料吃起来斯文，更适合我，是谁提名的"烧烤"来着？哦，叶尧，他知道我的底细，就是故意想看我出丑。

可我举手的同时，于焕和叶尧也举起了手。

三比三，无效投票。

叶尧葫芦里卖的什么药？以我脑子的转速完全跟不上。

"哈哈哈什么鬼！"小栩笑着指控叶尧和凯昕，"你们干吗交换选项？"

他们俩在玩游戏吗？

裴弈出面提议再来一次："别开玩笑了。吃日料的举手。"

我没反应过来。

这回举手的是凯昕、于焕和小栩。

我看见凯昕举手后也跟着举手了，可叶尧揪着我说后举的不算。

又是三比三，无效投票。

裴弈又组织了一次："最后一次。每个人考虑清楚，吃日料的举手。"

这次是凯昕、叶尧和我举起了手。

凯昕受不了抱住头："啊——恐怖循环！救命啊！"

叶尧笑："我们不会整个晚上在这儿举手吧？"

说不清为什么，总觉得他的笑十分可疑，好像一切都在他设计中，不管我们怎么表决最后一定会去吃他提名的烧烤。

[12] "多大点事"

我们吃了日料。

第四轮也就是最后一轮表决，凯昕、于焕、叶尧和我都举了手。

我动用了120%的脑细胞，分析出凯昕一定只想吃日料，做模特又异常自律的她不可能放纵自己去吃烧烤，所以凯昕的选择就是我的选择。

一瞬间我还不太敢确认这个结果，为什么叶尧仍挂着“一切尽在掌控”的谜之微笑，我们却没有去吃他想要的烧烤。看他似笑非笑，最后一轮也举手站了“日料”，我又怀疑是不是其实他真正想吃的是日料。

我错过了找借口离开的好时机，这时候再硬跳出来说要走，大家肯定会留，来来回回僵持着变成焦点不是我的初衷，不如跟在其中瞎混，躲在角落挑点容易吃的东西。

入席后我迅速找到角落座位，凯昕坐在转角后我的左边，这是再好不过的局面。

长期混饭的经验告诉我，让能保护我的人坐在左边更能发挥作用，因为我是右手惯用者，总是右手拿筷子，借着拿筷子的方向，可以把身体顺势向左边侧一侧，形成小范围的安全包围圈。

出于偶然，叶尧坐我右边，这不碍事。

我几乎全程背对他，他居然也话少，这次聚会的主咖是小栩和于焕两个活宝，凯昕在他们的追问下透露了模特圈一些新奇话题。而裴弈真是好人，哪怕十年前流行的老梗他也异常捧场。

一顿饭本来就该这么平平无奇地过去，没想到临近尾声，叶尧突然小声叫我名字，待我一转过头，他早已等在我肩上的食指就已经戳中了我的脸，我条件反射地退远了。

突发状况，十级警报。

叶尧转开脸，扯着嗓子对大家检举揭发：“孟晓吃东西吃得满脸都是！”

分明是栽赃陷害！

我顿时瞳孔地震，除此以外全身没有一个器官能做出正确反馈。

凯昕把我已经瘫痪的脸掰了个方向，轻描淡写地拍掉了我脸上的米粒，瞪了叶尧一眼：“你是没见过脸还是没见过米？多大点事！”

叶尧不正经地支着脸：“就是啊，多大点事。”

这话好像是对我说的，说这话的时候他眼睛还不怀好意地瞟我。

世界上竟有如此厚颜无耻之人！

小栩笑着说：“钟凯昕你像孟晓的妈。”

凯昕吹胡子瞪眼地抗议：“会不会说话？就不能像姐？”

“那可像不了，我姐从小到大只会揍我。”

“那是你姐太彪悍，世界上有几个人你姐不揍？”于焕说。

“叶尧，她没揍过叶尧。”

是吗？那可太遗憾了。

这位巾帼英雄好姐姐为什么不暴打他几百次？

预警解除，话题就这样稀里糊涂地从我身上溜走了，五分钟后，没有人还记得闹过这么一出。

可我恨上了叶尧。

我以前怎么会天真地以为世界上好人多？

叶尧知道了我的弱点，却专门用来捉弄我。就像明知道别人对某种东西过敏却故意让人误食，造成严重的后果后却轻飘飘来一句“我觉得哪有什么过敏，不过是太娇气”，他重复凯昕那句“多大点事”的语气如出一辙，这种自以为是的人太可恶了。

回想起来，他提议吃烧烤肯定也是故意为了看我出丑，对别人不好说，但对叶尧不存在冤枉，我已经看出他毫无人性。

这周我还是没有回家，因为星期天下午排了我在广播台值班，主要工作是放歌，台长没有对播报的新闻方向做要求，我打算在学校各专业的BBS上找些实时话题播报。

全神贯注找话题时，“大魔王”没敲门，直接跑了进来。

我吓得从座位上站起来，他反而被我的举动吓了一跳，我俩剑拔弩张地对峙了几秒，他先笑了，解释来意：“裴弈他们院在楼下排舞台剧，我来拿点饮料。”说着经过我，径直走进去打开小冰箱的门。

我视线跟着他回头，冰箱周五之前都是空的，现在塞满了可乐，我猜本来就是叶尧放进去的，于是没有干预。

叶尧一边找饮料，一边头也不抬地说：“裴弈演男主角，你要去围观吗？”

虽然我对裴弈演舞台剧男主角还有点好奇，如果叶尧不在我一定会去看看，现在嘛……

“我得做节目，走不开。”

叶尧也无意多劝，抱起可乐匆匆跑了。

我坐回座位，继续做我的素材搜集工作。

大约过了两小时，叶尧又来了，这回他吸取经验，进门先说明来意：“下雨了，我找伞。”

我没回答，随他去，等他拿了伞离开后我才回头确认，这人真缺德，一共只有两把备用伞，他全拿走了，他一把装弃一把安排得挺合理。那我等会儿怎么回寝室？

又过了十分钟，他回来了，问我：“还有伞吗？”

“刚种，没这么快长出来。”我呛道。

现在我根本不在乎得到他的负面评价，反正我们已经是仇人了。

叶尧不信我，像鬼子进村般又把广播室搜刮了一遍，确定没什么地方还藏着伞，只能作罢，笑着拖了把椅子坐在我不远处：“刚走出楼就被认识的学长借走了。”

我才没兴趣听他说来龙去脉，反唇相讥：“不是学姐？”

“嗯？为什么非得是学姐？”他诧异地反问。

因为你整天到处撩女生，你还问我？

我没有正面回答，冷笑一声：“你不是不怕淋雨，战胜了大自然吗？”

他只是笑笑，不知是不是没听出嘲讽，还以为是鼓励：“今天这雨不行，有点大。”

叶尧安静下去，世界就彻底安静了。屋外落着淅淅沥沥的雨，室内只浮动着轻微的呼吸声。我知道他大概的位置，在我右边斜后方，如果不回头，我很难用眼角余光看见。我才不会回头，他在干什么也与我无关。

我没有灵感找歌，用手机上网搜罗和雨有关的歌单，“适合雨天听的歌”，打开后第一首，《起风了》？这就不讲基本法了吧。“浪漫雨声”，点开一首听了半天一头雾水，退出去再看一眼才看见小字简介：助眠。

身后忽然传来欢快的乐曲伴随雷雨声，我回头的同时听见歌词中有“the falling rain”。

叶尧把他开了外放的手机递过来：“你在找歌？”

我犹豫片刻，接过手机按下暂停，接了操作台的电线，然后切进音乐从头播放。

直到校园上空已经回荡起这首歌，叶尧才装腔作势地苦笑着说：“你把我手机拿走，我都没法点外卖了。”

那您把手机递给我的目的是为了让我看一眼？

现在我又没法中止播放把手机直接拔下来还给你。

我锻炼着自己的忍耐力，用我的手机打开外卖App递给他：“你用我手机叫吧。”

他操作起来：“你也没吃晚饭吧？”

我立刻提高警惕："不用管我，我自己会叫的。"

毫不怀疑以他的恶劣品行，一定会给我叫烤猪蹄之类非常难啃的外卖。

"好好好，你自己叫吧。"他也无意坚持。

我没空和他纠缠，又以"rain"为关键词，紧锣密鼓地搜出后续要播放的五首歌添加到播放列表才松了口气，闲下来仔细听听正播放的旋律，这么欢快却是首失恋歌。

叶尧把手机还给我："我选了你的常用地址，怕外卖员打电话我不好接。"

这倒提醒了我，我拿起他的手机问："能静音吗？"

"静吧。"他又站起来满屋子乱晃了，找到一次性纸杯在饮水机边接了水喝，俨然一副主人翁姿态，"你喝水吗？"

我摇摇头，继续埋头点餐，手机里忽然跳出一条消息提醒，我不得不向他转达这个噩耗："商家不接单，你的订单被取消了。"

"那你点什么帮我点一样的。"他也好说话，翻出一个小苹果问我，"吃苹果吗？"

我无语地摇摇头，加了个套餐，下单后无所事事地度过五分钟，收到了相同的提醒："啊……又被取消了。"

"正常，下暴雨嘛，没外卖员接单，等雨小点再点好了。"他咬着苹果口齿不清地说道，又问了一遍，"真不要先吃点苹果？"

我叹口气收起手机，正色道："那个苹果是我们台长留在这儿自己吃的，你怎么能随便动人家私人物品？"

他茫然地看一眼手里的苹果包装："回头买了再还给她不就是了。"

"很贵的，进口的，平均十块钱一个。"

"我不会赖账的。你吃个吧，就当我请客，我一起还，二十块钱我还是有的。"

"我不要，我不饿。"我只是一筹莫展，这雨到底什么时候能停，和叶尧待在同一屋檐下太煎熬了，他每句话都能增加一点我的焦虑。

他吃着苹果坐回原位，劈手夺走我的手机："借我一下。"

您这是借吗？这是明抢啊！

他还反过来不满了："你怎么什么游戏都不打啊？"

不蒸馒头我要争口气："我打啊，蚂蚁庄园！"

"什么……庄园？"他嗅出一丝可疑气息，抬起头。

也不见得别的游戏就更高贵，可我还是难免心虚，毕竟蚂蚁庄园我也不打，只是听易然说过。

“哦……”他飞快地点进我的支付宝，毫无隐私意识，“你这也玩得很菜啊……你的鸡偷吃被人揍了，真丢人。”

我深深叹气，扭过头去查看音乐播放到第几首了。

不理他不理他，不跟他一般见识。

他倒是容易满足，玩不了游戏也不抱怨，带着我的小鸡玩得不亦乐乎，不知道进入了什么小游戏，水平更菜，几乎每隔十秒就听见一次死亡音效。

最后我终于受不了了：“你就不能关掉这个凄惨的声音吗？”

“干吗？这又是你的雷区？”他露出欠揍的笑。

我再也不会傻乎乎地自曝其短了，转回身不再理他。

“那你能不能先关掉肚子里那个凄惨声音？”他抓来个苹果放我面前。

我还以为我肚子叫的声音别人听不见。

我去盥洗室的水池边洗了苹果吃掉，又回到广播室找了五首歌，这场雨还一点没有要停的意思。我们俩就像被困在荒岛的野人，没有一个外卖员愿意来解救，到后来连播放的歌曲都无法再保证和雨有关。

我把手机要回来给这所学校里仅有的三个朋友发了微信，过了一刻钟再看看回复，很不幸，他们都回家了。

“你不是朋友很多吗？为什么不能叫个人来给你送伞？”我没指望他好心到帮我多要一把，只期待早点有个人来把他弄走。

“能啊。”他头也不抬，“还有三十八分钟。”

“三十八分钟干什么？”

“我的鸡吃完饲料。”

“那是我的鸡。”

“你又不养，现在是我的鸡了。”

神啊！谁来救救我！

我简直等不及回寝室去跟易然打电话吐槽这个奇葩。

[13] “技术高超”

星期二我在广播室值班时，叶尧又突然闯进来，手里拿着一长筒包装完整的苹果，给台长留了个便签，还特地朝我晃了晃：“还给她了哦，看着。”

本来偷人东西还给人家就是应该的，这人怎么还能一副做了好人好事的骄傲腔调？

我没吱声，专心做自己的事，也有自己的烦恼，谁顾得上他。

凯昕昨晚催过我“别忘了给成都基地打电话要数据哦”，这对我来说是极限挑战。

平时陌生号码给我打电话我是不接的，等别人挂断后我会先上网查一查这号码。有时是广告电话，那我就可以不用回复轻松忘掉；有时查不到由来，我会因此焦灼一整天，但也不会回拨，只会做好标记等对方再一次打来时接听。

让我主动给不熟悉的人打电话更是从来没有发生过的事，我一般会选择给对方发文字消息。

可如果让凯昕替我打电话，就相当于凯昕一个人做了两份小组作业，这说不过去。别的事我还能求助于易然，但这件事不行，易然的电话恐惧症状并不见得比我轻微。所以我只剩下一个求助对象——阳乐棋。

“仙女妹妹你怎么总在发呆啊？和我们出来玩没意思吗？”陈瑞阴阳怪气的声音把我唤回现实。

我紧张地攥紧斜挎包的包链，说：“你们不是在聊辩题吗？”

“哎哟！我的错！”他回头对阳乐棋说，“咱们聊辩题，她可不就跟不上了嘛。”

我不禁在心里埋怨起了阳乐棋，为什么约我到学校附近超市买点日用品还要带着陈瑞。话说回来，陈瑞一个学长老跟在他这样一个新生屁股后面跑，是不是从侧面说明在高年级混不开啊？反正我们部长、台长除了组织活动，很少和新生一起厮混。

陈瑞还不放过我，用黄鼠狼给鸡拜年的语气说：“妹妹你平时喜欢聊什么？哎？你这个包包不错，哪儿买的？”

“商场买的。”

他莫名其妙捧腹大笑：“当然是商场啊，干吗特别强调是商场买的呀！被人说过像档口货吗？”

阳乐棋完全没理解他的嘲讽点，好奇地求知：“什么是档口。”

“批发市场。”陈瑞说。

我望着别处长叹了一口气。

“妹妹你补个妆吧，妆有点花了。”陈瑞故作诚恳地指指我眼下的位置，“这里这里，一叹气散粉掉下来了。”

阳乐棋感到新奇，惊诧地凑近：“你化妆了？”

“我……”还没说完一个字就被陈瑞打断。

“当然要化啊！瑶池仙女出门见人哪有不化妆的？你不是人吗？”

阳乐棋看着我笑：“我看不出来。”

陈瑞又伪装成我的盟友：“哎呀，你这人会不会说话，这不是不尊重别人劳动成果吗？看不出来就不能闭眼夸？”

“行。”阳乐棋憨笑着对我竖起大拇指，“技术高超。”

我收起手机前置摄像头，根本没有脱妆，又叹了口气。

“他什么都不懂，你别往心里去，生气老得快。”陈瑞这话说得好像我是在生阳乐棋的气，和他毫无关系，他甚至对我比了个心，“Peace and love。”

在某个我非常彪悍的平行世界里，我可能已经用手里提的餐巾纸一整包一整包堵上他的嘴了，一包根本不够。

“你不是有事找我吗？”阳乐棋终于想起正事，问我，“我们找个地方说。”

“前面有个……”我话说一半又被陈瑞打断。

“提这么多东西还能去哪儿，回学校吧。”说话的同时他已经扬手招下一辆出租车，以迅雷不及掩耳之势率先坐进后座，往里挪了挪，拍拍空出的座位，“阳乐棋，上车。”

我识趣地自己拉开了副驾驶位的门。

阳乐棋在后排还像个好奇宝宝一路追问到底是什么事，我没法当着陈瑞的面请他帮我打电话，谁知道陈瑞发现我的弱点又会如何冷嘲热讽。

下午上课前我跟易然又吐槽了一番这位“奇葩二号”，易然却把矛头指向了阳乐棋：“你要这男朋友到底有什么用？”

我对着手机发了会儿呆，也不好把自己心里没依据的阴谋论告诉易然。

“还是有点用的，他今天帮我拎东西了，而且他不是也会陪我去这儿去那儿，逛街看电影什么的嘛。”

“上次看电影你就一个人。”易然提醒我。

我可不是一个人，但故事太长，这话题起了头要回到我现在后排的“奇葩一号”身上了，先搁下不聊。

距离我们上次开会才刚过几天，大家都还没在小组作业上取得重大进展，没有在讨论这个，我暂时不用担心被追问致电索取资料的进度，眼下我担心“奇葩一号”自来熟地提起“他的鸡”“我的鸡”之类，逼我把周日被困在广播台的事回忆一遍，幸好他没这么做。

回到现实，话题与我无关，听语气好像凯昕对周末安排有些不满：“每周都打球有什么意思啊？”

“上周就没打。”叶尧笑着说。

“去看艺术展吧，还有一周就结束了。”

“你们想去看艺术展吗？”

裴弈连连摆手：“没有艺术细胞。”

凯昕更加不高兴，朝叶尧嚷：“问你呢，谁问他们了？”

“那你看我像这里唯一热爱艺术的人吗？”叶尧还是笑。

“哎呀烦死了，你爱去不去，不去我找别人去。”凯昕彻底恼了，转身去面朝讲台准备上课。

后排传来叶尧委屈的低声：“我说错什么了？”

裴弈也压低了声音：“我哪知道。”

连这都不知道，你们可太弱智了。

全天下男生怎么都这么爱抱团。这么一对比，阳乐棋还算好了，出门就带一个挂件。叶尧这种走哪儿都带一串的更离谱。

果然凯昕是因为这个点生气，一回到寝室就开始吐槽：“他是不是集体依赖性太强啦？每次出去都呼朋引伴拖来一大堆人。”

我毫不怀疑，他就是连对女生告白都要拉一群哥们儿摆一地花公开喊话的那种人。

不过话说回来，我想起了更关键的问题：“他怎么还不跟你表白？”

“还表白？不指望。我觉得这个傻子根本不会追人，一点恋爱意识都没有，他好像把我圈进他的打球首发名单里就已经很满足了。”

小八被逗乐了，喝着奶茶靠过来支着儿：“你可以跟他约一对一的运动啊。就算他带朋友一起，也只能一对一对玩的那种。”

“乒乓球？”

“不好不好，姿势不好看，而且打得太专注，对面看着像斗鸡眼。”

“网球？羽毛球？”

“都行啊，你问他会不会打。”

“我不问。”凯昕傲娇地把手机一扔，“我今天生气了，明天再问。”

我才不像凯昕善解人意，叶尧爱抱团大概是天性使然，可要说他情商低到不知道追女生要表白，我不信。我看他分明是不主动不拒绝不负责。

刚才部长在群里吆喝一声“星期六晚上桌游局”，他第一个跳出来响应，比我们做部员的还积极。

一边吊着凯昕，一边对学姐献殷勤，多线程操作。

我打开手机点进他的微信，想去检查朋友圈，却发现聊天记录多了张图，三只小鸡的截图。

我愣了愣，看见时间才反应过来，是那天晚上叶尧把手机还给我之前他自己发给自己的。怎么着？这也要留作纪念？

真够奇怪的，朋友圈里和我想的一样，除了发过和凯昕打游戏的战绩，他没发过其他和凯昕有关的东西。凯昕这么漂亮，又是模特，他连张照片都不晒。

最新朋友圈发的是那三只小鸡，这也值得晒？好像他在乎的只有游戏。

配文是："发现这只胖鸡吃饭速度比别的鸡慢。"

虽然没有证据，但我怀疑他在指桑骂槐。

裴弈在下面评论："自己的鸡吃饭速度慢。"

他回复裴弈："看不出来，你居然玩这个？"

裴弈："我不玩，但我老收到鸡被带走的提醒，偶尔看两眼。"

看见"鸡被带走的提醒"，我想起了易然的心动对象，退出去打通电话问问有没有新进展。

"他人缘太好了，在模联一下就有了一堆朋友，我跟他根本说不上话，正犹豫要不要干脆退了这个社团。英语课这边倒是进展更顺利，他只能跟我说话。昨天我上一半课睡着了，醒来发现他走之前给我留了便利贴。"

"写什么了？"我激动起来。

"老师布置的作业。"

"哦。"

"虽然内容没什么，但我觉得他人真的挺好。"

"那你呢？你没有进一步行动吗？"

"我有啊，我把应该我俩合作的作文一个人写完交掉了。"

"啊？什么啊，哪有你这样的！你得喊他一起讨论作业才能制造见面的机会啊，在饭点前约他，那讨论完就能一起吃个饭，多吃几次饭，感情就会变好了。"我从床上坐起来嚷嚷。

凯昕听见我现学现卖，在对面床上冲我笑。

"好有道理。"易然说，"你最近情商突飞猛进啊。"

"身边有凯昕这样的恋爱大师，想不进步都难……"可是凯昕这样的恋爱大师遇上叶尧，当局者迷，直接说叶尧坏话她肯定不爱听，我得旁敲侧击地提醒，"哎然然你说，如果一个男生的社交账号里从来不晒自己女朋友，是不是证明他的心里根本没有她？"

虽然话是对易然说的，但我在重点观察凯昕的表情，她没什么反应。

“对嘛！”易然说，“所以我就说你和阳乐棋不合适。”

“哎？阳乐棋不是经常在朋友圈吐槽我吗？”我被转移了注意。

“吐槽不是晒啊，他不也吐槽我吗？从哪儿能看出你是他女朋友啊？”

说得也是，虽然阳乐棋的告白我一开始就怀疑是恶作剧，但这恶作剧到现在还没揭晓，再加上从哪儿都看不出我是他女朋友，我严重怀疑，阳乐棋把自己告白过这件事忘了。

[14] “有缘在哪里？”

易然说，在朋友圈里不晒女朋友肯定是觉得女朋友拿不出手，他们男生和我们女生不一样，我们女生害羞不自信都是常态，可正常男生的普遍心理都是认为自己天下第一帅、自己女朋友天下第一美，从来只见女生们把减肥挂在嘴边，可从没见过哪个男生觉得自己胖。如果一个男生对女朋友遮遮掩掩，要么是爱得不够，要么是有别的“墙头”。

为了引起凯昕的重视，我还多问了一句：“什么叫‘别的墙头’？”

那是易然的追星术语，她们摆在明面上崇拜的偶像叫“本命”，同时喜欢好几个又每个都喜欢得不太强烈那种叫“墙头”。

“也就是说他还喜欢其他人，因为怕被别人看到，才不提自己女朋友对吧。”我概述给凯昕听，可她还是没向我这边投来目光，似乎根本没意识到我们谈论的话题与她有关。

也许因为她不觉得自己是叶尧的女朋友，可在我眼里他们已经是男女朋友了，跟我和阳乐棋正好相反，虽然他们互相还没表白，但凯昕明显早就投入了热恋。

最近她微博彻底变了个画风，总在深夜就发布甜甜的无主情话，比和摄影师恋爱那时候更像个小女生。这些无主情话别人看不懂，以我的视角看指向却非常明确，因为一到我们和叶尧一起上课或一起小组讨论的那天情话就断更了。当然嘛，现实中开开心心见上了面，谁会去网上隔空抒情。

让我觉得非常焦虑的是，陆学姐最近一期无聊手账Vlog的背景音里闪现了一个男声，只小声说了四个字，听不清是“放这里了”还是“放这里吗”，我反复听了二十多遍，觉得有九成可能性是叶尧的声音。这是个不好的迹象，要知道陆学姐录Vlog的环境一看就是她家，女生卧室，有床有梳妆台，到处粉粉的风格。

我不禁悲观地展开联想，要是我能成功挖掘到我们班毛毛的社交账号——

试过，但失败了，说不定也能找出她和叶尧的某些额外交集。形势对凯昕太不利了。

星期五我播报前广播室里人有点多，台长一开始就在，好像是过来拿东西的，陆学姐中途出现，是来找她的，问过她去不去玩桌游，见我在也顺带问了我。

我什么桌游也不会玩，但实话实说会暴露我以往是个可悲的零社交人士，于是我推说这周末要回家换秋天的厚衣服来学校。

“你家住在哪儿？”学姐追问。

我报了区名。

“那离我们玩的地方比学校更近啊，来吧来吧！”她盛情邀请。

我没有合适的理由再推辞，急中生智借口晚上还要和父母出门吃饭，答应晚点过去。

我虽然没玩过桌游，但按照爸爸妈妈和朋友过年时打牌的经验来看，只要晚半个小时到，玩游戏的阵容就会已成定局，我可以顺理成章地找个人身后坐着当观众，说不定看着看着就能学会游戏规则，下一次还能混在其中凑个人数加入他们。

进展比较顺利，截止到我迟到在部长身后落座都和我预想的情节如出一辙。我简单打扮过，但毛毛一下就看出我和平时的不同，当着大家的面说：“咦？晓晓难得穿裙子。”我立刻解释：“和爸爸妈妈吃饭过来。”显得不那么刻意，大家对这说法都挺买单，看表情没人觉得我很做作，松了口气。

大家一边玩游戏一边商量十一小长假的计划，台长提议组织一次短途周边旅行，一呼百应，部长让大家“有家属的把家属也带来”，我立刻给凯昕发消息通风报信。

凯昕却没有答应：“你邀请的不算，我硬凑过去像倒贴，除非叶尧自己邀请我，否则我是不会去的。”

我有点失落，我发消息的初衷是把凯昕当作我的家属，为什么大家都自动把“家属”理解为“男女朋友”呢？

一轮游戏结束后，又出现了一点小挑战，学姐叫我也一起加入游戏，我还没看懂规则，急忙摆手：“我就坐坐，一会儿有朋友来接我，他在过来的路上了。”

“男朋友哦？”因为和凯昕关系不错，毛毛被科普过阳乐棋和我的关系。

我妈妈不放心我太晚回家，特地嘱咐阳乐棋来接我，阳乐棋欣然答应。

我无法否认，只是对毛毛笑了笑。

席间有几个女生脸上浮现出隐约的微笑，我猜那些笑容的意思是“怎么这样的胖子也有男友”，正有点羞赧，叶尧突然在对面用嘲讽的语气开腔了。

“所以你专门赶过来，就是为了坐这儿玩头发？”

我微怔两秒，在大家的注目下飞快地松开玩头发的手。不知他是不是有所发现才故意提出来让我难堪，每当我感到有点紧张的时候，就会下意识地做些小动作，玩头发是最常见的一种。

我头发长度到胸下，坐着的时候正好在手的附近飘荡，玩起来十分顺手。妈妈总要纠正，说跟人说话时不停玩头发是不尊重人的表现，可我就是改不了，她因此还怀疑过我是不是有多动症。

我不知所措，手心渗出冷汗。

幸好我们台长伶牙俐齿，习惯性跟叶尧掐架，替我解了围：“要你管？人家不能过来听八卦？”

“行啊行啊。”叶尧装出难以招架的样子让她一程，嘻嘻哈哈和大家一起继续玩游戏。

这个小插曲彻底破坏了我难得出门的雀跃心情。叶尧对待其他人，不管男生女生，都不像对我这么恶劣。

也许他感受到了我对他的敌意，或者也有可能他就是喜欢欺负我。

他虽然不是我们文艺部的，但无疑是这个交际圈中的活跃分子，他的态度就像风向标，容易影响大家，说不定很快我就会变成大家的排挤捉弄对象。

我可以反击吗？如果我通过某些方法巧妙地揭穿他脚踩N条船的渣男行为，这些女生会不会统一战线同仇敌忾把他赶出文艺部？

我只是幻想，我想不出能让自己置身事外的巧妙办法，写匿名信发匿名短信？谁会信呢。更不用说也许女生们即使知情也完全有可能继续喜欢他，甚至可能内部竞争起来，不过那样的话就乱了套，大家的注意力应该也不会放在我身上了。

眼下看来，女生们发现他花心还喜欢他的可能性非常大。

因为活动散场时，他就那么明目张胆地帮一个又一个女生拦出租车送上车，鞍前马后，雨露均沾，善良的女孩们丝毫没有吃醋。

阳乐棋迟到了，这我也已经习惯。

他通常说九点出发就总要至少拖到九点半才出门，有时是十点。

当他回复说“快了快了马上到”的时候，意味着至少还有半小时左右。

所有依依惜别的戏码都结束后，只剩我和叶尧等在桌游店门口的街边，距离不远不近，叶尧说话我听得见："接你的人呢？"

不是我多心，他语气中有幸灾乐祸的成分，说不定真盼着我被放鸽子。

"路上堵车了。"我替阳乐棋编造了借口。

"我陪你等会儿？"他往我这边挤过来。

我又挪远了："不用，你先回去吧，他马上就到。"

"那更得等了，明天头条万一是女大学生失踪，我不得承担责任？"

这乌鸦嘴咒我。

"可你都不是我们部的，干吗自觉对每个人都有责任？"我犹豫了一下，决定替凯昕给他敲敲警钟，"我感觉这样有点像中央空调。"

"空调？"他转过头诧异地扬了扬眉毛。

"你如果对一个人好，那就很贴心，是暖男，但你对每个人都一样好，其实我们女生会觉得——那不就是无差别的中央空调。"我努力保持着严谨，"当然不是所有女生都这么觉得，只是一部分，大多数。"

"哦。"他若有所悟地点点头，过半晌又说，"不过中央空调又没什么坏处。"

我懒得理他了，说完前面那些话已经耗用了我毕生功力，他这就是明知故犯，装睡的人我们叫不醒，算了算了。

于是我们俩站在路边谁也不说话了。

过往车辆匆匆，车灯映在他脸上，他在我眼角余光中一会儿脸红一会儿脸蓝。

不知过了多久，他突然又打破宁静："要不你帮我叫辆车吧。"

"啥？"我满腹狐疑地扭头瞪着他，"你干吗自己不叫。"

他冲我扬了扬自己的手机："她们没到，我叫不了另一辆。"

难怪！这条路上扬招出租车有点困难，最后一辆车是他用打车软件叫来的，在那辆车到达学校之前他叫不了第二辆。

我攥紧了自己的手机："你可以再下一个打车App。"

"啊？"叶尧对我的无情感到震惊，"你帮我叫辆车有损失吗？还是说你担心我下车不付钱？"

我只是单纯地讨厌你而已。

我委婉地说："我没装打车App。"

他盯着我，深深吸气，深深呼气，最后什么也没说，去一边摆弄手机下载App了。

阳乐棋终于到了，可又犯了傻，出租车停在对面，他从出租车上跳下来就把车放跑了，从对街小跑过来，张口第一句就扯开嗓门说：“哈哈等好久了吧，我太倒霉了，我还设了个闹钟来接你，结果手机居然没电了。”

我没来得及捂他的嘴，叶尧意味深长的目光已经看过来了，潜台词“不是堵车吗”。

阳乐棋也注意到了这道不同寻常的视线，大大咧咧问我：“这是你们部同学？”

我只能介绍：“这是叶尧，是……呃……我们部长的学弟。”我绞尽脑汁，不知该怎么说清他出现在这里的原因，还不是因为他本来就出现得名不正言不顺？好不容易想起一层更近点的关系，“他是……凯昕的朋友，我们生物课的同学。”

叶尧对阳乐棋点点头算打过招呼。

阳乐棋恍然大悟：“哦！钟凯昕那个生物课啊！哈哈哈好有缘！晓晓本来要跟我选同一门课。”

叶尧微笑：“那也不代表我本来要和你上同一门课啊，有缘在哪里？”

阳乐棋短暂地愣住，这种寒暄用语本来就没什么逻辑，哪知道对方会较真：“哈哈，也对！”

我替人尴尬的毛病发作了，可以肯定叶尧是因为欺负惯了我，连带我的朋友一起欺负，故意让人下不来台，真过分。

我对阳乐棋充满歉意，但除了用鞋尖碾土也做不了什么。

“当时投了个票？”叶尧依然笑眯眯。

“对！哈哈，我输给钟凯昕了。”

“那你不够上心啊。”他慢吞吞地笑着说。

笑面虎，大魔王，我在心里骂他。

如果对话对象是我肯定又尬住了，好在阳乐棋比我心大，轻松招架过去：“对手太强大，她们女生居然手握一把小号来打投，不正当竞争，我也算长见识了哈哈哈。你和我们顺路吗？”

“我回学校。”叶尧摇摇头，佯装友好地做了个道别的手势，“你们也早点回吧，人都走光了，你来得够迟的。”

[15] “要不要代打？”

阳乐棋把出租车放走的行为果然很不明智。他站在路边用打车软件叫了一刻钟才重新叫到车，又等了七八分钟车才来。我则只好一直袖手旁观，坚持我“没装打车App”的人设。

叶尧强行蹭了我们的车去地铁站，一开始不像和他的朋友们在一起时那么活跃，有点见人下菜。阳乐棋说五六句他才回应一句，气氛尴尬，逼得出租车司机都亲自跳出来接话。还好阳乐棋并没有觉察，凭一己之力在叶尧下车前终于使他们三人打成了一片。

我很庆幸叶尧直到下车都没再作妖，但很不幸一觉醒来我又见到他了。

凯昕发起的打羽毛球活动时间定在今天，出行人数五缺一，我不得不去捧场，虽然我不怎么会打羽毛球。

到体育馆后我才发现，我把挑战想得太简单了。

凯昕、叶尧以及叶尧的挂件们实属运动健将，在我这个不懂羽毛球的人眼里水平和奥运选手没什么差别，大致上……就是都能你来我往打好一会儿不用捡球的意思。

而我所谓的“不怎么会打”还是过于“谦逊”，我几乎是职业型的捡球女工。这苦了裴弈。

于焕和小栩总是形影不离，自然一起打球，而凯昕组局的目的就是和叶尧一起打球，这也毋庸置疑。于是裴弈只能和我组了队。

他很快就发现我们连一个回合也打不起来，只能不断轮流弯腰捡球，并且越来越靠近球网，最后干脆隔着网看别人打球，裴弈负责给我实况解说。

我对他心怀歉疚，借口说我的球拍不太好。

他们几个都是自带的球拍，唯独我家里没有，是从服务台租借的。裴弈没有较真，点头为这蹩脚的借口买单：“借的肯定不好。”

中场休息时，叶尧穿过我们所在的场地去喝水，问裴弈：“你们怎么不打？”

“她球拍不行。”裴弈说。

叶尧喝完水折回来，劈手夺过我的球拍仔细研究，对裴弈说：“你去和钟凯昕打一会儿，我休息一下。”

“好咧！”裴弈兴高采烈地跑了，大概和我一起站着当观众真的很无聊。

“你也稍微学点吧。”叶尧转过头看向我直言不讳，“不然每次出来你都没法和大家一起玩，还耽误一个人陪你发呆。”

我紧张地退了半步：“我没有运动天赋。”

“那要看被谁教了。”他咧嘴笑，“你先去热身吧。”

“什么？”我有种不祥的预感。

他用手指比画出两个场地的范围：“热身，绕这里慢跑五圈。”

啊……怎么非得从热身开始教起，不能直接打球吗？

我头皮发麻：“你怎么不跑？”

“你看我还需要热身吗？”他笑着挑眉。

我怀疑他在故意整我。

我苦哈哈地开始跑步，他也懒得看我，低头玩起了手机。第一次跑过凯昕身边时她问我在干吗，我说热身，于是每次再跑过她身边时她都和裴弃一起给我加油。

唉，我才不想加油，大家完全不能体会我的水深火热。

五圈跑完了。叶尧领我到空地，用球拍这里指指那里指指：“左腿放这里，右腿摆这里，嗯，一前一后。手也举起来。”

他把我摆成个侧身站的螃蟹形状，把他自己的球拍塞我手里，教了几个分解动作，念着“一二三一二三”的口号让我循环做着蠢蠢的广播体操。

过了五分钟，他说：“你自己喊吧，别停。”然后走出了场馆。

我自己念着“一二三”的口号继续做广播体操，开始神游，这教练真不负责任，快半小时过去，我连球还没碰过，这样能学会，可不就是天赋异禀吗？

想什么来什么，叶尧拖着一大筐球回来了，冲我指手画脚：“可以了，动作连贯起来。哦……拍面稳定一点。”

还拍面稳定？我胳膊都快抬不起来了。

他不断发出新的指令纠正动作：“手肘转过来，不要放过来。”

每个动作都达到他的要求是很难的，过一会儿他放弃了，晃荡到场边去玩手机，还把我的手机也带了过来：“你有个电话。”

我看了眼来电，是陌生号码：“哦，不用接。”

他又帮我把手机放回去了。

这时我正在用球拍插筐里的球玩。

“休息好了吗？再练练？”他征求我的意见。

我回到原地重新开始练习，虽然没有交流，但我敢肯定我们已经达成了共识——我完全没有运动天赋。

叶尧坚持了一会儿纠正我的动作，又放弃了。

休息的时候我重点休息我的右手，拿了个羽毛球当毽子踢，当然我也踢得不好，有一次连续踢了三个，刚自嗨地笑着抬起头，正对上叶尧“地铁爷爷”的表情。

真扫兴，拜他所赐，我们这一带始终弥漫着一种要死要活、互相折磨的绝望气氛。

最后他连喊我“稳定拍面”都放弃了，摞了一长串羽毛球，绕到网对面：“试试接球。”

他朝我扔了个球，我球拍挥早了，又扔一个，球拍挥晚了。那些球无一例外地在我附近落了满地，我忽然觉得他一次性拿那么多个球是明智的决定。

“眼睛要看球啊。”他叹着气，笑容渐渐消失。

我明明就看着球，我也不知道为什么我眼睛看见的都不算数。

二十分钟后，我可算打到球了，但球没有如预想的向前，而是朝左侧飞出去，根本没过网。

他无奈地笑起来：“所以叫你‘稳定拍面’嘛。”

凯昕和裴弈休息时来我们场边围观，努力寻找我的优点：“不错！姿势很有型！”

“花架子。”叶尧边笑边朝我扔个球，从我球拍边漏过去正好掉在我脑袋上，一定是故意的。

凯昕瞟了叶尧一眼，很明显的白眼。

效果十分戏剧性，她脸朝向我时笑容可掬，看一眼叶尧就黑脸，再转向我又露出笑容，像川剧变脸。

很难不让人注意到。

总的来说，刚进场内开始打球时她明显笑容灿烂多了，是因为她想和叶尧打球却只打了一会儿吗？

我赶紧停下来主动提出：“让叶尧和你回去打球吧，我自己练习就可以了。”

“我才不要他，裴弈比他打得好多了。”凯昕果断拒绝。

虽然不知道是什么原因，但可以确定凯昕是在生叶尧的气。

不远处于焕喊过来：“我们要不要双打啊？”

“好啊好啊。”凯昕无视了叶尧，和他擦肩而过，飞奔向另两个人的场地。

裴弈也听出凯昕不对劲，小声问叶尧：“吵架了？”

“没有啊。”叶尧一脸无辜地耸耸肩。

我也看不懂叶尧这个人了。他扔下凯昕来教我打球，究竟是戏弄我寻开心的成分更多，还是蓄意回避凯昕的成分更多？如果是后者，那又是为什么？像凯昕最初猜测的那样“觉得已经撩上了凯昕，所以开始晾她”，欲擒故纵？

又一个羽毛球不偏不倚掉在我脑袋上。

他怎么连扔球都扔这么准，气得我想把拍子扔过去。

转折出现在我第一次把球打过网，那球自由落体掉在他肩上弹了一下才落地，这就像做对了附加题，我高兴地蹦了好几下，叶尧没再露出“地铁爷爷”的表情，而是隔着网和我击了次掌。

我开始觉得照这样下去多学几次，我说不定真能学会打球。

可是回程的公交车上，凯昕兴致不高。裴弈提了好几回“下次”约其他羽毛球场，别的场地有空调，别的场地价格便宜，别的场地没这么多人。大家多多少少都议论了几句，只有凯昕完全不接嘴。我有种预感，她再也不会和叶尧一起出来打羽毛球了，说不定感情已经破裂，她再也不会和他们出来玩了。

事态没有我想得这么糟，回家后凯昕给我打电话，原来她生气的点在于叶尧一直装糊涂、绝口不提邀请她一起参加文艺部的出行。

凯昕沉不住气，旁敲侧击地问他十一有什么安排。他只是含糊其词地说“还早”，接着就找借口躲开她了。

我不知道，原来他来教我打球之前还发生过这样的剧情，难怪呢！

凯昕发誓赌咒：“到时候他喊我我也不去了。”

我恍然大悟，渣男的假期是很难分配时间的，心可以花成四五六七瓣，可人只有一个，他分身无术。带了凯昕去旅行，就相当于认了凯昕做“家属”，那可是会失去文艺部的部长、台长、毛毛们的啊。

啧，真瞧不起他。

正琢磨着，意外收到他给我发的一条微信——

“你不敢给熊猫基地打电话吧？要不要代打？”外加一个“龇牙”的表情。

神机妙算吗？我怎么差点把这事给忘了。

说起来，这“龇牙”是微信表情里我最讨厌的一个，一副幸灾乐祸的样子，这个人连使用的表情都在我的雷点上蹦迪。求助谁我也不会求助他的！

我找了阳乐棋。

阳乐棋趁机来我们家蹭了顿晚饭，愉快地答应等工作日的时间帮我打电话，我要求在一旁听着，免得沟通细节我不知情。我们约好了星期二上午的时间，这样我下午上课时被问起进展能答得上一二。

阳乐棋他们学院十一期间也组织了出游，他邀我一起，我几乎条件反射地认定陈瑞一定会去，摆摆手：“我们文艺部也有活动，你找易然去吧。”

“我找易然干吗？易然又不是我女朋友。”

原来他没有忘记，那是我对“女朋友”这个名词有什么误解吗？

我不禁用手机打开了搜索引擎，认真搜索“女朋友”。

我看见这样一句："把你的女性朋友说成是你的女朋友也不为过，因为如今人都开放了，男女之间也有友谊这种关系了。"

原来如此啊，我真是社会经验太少了。

可既然女朋友是这个定义，那为什么他又说易然不是他女朋友呢？

阳乐棋没给我留够时间理出头绪，直接进入了下一个话题："啊太可惜了，我室友还想让你把钟凯昕带出来，他想认识钟凯昕。"

"嗯？"我放下手机，"为什么要认识凯昕？"

"钟凯昕有男朋友吗？"

我飞快地领悟了，大美女果然很容易被人看上："没有没有，一个都没有。你室友长得帅吗？凯昕只爱一米八五以上的男生。"

"很帅的，一米八五绝对有！"阳乐棋也激动起来。

"那就别管旅不旅行了，星期二我们打完电话一起吃午饭吧！凯昕中午没有课。"我喜出望外，与阳乐棋一拍即合。

第四话

QIANMA

还是选真心话吧

[16] “回头见”

周一的一个课间，我刚出教室，就看见叶尧和裴弈跟一个生面孔的漂亮女生有说有笑地从楼上下来。他们经过我面前，但没看见我。

难以判断那女孩是叶尧的朋友还是裴弈的朋友，和两人都保持相同的社交距离，感觉没有向凯昕通风报信的必要。

与此同时，我正密谋着如何让凯昕喜欢上其他男生。

阳乐棋主动提供了一张他室友的照片，虽然不像叶尧那么帅，但长得不差，明显是个爸爸疼妈妈爱健康成长阳光灿烂的精神小伙，绝不会阴阳怪气，通过了我心里的预审。

我想凯昕的情感困扰很快就可以解决。

我自己反而遇上了一些棘手的危机。晚上在做广播稿素材搜集时，我在BBS上看见了一个帖子，标题是：“你们有没有发现校内广播每周都有几天画风清奇？”

回帖数高达四百多，始终飘在版面前排。

我一瞬间就意识到这里面讨论的是我的播报，但是我没有点进去。我有种不好的预感，里面肯定都是对我的批评。

我的猜想很快就得到了验证。

第二天早上我准备播报前，部长来到广播室叫停了当天的节目，让我换成纯音乐放送。理由是“收到通知，指导老师要求把你做的节目暂停一段时间”。

我茫然地追问："一段时间……是多久呢？"

"具体没说。"

"那有说是为什么吗？"

部长左右看看，压低声向我透露："我听说是有同学往校长信箱投诉了，说'低级趣味，价值观有问题'，唉，你随便听听就得了，反正就是有人闲得慌。指导老师倒没这么觉得，他只是说我们选的素材偏鸡毛蒜皮，够不上占用新闻简报这个时段，做校内新闻嘛，还是应该宣传学校的重大事件。"

学姐说着"我们"，听起来就像整个广播台都受了点小批评，并没有特别针对谁。我心里对她充满感激，其实心知肚明，只有我一个人播的是鸡毛蒜皮。

"这样……我们以后播报什么内容呢？"

"这个简单，直接提前一天去问团委宣传部要素材，今天校领导开了什么会啦，明天团委组织了什么学习啦，拿到素材概述一下就行了。小希和毛毛一直都是这么做的。"

我知道其他广播员一直都是这么做的，我觉得那些内容实在没意思，可能我是个怪人，和大部分人的感觉不一样。也可能我是个本来就不该进这学校的学渣，所以才把低级趣味当成有趣。

学姐看出我情绪低落："你可能会觉得读那些东西很枯燥啦，要不这样吧，最近组织舞台剧比赛缺人手，你先来帮忙，我跟你们台长打个招呼借你用用，等圣诞节忙完舞台剧比赛你再回来。"

我条件反射点了头，等学姐走了很久才反应过来，组织？是不是要和很多人沟通啊？

我心烦意乱地放完音乐，中间走了很长的神，正准备离开，叶尧在门口探了个头："你们部长让我过来问问，为什么一早上只放歌？你忘带广播稿了吗？"

我错愕几秒，挠挠头："我们部长刚从这里走，她叫我暂停节目的。"

"嗯？王珺仪怎么颠三倒四？"

"王珺仪是我们台长，你才颠三倒四，就这么几个人名字还能记串。"我都不想提她们在我眼里还是他的绯闻女友。

"那是什么原因不播了？"他追问道。

我想他大概还得去给台长回话，把来龙去脉跟他说了一遍。

他听完也感受不到我的郁闷，轻飘飘地点头，甚至心情很好地匆匆走了：

"哦，行，那回头见。"

回你个头哦，谁要和你见，一点同理心都没有。

离开广播台，我在校园里漫无目的地兜圈，心里堵得慌，想找个人说说话，但这时候凯昕还没起床，阳乐棋和易然都在上课。

我不知道自己为什么会这么难过。

加入广播台像个意外，只因为叶尧不想长时间帮学姐占着共享单车，所以随口那么一提"你声音好听"，就稀里糊涂加入了。其实他对我来说根本不是重要的人，这明显是个未经思考的草率决定。

但后来这些自以为有趣的播报填进了一个不断长大的茧，等到一点点累积的成就感从里面飞出来，就已经升华成了梦想。

梦想、热情和友谊——那不就是青春的三要素吗？它们居然也一度大张旗鼓地来过我的生活，让我误以为大学会像青春电影那样阳光充沛。

现在突然间我所拥有的一切又回到原点，只剩个白茫茫的空壳。

我穿过甬道，瞳孔像万花筒一样盛着铺天盖地的银杏叶。

世界在醒来后带着秋天的凉意。

下课的音乐声一响我就加速跑向了英语楼，在教室门外等着易然。

"放屁哦！我身边的所有朋友都很喜欢你播的节目。"易然一听就奓毛了，"活泼可爱、经济实用、幽默搞笑，哪里低级趣味了？"

"你对我有粉丝滤镜啦。其实不只投诉的，BBS上对我的播报评价也不好。"

"可他们不要听这个要听什么？严肃新闻每周听个一两天知道大方向不就行了，天天听多枯燥啊，那种千篇一律的会议纪要就算在我耳朵边从早嗡到晚我也不会认真听。"

我叹了口气，现在讨论这些已经没有意义了，被投诉的节目只能下架，又没有申诉渠道。

"那现在你们部长有没有说什么时候可以恢复节目？"

"应该不可能恢复以前那种，我现在被调去组织舞台剧比赛了，等到圣诞节之后回广播台也只能读严肃新闻。所以我在想，要不干脆退出文艺部算了。"

"啊？退出？为什么要退出？"

"从我们这届接手广播台以来，其他四个广播员要么是问团委要文件，要么直接照读学校首页的近期新闻，只有我一个人去BBS上搜集话题做功课，他们也都知道。结果反而是我的节目被叫停了，他们会怎么想？觉得我很可笑吧。我不想再待在大家都觉得我很可笑的团体里了。”

易然沉默许久。她应该能理解我受不了别人的嘲笑目光，喃喃道：“要是上微博开投票让大家二选一，肯定是做了功课的有趣新闻投票人数多。我觉得你应该抗争一下。”

“抗争什么？开微博投票吗？”我丧气地笑笑，“就算投票结果站我的人数多，我又能拿着结果去找谁说理啊？老师又不是我，会看微博投票做选择。”

“说得也是。”易然也跟着郁闷，束手无措。

我喘不过气，想转个话题，硬换出轻松的笑：“算了算了，别说我的事了。你那个同桌呢？指给我看看。”

易然的表情生动起来，可一回头，在我们站走廊里说话的过程中同学都走得差不多了，教室里不剩几个人。

“哎——走了。反正很帅就是啦。”

“有多帅？”

“比阳乐棋帅一百倍，你下次早点来看。”她拉过我顺着走廊下楼，“我们去吃冰激凌吧。”

冰激凌真是百忧解，现在我暂时不想考虑胖不胖的问题了。

我跟着易然买了冰激凌，找到无人的角落坐着慢慢吃掉，心情稍微好了点，收到阳乐棋的微信问我在哪里，想起我们今天约好了一起给熊猫基地打电话。

大概我今天已经不能更倒霉了，打电话的过程很顺利。阳乐棋负责沟通，开了免提，我在一边听着。没费什么口舌，对面就爽快答应把一些数据资料发到我的电子邮箱。

他挂掉电话问：“钟凯昕一会儿过来吗？我跟我室友说这节课下课后在二食堂碰面。”

“跟她说好了。”我给凯昕发微信确认她的方位，“她说她在来的路上了。”

“那我们去二食堂等。”

我们四人的会师也格外顺利，没有人迟到，食堂里还比较空旷。

凯昕并不知道我们的目的，以为只是我想在上课前和阳乐棋一起吃午饭，阳乐棋带了他室友，所以我出于平衡也带个朋友。不过她天生擅长交际，很快就和两个男生自然地聊上了，还跟阳乐棋的室友互加了微信。

他们互加微信时，我偷偷朝阳乐棋挤眉弄眼，阳乐棋做着小动作劝我别忘形。

不过由于有阳乐棋室友这个陌生人在场，我几乎没怎么动餐盘里的菜，幸好我刚才吃了个冰激凌，现在还不饿。

就在我觉得已经圆满完成任务时，忽然有人从我身后叫着阳乐棋的名字靠近。

我脊背一凛，回过头，果然是陈瑞。在我回头的同时他已经不请自来一屁股在我身边坐下了。

我倒不觉得他能对我们给凯昕牵线搭桥的计划搞破坏，只是我今天心情已经这么糟糕，一点也不想应付他。

“你们在吃饭啊，待会儿有课吗？这位是？哦让我猜猜！是小仙女的仙女朋友吗？”

在座的四人还没来得及开口，陈瑞已经倒出了一堆问号并自己给出了解答。

阳乐棋给他介绍凯昕：“这是钟凯昕。”

室友花了好几秒理清了人物关系，笑着看我一眼，什么也没说，我已经懂了那眼神的意思——小仙女？我咬着嘴唇低下头去。

而阳乐棋这个笨蛋似乎还嫌我的人生不够惨痛，竟然像发现新大陆一样兴高采烈地站起来向远处招招手：“叶尧！来来来坐一起吧！孟晓和钟凯昕都在！”

我脑子里炸了颗原子弹。

阳乐棋傻了吗？不是要给他室友介绍凯昕吗？哦——我跟他说凯昕没男友，我还跟他说叶尧是凯昕的朋友……祸从口出。

我以为这已经十分混乱了，没想到还能更混乱一点。

等我回头去看，发现叶尧身边跟着昨天那个漂亮女生，这次是他们俩单独在一起，没有裴弈。

两人端着餐盘刚走出配餐窗口就被阳乐棋叫住了。

叶尧敏锐的目光从我们每个人脸上迅速扫过，肯定冥冥之中感到了危机，犹疑着想要找借口开溜。

凯昕却断了他的后路，淡淡笑着说：“坐啊。”

[17] “你生活能自理吗？”

叶尧和他的女生朋友拘谨地靠边坐下，表现出一丝“严格上来说我们并没有和你们坐在一起，但食堂位置不多另找座位也麻烦只能凑合”的勉强，不知道别人有没有体会到这种尴尬，我想阳乐棋是肯定没有的。

“对啦晓晓，今天早上怎么没听见你广播，光听了二十分钟音乐，困得我差点睡回去。”阳乐棋哪壶不开提哪壶。

我僵了几秒，含糊地一笔带过：“嗯……临时有事……部里……开会。”

话已出口我才想起，这里有一个人知道我在撒谎，臊出一身汗。

好在叶尧只是扫了我一眼，并没有打算揭穿，或者也没放在心上，他更关心的是不能让他的女生朋友感到无法融入，给她小声地一一介绍在座他认识的人：“这是阳乐棋，这是孟晓，这是钟凯昕……都不是一个院，她们俩表演系，阳乐棋工学，这你朋友？”

阳乐棋积极接过介绍的接力棒：“这我室友高原，也是工学的，你好。”

“我心理系，崔璨。”那女生大方地自我介绍。

“哦——你们系哈哈……”阳乐棋喜出望外，“你们系新生辩论队很强啊。”

我也想起来，为了广播稿上BBS找素材时看见过大家都在议论，心理系和管理系的一场辩论赛特别精彩，双方实力悬殊本来缺乏看点，没想到自由辩论阶段心理系三辩和四辩在场上各持己见撕了起来，这两天是热门话题。

“她就是辩论队的。”叶尧笑得别有深意。

没想到我们吃瓜群众遇上了瓜主。

“真的吗？我也是！”阳乐棋激动不已，“你们系徐悦萱我认识，校辩论队的，你怎么不加校辩论队？”

“我们专业课多，我没加社团。”

“你们专业课没我们多吧？”阳乐棋的室友插话。

崔璨边吃边聊：“我们这学期八学分。”

“八学分还算多？”阳乐棋和他室友异口同声笑道。

“新生算多的好吧。”

阳乐棋笑：“我们系十五分，好几门三分三分的。”

“八分算养老院。”他室友说着又转头问凯昕，“表演多少专业课？”

“我们也八分。”凯昕说，“我们练功的课都有学分。”

“你看艺术都八学分了，八分真不算多。”

“我们系才六学分。”叶尧笑，“是我们系最少吗？”

难怪他整天游手好闲。

“六分的有一批。”阳乐棋说，“我知道中文也六分。”

“就是嘛，裴弈也就六分。”叶尧对崔璨说。

崔璨露出惊讶的表情：“经院居然这么少？比我想象的少。”

“他是因为有门专业课能大一选也能大二选，这学期没选上。”凯昕比叶尧还深知内情。

“辩论队虽然没有学分，可也是蛮专业的，不比专业课差，像我也是到了大二才醒悟过来，学分没那么重要，能力更重要。”陈瑞突兀地打断了大家的七嘴八舌，“哦对，忘了自我介绍，我也是校辩论队的，我叫陈瑞，是你们的学长。你们还真是一群小朋友，哈哈，我大一时也这样，紧张得要命，各种算学分，期末拼命背书。下个学期你们到期末就懒得复习了。”

他聊天的内容本身没什么问题，只是本来大家已经不在讨论辩论赛的事了，他又强行扯回辩论，并且由于我们坐了个平行四边形阵型，一开始互相介绍时把坐在一个角上的陈瑞漏了，这话题已过去这么久他再补回来就有些奇怪。

冷场三秒无人接话。

阳乐棋慢半拍反应过来，指着陈瑞向崔璨推荐：“陈瑞是我们校辩队的前辈，我同系学长，可以让他给你介绍下我们队。”

崔璨挤了个笑，明显的皮笑肉不笑，又低头继续吃饭。

我心情舒畅，看来她不怎么喜欢陈瑞，这像给他碰了个软钉子。

陈瑞不以为意，滔滔不绝，还辅以各种大幅度的手势：“你们系徐悦萱嘛，我记得她，她刚进辩论队的时候我觉得她基础还可以，指导过她几回，不过这次辩论赛出现这么大失误我是没想到的，也不是说不允许和队友有观点分歧，但是自由辩论阶段一定不能思路混乱，大方向上……”

阳乐棋听出不对劲，打断他：“哦不是，学长，和队友辩论的不是徐悦萱。”

崔璨支着脸看着陈瑞：“是我哦。”

冷场三秒。

陈瑞并不觉得尴尬，反而顺着话头继续说：“所以你更应该加入校辩论队呀，这种问题只要接受过一些专业训练就不会出现了，像我们去年新生辩论的时候……”此处省略三千字，无人接话。

在座的只有三个人可能对辩论感兴趣，崔璨、阳乐棋和陈瑞，其余人没有一个参加过辩论，我和凯昕因为学院没有参加辩论赛甚至没看过一场比赛。

崔璨看起来不太想聊。

陈瑞非要硬聊这个话题，自然无人捧场，大家把他的个人秀当作背景音默默吃饭，只有阳乐棋不时“嗯嗯”“对”地附和几声。

我现在知道他为什么这么喜欢阳乐棋了。

好不容易等他说完，崔璨压根没往他那方向看，而是找凯昕搭讪："你们系真的都在摇号买房？"

凯昕笑起来："那是广播台散播的谣言。"

我们嫡系师姐在播报时开玩笑说过，我们系不参加舞台剧比赛的原因是同学们忙于排队摇号买房，其他学院因此误以为我们院遍地是富婆。

"班里有人去摇号。"我替广播台争辩。

凯昕说："但没参加舞台剧主因不是这个，我们院人太少又太有个性，集体活动一般都组织不起来。"

"和我们院差不多。"叶尧接话道，"辩论赛舞台剧都没组织起来。"

阳乐棋的室友说："在集体活动方面还是大一点的学院占优势。"

崔璨附和："工院辩论赛就很有存在感，不过是不是舞台剧也没参加？"

"我们拆成了三个系参加。"阳乐棋说。

"散装工院。"他室友笑着总结。

"主要还是舞台剧太没有意思了，我们院参加集体活动蛮多的呀，比如上半年的运动会，我们当时奖项积分一直排第一，到最后才被反超了那么一点点……"陈瑞又开始滔滔不绝展开说起了运动会，此处省略三千字。

在他聒噪的背景音下，大家把饭菜都吃得差不多了，其间依然只有阳乐棋不时捧场："哦？那么厉害吗？""哇那真不错。"

这真的不能怪大家冷漠，只有陈瑞一个人是二年级的，他又老说我们进学校之前的事情，那谁能和他产生怀旧共鸣呢？

他终于说完了，冷场三秒。

阳乐棋的室友刚才不知神游去了哪里，现在已经回过神来，他有自己关心的事，主动开口问凯昕："你是本地人吗？我们院非本地的同学组织了十一长假周边游，你要不要一起来？孟晓也一起？"他特地带上我，好显得他的热情是广泛播撒向大地的。

我还没来得及开口，阳乐棋已经替我回答了："孟晓文艺部有活动来不了，问过她了。"

凯昕没说去也没说不去，只是对别的事好奇："阳乐棋你不是本地人吗？你和晓晓……"她用手指比画比画，"不是一起长大的吗？"

"对啊，但我也不想回家，暑假我在家都待不住。跟着他们凑热闹呗。"

"我也要去我也要去！我不是本地人。"陈瑞跳出来。

阳乐棋的室友说：“那一起来吧，人多好玩。”

可陈瑞又换出为难的表情：“可是我长假活动太多了啊，三十号我们辩论队还有次例会，这阳乐棋知道。一号下午吧我们班……”此处省略三千字，陈瑞把我们并不想知道的他整个长假每一天的详细行程都广而告之了，然后才说，“哎呀，真是太忙了，不过我要想想办法逃掉一些，看看能不能空出时间跟你们一起去。哎呀等你们到了大二就知道了，整天从早忙到晚连娱乐时间都没有，我太难了！”

因为我们没到大二，所以我们并不知道，于是我们只好又集体沉默了三秒。

平心而论，我感觉到在座的除了我其他人都挺外向，但五个社交达人都带不热整个场子，就因为有陈瑞这个话题毁灭者，我们才太难了！

沉默之后，叶尧突然毫无征兆地踩进了雷区，吃着饭随口问凯昕：“你和孟晓一起去海边吗？”指的就是跟文艺部出行。

他开口询问凯昕的长假打算了！

殊不知凯昕已经发过了毒誓。

凯昕沉下脸，冷淡道：“我不去，我二号有工作。”

没想到叶尧根本没有进一步争取，直接转脸来冲我幸灾乐祸：“哈，你一个人去？你生活能自理吗？”

叶同学，请你脑袋清醒一点，你女朋友都要跟人跑了，你还顾得上嘲笑我？

阳乐棋的室友就显得十分机智聪明，马上再次对凯昕发出邀请：“那你和我们玩玩吧，我们三号才出发。”

凯昕瞄了眼叶尧，示威般点头：“好啊。你们计划去哪儿？”

看！她跑了！你活该！

我在脑海中转着圈圈放起了烟花。

“我们去扬州。”

“怎么去啊？高铁？”

“人数要是合适我们就包辆大巴，又便宜，路上还好玩。”阳乐棋说。

“干吗坐大巴？自驾游多好？”陈瑞莫名其妙地跳了出来。人家不都已经阐述过了为什么坐大巴吗？又便宜！路上还好玩！

亏得阳乐棋还理他：“我们没有车，哈哈，也没有驾照。”

“天哪！你们居然没有驾照？你也没有吗？”陈瑞问的是阳乐棋的室友，

得到摇头的答复后呼天抢地地说了下去，“怎么会都没有驾照啊？你们是大学生吗？正常大学生高考完的暑假就应该把本考完了啊！我当时考驾照，整个驾校里……”

“你怎么什么事都能往自己身上扯？”崔璨突然冒了这么一句，打断了他的话。

“什么？”陈瑞脸上第一次浮出呆滞的神色，眨了眨眼睛。

“大家在讨论你不熟的话题，你可以听着，潜水不会吗？为什么每一次都要强行把话题引到自己熟悉的领域，然后就你一个人说下去？好烦哪。”崔璨说话的调调懒洋洋的，攻击性却很强。

可能也有其他人不喜欢陈瑞，但一般人不会这样甩脸公开亮出敌意。

在座的各位集体目瞪口呆。

“这位妹妹……”陈瑞企图主动示好缓和矛盾。

“不熟就别认亲了，你不是本地人说不定还比我小，差几个月能分出什么高低，年龄长了情商没长还显得饭都白吃了。”

凯昕和叶尧同时憋不住嗤笑起来，这时候他俩还是挺般配的。

阳乐棋看起来没明白崔璨为什么爆发，只是条件反射地和稀泥：“对呀，快吃饭吧，别搞认亲大会了。”

陈瑞被闹得下不来台，反而偏要较劲，讪笑着针锋相对：“哦哟，你们这届小朋友口气大了嘛，不管年龄大小，高一届的总是前辈咯？心理系大二都有些谁呀？学长学姐不教你们尊重前辈的吗？为人处世这个样子。”

崔璨放下筷子：“心理系前辈教育我们，凡是看到那种行为风格戏剧化、过分追求别人赞赏、过度夸张自己吸引力的人就要敬而远之，因为表演型人格障碍根本没有药能治。”

叶尧乐坏了，又终于想起自己把杀伤性武器带来应负有责任，赶紧推推崔璨：“你吃好了吧，裴弈下课了，我们去找他。一会儿还有课。”说着飞快地招呼凯昕和我，“下午课上见。”

凯昕也不想在这儿听陈瑞吹牛，带着我起身：“课上见，晓晓我们去整理一下小组作业资料。”

我心里欢呼雀跃，端起餐盘跟着跑。

阳乐棋的室友摇摇手机招呼凯昕：“微信上聊！”

阳乐棋却追着叶尧跑了：“叶尧你晚上有课吗？开黑吗？”

几乎是一瞬间，听众们集体作鸟兽散，陈瑞想回击都失去了他的广场。我猜他一定气疯了，走之前匆匆一瞥，他表情非常难看。

我又喜欢上了崔琛，如果她不是我们凯昕的隐形情敌就好了。

为什么叶尧的绯闻女友每一个我都这么喜欢?

我对他羡慕嫉妒恨。

[18] “你会嗑瓜子吗？”

临近十一，我打起了退堂鼓，想索性不和文艺部一起旅行了。

我的节目被叫停的消息肯定已经传开了，其他部员都知道我办砸了事，可以想见会用什么眼神看我。

叶尧问我“生活能自理吗”，我也确实答不上来。我从来没一个人出过远门，生活上的自理没问题，但整个文艺部太多人了，我熟悉的只有和广播台有关的七八个人，我不确定在这么多陌生人的陌生环境里会不会出意外。

放假前一天，文艺部群里最后一次接龙报名出行人数时我没有参与，谁知离校前陆学姐专程来寝室楼下找我，劝说我一同前往。

她剪了长度刚到肩上的短发，我差点没认出来。

简单寒暄之后，她和我坐在自行车棚栏杆上聊了聊部里的情况。

“节目被取消了我知道你很泄气，我不知道怎么安慰你，因为我也是这样过来的，很努力地做事，渐渐发现身边其他人都在糊弄，当上部长后做再多动员喊大家一起努力也没人积极，只要一眼没盯住别人就偷工减料敷衍，我一个人哪做得过来这么多事？累还是小问题，稍不留神做得不合指导老师的心意就被推翻，一直以来都是这样的。”

我回忆着文艺部招新时的场面，的确，除了部长本人，其他女生都只是躲在棚子里聊天，连传单都不愿走出来发。

“为什么会这样呢？我以为大家大多数人都是学霸，应该很有上进心才对。”

“文艺部这个名称能吸引招纳的成员就不是学霸，你看现在部里的人员构成，一半来自你们学院，你们学院连全校性的辩论赛和舞台剧比赛都没法组织参加，还不能说明问题吗？剩下一半就是珺仪她们，本来加入进来的目的就只是想交友玩乐，遇到聚餐和旅游才积极，再加上看看你们学院那一半人不爱做事，风气是会互相影响的，时间久了就自然没有做事的动力。”

“那可怎么办呀？”

“还能怎么办呢？得过且过而已啊。所以我也想劝你别太较真，节目停了你肯定沮丧，可是在她们眼里不算什么事，谁也不会总记着。遇上出去玩的活动就不要错过，在学校里有个圈子吃喝玩乐不也很开心吗？就当出去散散心吧。”

学姐切中了我的要害，我的心理负担霎时烟消云散。

没有人会看轻我嘲讽我，因为没有人把工作当回事，我都分不清这是好是坏了。

“来玩吧。”学姐从栏杆上跳下去，开朗地回身抓着我胳膊冲我笑笑，“我们部也有优点，男的少，不像其他学生组织一堆人打官腔争官位。一群没功利心的小姑娘开开心心玩得很单纯。”

这样说起来，其实文艺部特别适合我。

文艺部包了两辆大巴，全程没能飞奔起来，十一开车去周边的人太多了，连高速上都行驶缓慢。

我们在车流里走走停停溜达，却兴奋得恨不得亲自下车狂跑。

满满一车，大部分是女孩子，难免叽叽喳喳。

毛毛和我坐一起，双人座位，分享了一人一只蓝牙耳机听歌。

后面那辆车大多是二年级的人，不过部长在我们这辆车，大家已经纷纷惊讶地发现她一口气把头发剪这么短，好奇为什么，她说：“烫坏了影响了发质，干脆剪了，短头发好洗好吹好打理。”

我又开始羡慕她，我连发质都比不上人家，短发时我的头发更难打理，每天早上睡醒都不听使唤地乱翘，用很多水和发胶都压不下去。

阳乐棋有几次没等我弄好头发就跑来我家找我，笑得前仰后合，说我脑袋像电视机一样方，都长角了。

光彩照人的女生们各种细节上都是得天独厚的。

部长很照顾我们，给毛毛和我发了薯片和瓜子。我把一包瓜子握在手里没拆，可感觉心里暖暖的。

叶尧坐在我斜前方，中间隔着过道，顺着部长递零食的动作回头看了一眼，目光从瓜子移到我的脸上，不怀好意地笑笑。

我明白他的意思，专门想看我吃东西时出丑，我才不会让他得逞，把瓜子塞进书包里，表示暂时不吃。

他看不上热闹好像有点失望，转而又“扑哧”笑：“你会嗑瓜子吗，不会吧？”

关你什么事啊，我缩着脖子把脸别开。

听见他又换了一种“咯咯”笑：“要我帮你剥吗？”

我脸上一阵热，生怕毛毛听见，转回头压低声尽可能凶：“不要。”

这对他一点威慑力都没有。

他笑得更坏了，视线降下去：“那你这一路又只玩头发？”

我飞快地松开不自觉绞着头发的手，起了身鸡皮疙瘩。

“我的鸡还活着吗？”他用周扒皮的语气问。

其实那鸡好像不喂也死不了。

但我报复性地答：“死了。”

他颇为遗憾地“啧”了一声。

车前方突然传来“喂喂”的广播声，大家纷纷朝前探出脑袋，叶尧也回了头。

部长拿着一只插了电的有线话筒又“喂”了几句，试好了音，抬起头对我们说：“今天我们……”话筒发出了刺耳的声音。

整个车厢里响起哀号，大家捂起耳朵：“部长……”

部长连忙把声音调小：“不好意思不好意思。”

叶尧快笑疯了，躲在一旁起哄：“你哪年出土的啊？搞这些土味玩具干吗？”

这让我想起我爸妈年轻时照片上玩的卡拉OK。

部长就站在他前面一点，离他最近：“我不是怕你们听不见我说话嘛！”

连我的耳膜都快震穿了，别说叶尧。

他赶紧把耳朵捂起来避免余震：“行行行，你嗓门大你说的都对。”

部长一活跃就超可爱，拎着碍事的话筒线来回散步：“今天是我们文艺部本学期第一次出游，每分每秒都珍贵，用来睡觉就太浪费了，都醒醒啊，来玩游戏吧！”

后排有女生回应：“车上这条件又不能玩桌游，要不我们下个手机游戏组队？”

“不行不行，一定要扔掉手机，回归自然生活。”部长说。

我喜欢的动画片里有这一集，主角们扔掉手机回归自然，结果悲剧了。

“成语接龙，可以成语接龙。”毛毛在我身边喊。

叶尧回头笑话她：“你是小学生吧，还成语接龙。”

部长拿出了部长的威严：“成语接龙怎么啦？成语接龙你还玩不来呢！就从你开始。”

“一个顶俩。”叶尧眼都没眨脱口而出，一秒终结这个游戏，还挑衅般回头笑看毛毛。

部长举起话筒作势要揍他。

大家一起笑着起哄，这氛围似曾相识，好像中学时班里同学爱集体哄大家都喜欢的两个异性老师。

我跟在人群里笑，笑着笑着心里忽然有点酸，凯昕不来亏大了，看这趋势刚上车他们就快把部长和叶尧凑成了一对。

虽然部长也很好……

我低头给凯昕发了几条消息，问问她在干什么，却没对她说这边的情形。

等我放下手机，车里已经开始合唱起了歌，不再有衍生剧情。

由于都是学生，预算不多，我们订的不是酒店而是民宿，房屋类型声称是别墅，但更像郊区自盖的小楼，不过两个人一间条件总比学校宿舍好多了。

到了目的地，部长让大家先按照分配好的房间各自安置行李。

我东西不多却很零散，为了方便拖行带了行李箱，箱子有点空。看起来其他女生也情况相似，多半带了行李箱。

叶尧第一个下车，也很快取到了自己的东西，暂时搁在一边，正帮后面的女生们一个个把箱子拎出来。

报到上车时我生怕迟到，来得太早，行李箱被挤进了非常靠里面的位置，眼下成了困局，只好默默等在一旁。

接行李的女生们慢慢吞吞，还兼与叶尧聊天，速度更快不起来。

我百无聊赖，听见有人问："你这带的是什么啊？"

回头一看，一个女孩子用脚尖踢踢叶尧身后搁在书包上的一块木板。

叶尧说："画板。"

"这边都是海，有用武之地吗？"另一个女孩下巴抵在前一个女孩肩上问。

"有啊，什么都能画。"

我忽然想起，叶尧学建筑设计，那专业印象中还要加试美术，他说不定比我这个艺术学院的人还懂艺术。

第三个女生像叠罗汉一样靠过来问："那你会画人像吗？"

"嗯。"

下一个问题顺理成章地蹦了出来："给我画一个吧。"

叶尧一边把她们的箱子拿出来，一边轻描淡写地说："可以。"

"我也要！"另一个女孩说，接着其他女孩的声音乱作一团，都说要画像。

"嗯嗯。"叶尧一一答应，仿佛画画就像打个钩钩那么容易。

你给凯昕画过吗，你就答应别人？

我心里又不大快乐。

活泼可爱的女生们终于都拖着行李走了，周遭安静下来。

叶尧看看我，只剩一个箱子了，不用开口也知道是我的。他把箱子拎出来搁在我腿边柏油路上。

我正准备拖起箱子就走，他突然在我面前蹲下去："鞋带松了。"

啊？

我迟钝了几秒才反应过来，他说的是我鞋带松了不是他鞋带松了，可我越发不明白，我鞋带松了怎么轮到他来系。

我吓得脊梁都挺直，脸炸红到耳根，又羞又热。

"果然生活不能自理，出来玩怎么穿这种鞋？"熟悉的嘲笑语气从下面冒上来，像气泡浮向水面，"这种圆的鞋带系上一会儿就松。"

"圆的？"我茫然地复读着，想象不出我穿了双什么奇形怪状的鞋。

凭感觉他似乎把我另一只脚的鞋带也拆开系紧了。

他仰头看着我："要穿那种扁鞋带的鞋。"

"扁的？"十分费解，我只知道我特地穿了双漂亮的新鞋。

叶尧站起身，指他自己的鞋给我看："这种鞋带。"

我看看他的鞋又看看我的鞋，还没看出差异，倒看出点别的，他没有帮我系鞋带。

他在搞什么啊？

我的鞋带被纵向穿了几个来回，潦草地塞起来固定住了。

"干吗把我的鞋扎成这样？"

"系上也会松。"他说得理所当然，像刚做了好事一桩。

可我们女生穿鞋重点是为了美观……

好了，这两只脚现在像两个长条形的粽子，连我自己都不想和它们相认。

我陷入了纠结，是驳他面子当场拆了重系，还是等回了房间偷偷重系。

理论上肯定应该选择后者，可问题是这双粽子已经怪到影响我走路的地步，很难不介意。

叶尧却对这"杰作"非常满意，背上他的书包和画板，顺手提起我的行李箱："你住几号？我送你过去。"

[19] "拿个东西给你就走"

我们分散在不同房间里收拾东西，群里发出通知，叫大家六点以后到餐厅吃烧烤自助。食物肯定都是油腻腻的，我大概吃不饱肚子，幸好我带了很多包方便面。

毛毛和我住一间，对我一看见群里的就餐安排，就放下手机开始烧水冲泡面的行为感到诧异。我推说自己有点挑食，毛毛就没再放在心上，她准备在去吃饭前先冲澡化妆再闪亮登场，时间紧迫。

毛毛冲澡时有人来敲门，我警惕地盘问，是大魔王。

我有点犹豫，屋里有女生洗澡，总觉得不该给他开门，于是又继续盘问："有事吗？"

他声音闷闷的，从外面传来："拿个东西给你就走。"

我第一反应是怀疑自己落了什么在车上。

开门后他站在门外没进来，把一小卷东西直接塞我手里："给你找了鞋带，你自己会换吗？"

我一愣，条件反射把鞋带捏紧了，不太敢和他对视，只想快点结束对话，退一万步，即使不会也得说会，点点头。

他却没有马上就走，声音里带了点笑腔："这什么味道？"

我不知道他在说什么，更不敢抬头看他的表情去猜测。

他自己取得了推理进展："你们在吃泡面吗？"

我垂眼盯住他的鞋，不知道该怎么接。

"哦，是你在吃泡面。"他很随便地断言道，"你又不敢吃东西了？"

走廊里静得要命，我怕毛毛洗完澡不知外面有人，衣冠不整地跑出来被他看见。又怕毛毛看见我们俩站门口一里一外地说话，追问我们聊什么。

我只想尽快把他打发走，又怕在吃东西这个话题上露出太多破绽，引起他欺负我的兴趣，等会儿吃饭时他又当众捉弄我。

担心得太多，稍稍理一理思路就融会贯通，我找到一个赶人的借口："毛雅妍在洗澡，你还有什么重要的事吗？"

没正经事还赖在这里，可是会被当成变态的哦。

叶尧笑出声，好像一眼就洞穿我的小心机，故意把声音拉长："没了。确定自己会穿鞋带？"

我使劲点头。

他终于走了。

危机解除，紧绷的弦松弛下来，好累。

我关上门回到房间扑倒在床上，感到力气都被耗光，生出念头想请假不去吃晚饭，但也只是一闪念就被否决，称病之类的很容易就会被揭穿，叶尧说不定会追过来深究“什么病？是不是不敢吃东西？是不是真吃了泡面？”之类，唉。

他干吗老盯着我呢？霸凌吗？是霸凌吧。

我咬咬牙爬起来，拿出手机搜索教穿鞋带的小视频，虽然以前没弄过，但照着视频很快也做好了。

毛毛洗完澡出来，我骄傲地给她展示成果：“看我自己穿的鞋带！”

她挠挠头，困惑地停顿三秒：“嗯，有什么特别之处？”

确实没有，这就是普通的鞋带，造型也就是最普通的穿法，因为我是第一次做才格外兴奋，这点毛毛又不能体会。

是我太得意忘形了。我赧得焦躁，尴尬地坐回床上。

有些事要加上限定条件才显得特别，就好比普通的新鞋带，叶尧能在这荒郊野岭找来也非常有本事，换我肯定不行。

可是想到他这么处心积虑都是为了霸凌，给我鞋带八成是为了证实我不会穿好来笑话我，事情就变了味，他可真闲。

餐厅容纳不了这么多人一起坐下吃饭，再加上烧烤的油烟在室内不好散，民宿老板给我们在院子里布置了一番，烤架在露天，室外还加了几张长桌。

我和毛毛结伴在室内找了一圈，能吃的不多，大多是凉菜。

大部分人都聚在室外，端着餐盘排队聊天，等着热腾腾的烤鸡、烤鸭出炉。

厨师不知是老板从哪儿请来的，看起来也不太熟练，隔很久才给鸡翅翻个面。

叶尧大概饿了，在周围转悠，说他的火不够旺。

厨师答：“炭不太好。”

叶尧跟他套了几句近乎，很快成了“朋友”，厨师从烤架前退开让他捣鼓，重新生火之后速度加快，饥肠辘辘的大家领到了第一批食物。

我压根没到室外去，只吃了几棵凉的西蓝花，等到毛毛领了烤鸡翅回到桌边，想分我一半，我没有要，推说吃方便面饱了。

我又坐着坚持了一会儿，确定有几个人见过我来吃过饭，就和毛毛打了个招呼先回房间去了。

部长不禁疑惑：“你们学表演的是不是要求减肥啊？这根本相当于没吃嘛。”

有了前面的铺垫，毛毛就能替我解释了：“孟晓哪是减肥啊，她是零食吃太多，我们刚放了行李她就吃泡面了，这会儿还不饿呗。”

这说法轻松地让大家都信服了，部长还感慨：“晚上这烧烤是不好吃。”

“鸡翅都是冻的。”毛毛附和，转头问我，“你带泡面来真是太明智了，给我留一包，我怕我晚上饿。”

我临走前，毛毛又去院子里取吃的，我顺着她的路线往外望一眼。

叶尧已经赖在烤架边不走了，一边吃，一边还帮着翻面，完美地融入了厨师阵营。

不知怎的，在我盯着他看的瞬间，他突然抬头往我这边随意一扫，四目相对，连他也觉得意外，刹那的表情格外生动，紧绷后浮出很坏的笑。

我汗毛都立起来，像只被圈套罩住的动物，蒙蒙地晃了晃头，下意识退到墙角，惊慌失措地掉头逃窜了。

我懊恼不已，干吗没事找事去看他。

我跑得太仓皇，在楼梯上摔了一跤，幸好民宿里所有人都去餐厅吃饭了，没人看见。我手忙脚乱爬了几次才爬起来，耳朵里像进了水似的全是“嗡嗡”声，传来涨脑袋的压力。

回房后我把自己卷在被单里躲了好一会儿，房间鸦雀无声，只能听见我自己的呼吸，它逐渐慢下来，慢下来，脸上的热度也褪去。

我强打起精神去洗澡，热水流过时才感觉到手掌擦伤了，看不见明显的伤口，有点刺痛。

不幸中的万幸，部长在群里说今天大家坐车都劳累，晚上不再组织集体活动，让大家自己玩。

也是有人自己玩的，比如毛毛。

吃完饭她回到房间换条裙子又去别的屋串门了，见我已经躺在床上就笑话我：“怎么刚吃就睡。”

“还没睡呢。”我把拿手机的手从被子里举出来。

这一夜我都没怎么睡，民宿的空调制冷效果差，制造噪音能力却很强。

再加上一闭眼我就忍不住回忆这一天来发生的种种怪事。

叶尧只是随便抬个头就看见我在看他，会不会以为我总在看他？会不会认为我也喜欢他？会不会心里笑我痴心妄想？会不会因此更变本加厉地霸凌我？

虽然对视只是碰巧，但我又羞又恼，把这账记在了叶尧头上，摔的那跤和擦破的手掌也记在他头上。太讨厌了，电影里我只见过女生霸凌女生，他一个男的有本事应该去找男生打架，欺负女生算什么本事。

我想给易然发消息吐槽这些事，可是她忙得没空理我，她最近喜欢的偶像要冲一个榜，她在夜以继日地投票。

除我之外的其他人都睡了懒觉，第二天一上午也没组织活动，大家睡到自然醒，自由散漫地分头去找饭吃，分不清早餐午餐。

我去时一个同学都没有，民宿老板娘刚摆开供应的早点，发现了我这个服务对象，热情地主动招我过去，揭开蒸笼盖："这包子好吃，里面有新鲜虾，我们自己剥自己包的。"

我领情拿了个包子。她问了问我们学校的情况，好奇为什么全是些漂亮小姑娘没见几个男孩。

这样的提问用点头摇头应付不了，我只能解释给她听，好在这姐姐很亲切。

不过后来老板冒出来，也想加入我们的聊天，我狼吞虎咽地把剩下的包子一股脑塞进嘴里就逃离了。

经过一段阳光走廊，我远远看见有人在院子里说话，是叶尧、部长和这里的一个工作人员，吸取昨晚的教训，我没有停下来瞎看，加快速度跑开了。

我真不适合集体旅行，我发现我总是在跑，躲来躲去，像进了风箱的老鼠。

下午三点多，群里有人问："你们都在哪里啊？楼都空了。"

有人回答："在海边。"

毛毛看了手机赶紧换了身新裙子拉上我："我们也去海边吧。"一到现场她就把我扔一边了。

有四五个人本打算游泳，去水里蘸酱油似的滚了一圈就爬上来，劝退其他人："水不干净，还有点冷。"

很快大家就找到事做，弄来网打起了沙滩排球。毛毛一定很后悔，穿着裙子不方便运动。

我从来没打算运动，找沙滩椅坐下玩手机。

凯昕发了新朋友圈，是她模特拍摄的工作花絮照片。文字是夸赞一起工作的同伴专业，感慨拍摄套数多、效率高。

我不禁肃然起敬，给她点了赞。

裴弈在我之前就评论了她，夸她"大明星"。叶尧也在我之前回复了裴弈，这句话我看不懂："人约上没？"裴弈回："没有，她说她家居委会要组织学习垃圾分类。"大概是在议论一个女生。

叶尧又说："放假五天天天垃圾分类？宁愿学垃圾分类都不跟你出来玩？"

裴弈做着无谓的挣扎："是她妈让她去学垃圾分类的，她们家总分不对长期被点名批评。"

叶尧发了个"龇牙"的表情，裴弈又给他回一个。

两人就这么一来一回聊了好大一片面积，讨论的话题完全和凯昕无关。我不是凯昕看了都要生气，你们有什么话不能私聊啊？真没礼貌。

我蹙眉抬头四下寻找叶尧。

他刚支起画板画了几笔，几个女生就在他面前"叠起了罗汉"，叽叽喳喳娇嗔着要他兑现诺言。

他还真画，不过没用画板，翻出速写本勾勒起来，每一两分钟就能出张图打发走一个女生。

凯昕突然给我发了条微信："帮我看看叶尧在干什么，为什么不回我消息。"

唉，我总不能直说他像来到女儿国的唐僧，只好回复凯昕："在海边画画。"

凯昕："我还没见过他画画的样子呢，帅不？拍张照片给我看看啦。"

这可让人傻眼了，我该怎么做到只拍叶尧还避开他周围的女孩子呢？

[20] "还是选真心话吧"

我偷偷拍了几张，画面里都不可避免有其他女生存在，靠剪切根本不能解决问题，我必须走到近处去挑选角度，因为他比女生高得多，所以光拍个脑袋也许可行，不过那样我暴露自己的风险就大大增加了，不值得。

我也尝试过用手机App添加花花或者狗头的贴纸来遮挡。

就在我全神贯注修图时，部长忽然从我身后冒出来："晓晓你不去打打球吗？出来玩也躲在角落玩手机，要长蘑菇了。"

我魂飞魄散地收好手机，不知道她有没有看见我屏幕上的内容。

"哦我……生理期。"

"那可以晒晒太阳看看风景和大家聊聊天嘛，总是一个人玩手机和在家有什么区别？"听起来她应该没注意我在修叶尧的照片，执着地宣扬着扔掉手机回归自然的方针。

我不得不先把手机收好，放眼眺望风景，等她走远。

现在我一边捣鼓照片，一边还得提防姐姐们再来出警，难上加难。

最终效果却不尽如人意，有些不明所以，可能会造成凯昕不必要的误会，放弃。

几番努力之后，半小时已经过去了。

我只好把几张带有女孩的原图给凯昕发过去，并自我安慰，让凯昕认清他的真面目或许不失为一件好事。我对叶尧毫无歉疚，只担心凯昕会怀疑我拍摄这种照片的目的是故意使坏。

简而言之，我希望叶尧被揭穿，但不希望揭穿他的重任落在我肩上。

结果出人意料，凯昕没有怀疑我的居心，居然也没有对叶尧身边围绕着女生表现出反感。

她几乎立刻就回复了我："绝了！无死角！收藏了！"

绝了……我能回复她什么呢……

我思维短路的同时，她的微信又接二连三挤进来。

"这么帅的时刻怎么能不回我微信？"

"我再去疯狂轰炸他。"

我彻底无言以对，内心充满惆怅，忐忑地东张西望，目光并不聚焦，其实在看的总是叶尧。凯昕给他发消息，他是没注意到，还是注意到了没回呢？

我看见他拿出了手机，操作着看了什么，露出笑容，又一番操作，最后把手机放回口袋里。

我赶紧给凯昕回信："他回你了吗？"

"回啦哈哈。"

凯昕看起来非常满足，我松了口气，但马上又听见叶尧那方向传来女生的声音："不能上色吗？给我这张上个色吧。"

"那你要等等，等她这张画完。"对于额外的要求他也满口答应，又很快换了个说话对象，"你不要动哦，坚持一下。"

另一个"她"娇嗔着笑起来："那你不要用这种眼神看我啊，搞得我都不好意思了！"

"不看你怎么画？"

"但你别盯着我啊。"

"我没盯着你啊。"叶尧在笑，周围人趁机开始起哄，闹作一团。

这场面让我有点反胃。

太可恶了，他怎么可以一边回凯昕的微信，一边和别的女生打情骂俏？

可我也想不出他怎么做才好，和别的女生打情骂俏时不回凯昕微信？

不对，我摇摇头把想法甩掉，他跟别的女生打情骂俏就是不对的。

我气得头昏脑涨，跺着脚回了房间。

躺在床上刷刷手机，易然终于回复了我的消息："我打投到五点才睡，没睡几个小时，我要再补一觉。"然后就又消失了。

也许是没人理我过于空虚无聊，我鬼使神差点进了叶尧的朋友圈，这一看不要紧，手机险些被扔出去。

叶尧在一分钟之前发了条动态，说自己可以发展一下去天桥上给人画画赚钱的副业，但说什么不是重点，重点在于他配的是我偷拍的那张照片。

我脑海里瞬间出现了小行星撞击地球的动画片场面。

凯昕发给他的。

凯昕说了是我偷拍的吗？

如果没说我还有一线生机，也可能是毛毛偷拍的！毛毛也认识凯昕！不是吗？

凯昕秒回了他，在照片下留言："回来先给我画。"

叶尧也秒回了她："没问题！"

看到他们如此情投意合，我心里百感交集。

牺牲我一人，造福千万家，结果似乎不坏，但如果凯昕没说是我偷拍的就更好了。

然而今天大概是我的倒霉日，由于我在叶尧的朋友圈偷窥评论时进出相册过于频繁，我犯了一个致命的错误，居然不小心戳中了"赞这个封面"的选项，我明明是瞄准"取消"去的。

在哪里撤销这个赞？好像哪里都撤销不了。

我迟钝的大脑出现了一片雪花点。

乐观地想，这种赞也许不会有提醒呢？

我退出去给阳乐棋的朋友圈封面点了个赞做实验，但刚在与他的聊天对话框里输入了个"阳"字，他的微信就跳了出来："封面几年了，咋给我赞了。"

"刚发现这个功能试验一下什么效果。"

发完这条微信，我就彻底把手机扔开躺平了。

凯昕说不说是我拍的已经不重要了，从今以后我再也没立场和易然吐槽奇葩，因为在叶尧眼里我已经成了最大的奇葩，朋友圈偷窥狂魔。

濒死了几秒，我听见信息提示音，拿起手机看看，是凯昕发过来的："叶尧要是问照片是不是你拍的你就说不是哦，他问我我说不是你，我吓吓他，让他觉得到处都是我的眼线，昕昕正在看着你。"

你有没有吓到他我不知道，可是你吓到我了。

我的“发现”栏出现了一个小红圈，点进朋友圈，提示“叶尧发来1条新信息”。

我胆战心惊地戳开，提示：叶尧赞了我的封面。

礼尚往来吗？他明显是故意的。

这加速了我的“死亡”。

要不是我们部租的这种大巴太贵，我都想付钱让司机提前把我的“遗体”送回家。

晚餐吃过泡面后我回光返照了，在破罐破摔的总思路基础上，我想这也没什么大不了的，只不过一切回到了原点——只有叶尧发现我神经病，在文艺部的大家眼里我还是个正常人。

当部长在群里召唤大家去会客厅玩成语接龙时，我从床上挣扎着爬了起来。

不是我搞不清规则的那些桌游！成语接龙完全没有难度！

我可以去玩这个，叶尧讨厌这个他不会去的。

事实证明我想得太美，叶尧比我还早到，都已经不知玩了几轮了。

我想退出去，部长眼尖看见了我，招招手让我坐她身边。

我鼓起勇气克服困难和大家一起出来旅游，付出了这么大代价，没有必要因为一个叶尧就前功尽弃。我跑向学姐身边坐下，默默告诉自己只要不去看叶尧，他就不存在。

但接龙轮到了他，他还是存在。

坐他身边的台长说了“街头巷尾”，给他留个“尾”字，卡了好几秒，他接不上来开始耍赖，说着“我想想，让我想想”之类的又拖延了好几秒，最后终于认输。

你也有今天呀，输在没有文化。

我暗自幸灾乐祸，虽然我也想不出以“尾”开头的成语。

大家开心地朝他起哄：“来来来，接受惩罚，真心话还是大冒险？”

还有惩罚……我有点紧张，笑不出来了。

“肯定是大冒险啊。”叶尧说。

“部长来，来个狠一点的。”周围人起哄。

部长想了想：“那就……把手机里最近一张照片发到群里给大家看吧。”

“部长！这太便宜他了！”有人抗议。

就这么简单的冒险，叶尧却尴尬地开始犹豫：“等等，我选真心话。”

会客厅里短暂安静，之后爆发了新高潮："不行不行不能换，你已经选了大冒险！哪有听了指令再改选的！"

大家都懂的道理，什么东西越是想藏越是值得深挖。

叶尧不像平时那么好说话，非要换"真心话"，死也不肯拿出手机。

我跟在人群中捡点笑话，他在对面招架应付，忽然朝我扫来一眼，嘴里咬得紧："真不行，不能冒这个险……"

不知为什么，这两个动作组合在一起，让我开始怀疑他不能冒险的原因和我有关。

该不会他手机里最近的一张照片是我偷拍的那张吧，凯昕发给他，他发朋友圈之前应该会保存，可这又有什么不能冒险的？他都已经发朋友圈公开了呀。

我想不明白。

回过神，眼前的剧情已经推进到部长出面中止了双方不肯让步的拉锯战："要不我换个要求好了，最近一张照片不给看，那不然把最早一条短信给大家看也行。"

"不不不。"叶尧却不领她的情，给了台阶也不肯下，"还是选真心话吧，真心话。"

这就十分扫兴了，有女生笑着用手边的抱枕砸他："没劲，就知道耍赖。"

"什么照片见不得光啊，是不是少儿不宜？"有女生大胆猜想。

叶尧只是挑眉笑笑，不置可否。

部长又让步了："算了算了，真心话就真心话，珺仪，上，问他点有杀伤力的。"

"哈哈哈！"我们台长大笑三声，一蹦三尺高，"终于可以搞清楚你小子老往我们部蹿的原因了！大声说出你的答案，你喜欢的女生是不是在文艺部？"

叶尧没有大声说出答案，早有所料地咧嘴笑着叹口气，认命地点了点头。

但这就已经足够点燃沸腾的引线。

起哄声迭起："啊台长！你干吗不直接问是谁！"

"万一女生不想被公开呢？"台长反问，"那不是让女生很尴尬吗？"

大概整个屋子里只有我像被泼了一桶冰水，他喜欢的女生在文艺部，那我们凯昕算什么呢？

他会不会当着凯昕的面，又说喜欢的女生在生物课上？

我走神许久，连恢复了继续游戏也没觉察，接龙在我这儿停下来，部长推推我，重复了一遍前面一位的成语：“兔死狐悲。”

怎么到我就正好是个“悲”字。

好在“悲”组成语不难，我第一次参加游戏就顺利过关：“悲痛欲绝。”

接龙转了半圈，到叶尧居然又卡住了。

台长好像存心刁难他，出了个“之乎者也”。

叶尧直接放弃了挣扎，挥挥手：“真心话。”

被派出来拷问的姑娘提问：“你喜欢的女生是长发还是短发？”

叶尧说：“她长发短发都好看。”

大家又八卦地闹腾起来，有人呛他“不正面回答，说了跟没说一样”。

可我不是这么认为的。

他喜欢的人如果有唯一的指向，那正常而言要么回答“长发”要么回答“短发”，怎么会回答“长发短发都好看”？

在座的只有一个人长发短发我们都见过，前不久还是长发，这两天才剪了短发。

是部长。

第五话

QIANMA

你就知道整天盯着我

[21] “没血了”

部长自己也意识到了，但看起来并不意外，也没有显得特别惊喜，对我来说真相大白水落石出的时刻，在她看来好像平平无奇。

她话说得不着痕迹：“好啦好啦，继续玩吧，你们是不是眼里只有叶尧啊？别老制造这种众星捧月的氛围呀，会把他宠坏的。”

语气词，会给人一种亲切感。

为了学习说话，我在网上交钱报了一个六节课的慕课，并不需要和老师交流的那种。那里面教过一个小技巧，多用语气助词能显得话语有起伏、有感情，增加亲密度。

“继续玩”和“好啦好啦，继续玩吧”听起来的确是不一样的效果。

也许部长不是故意的，我们每个人不经意间都会或多或少使用语气词，在心情雀跃的时刻。

就算知道这种交流小技巧，我现在也用不出来，我的心像碎了一地的玻璃碴，碎了但无人在意，只能用扫帚归拢到一起倒进垃圾箱，连拼补的必要都没有。

游戏还在继续。

轮到我了，前面一位接出了“四大皆空”，空……我中了魔咒，脑子里一片空白。

“空空空……加油加油！空开头成语很多的。”部长鼓励我。

可越鼓励越让我思绪全无，我输了。

我当然选真心话，提问的是毛毛，身边其他女生怂恿她问我喜欢谁，早已掌握内幕信息的毛毛说："孟晓有男朋友啦，帅帅的。"于是上次玩桌游没在场的学姐们也知道了。

唉，我不好意思占用大家的时间来解释阳乐棋既不算我男朋友也不算帅，说到底这也不是大家关心的话题，我只好微笑默认。

"那在座的你最讨厌的是谁？"毛毛恶作剧地笑着转向我。

"肯定是我啊，还能是谁？"台长飞快地插嘴。

我急忙对台长摆手否认："我没有，没有讨厌的人。"

"不行哦，一定要选一个，总有相对来说不那么喜欢的，要不怎么叫'真心话'！"毛毛不依不饶。

我的视线转向部长，她果然出面阻拦了："别问这种问题啊，破坏内部团结。"

可大家都兴致盎然："这才好玩嘛。"

"就是啊，有爆点，隔靴搔痒有什么意思，要来就来狠的。"

大家起哄的时间越长，我越是焦虑。

这个问题过不去，焦点会一直在我身上，时间长了肯定会有人心里觉得我是戏精、爱出风头。

非要说讨厌的人，那明明就坐着一个。

"叶尧。"我鼓起勇气说出口。

大家愣了愣，大概是没想到我会这么痛快。

台长第一个跳起来鼓掌："耶！晓晓太棒了！终于有人讨厌叶尧了，我也讨厌。"她笑着转脸去看叶尧，"讨厌极了。"

叶尧并不生气，也跟着笑："我得罪你啦？"

"烦人！碍眼！"台长说。

叶尧抽空扫我一眼，我没感觉出他额外的情绪。

"你们啊……"他点点我又点点台长，"就是欺负我脾气好不记仇，我就不信你们女生没点矛盾，本质懦弱，有本事说个真讨厌的当场打一架。"

"我们没矛盾！"

"我们有矛盾也是小矛盾，你根本不是我们部的，混进我们部来，和我们是敌我矛盾。"台长并非真的领地意识强，只是爱以敌对的方式和叶尧开玩笑。

说不定叶尧以为我也在跟他开玩笑，所以才不以为意。

不过幸好台长成了我的同盟，如果没有她，喜欢叶尧的女生可能会认为我在正话反说故意引起他的注意，甚至叶尧本人都可能那样认为。

这一晚和我有关的闹剧到此就结束了，我后来没有再出错，叶尧也没有。我怀疑白天的一连串倒霉遭遇是不是在为晚上的活动积攒运气，这么一想我觉得还挺值得。

散场后各自回房，可时间又还没到睡觉的点，大家开始自由串门了。部长和台长来了我和毛毛的房间，这干扰了我一回房间就给凯昕打电话告状的计划。

民宿的伙食不好，没油水，她们在商量明天去附近的农家乐加个餐。

部长想中午去，早去早回。台长和毛毛想睡懒觉，强烈反对。两边逼我表态时，阳乐棋正好打了电话过来，我得以脱身。

阳乐棋是因为我之前给他朋友圈封面点赞想起了我，可白天他也在外面玩，这时才抽出空来，打电话也没什么事，简单聊了两句，他正在收拾明天跟学院里外地同学一起出行的东西。他妈妈就在他身边唠叨，一会儿跟他说话，一会儿叫他传话给我。两个人的通话变成三个人的电话会议。

挂了电话，学姐们已经往群里发了投票接龙链接，不需要我表态了。

毛毛这个人比较八卦，仰脸问我："男朋友？"

"嗯。"

"啊？是男朋友？不是你妈？"台长惊异地发问。

我愣了愣，顿时明白她为什么会产生这样的错觉，因为询问带没带长袖长裤、海边夜里冷不冷之类的问题确实来自阳乐棋的妈妈。

部长在一旁笑："你男朋友管得好细哦。"

台长还是难以置信："而且就这样'拜拜'就完了吗？谈恋爱难道不要依依不舍'你先挂''你先挂''早点休息''你也是'那样卿卿我我一下吗？你们怎么一副已经结婚二十年老夫老妻的样子啦？"

我挠挠头，讪讪傻笑。

毛毛八卦地追问："什么时候开始交往的啊？"

我们并没有开始交往，可是做朋友的话应该算很长时间了，如果是这种随便"拜拜"的状态，我觉得应该从做朋友开始算起："初二。"

"哇……"毛毛惊呼，"那真的已经很长时间了。"

"难怪呢！"部长附和，又打开了另一个闲聊的话题，"和凯昕也是很长时间的朋友了吗？"

"嗯……和凯昕不是，就是因为同寝室才认识的。"

“那还没有我和凯昕认识的时间长。”毛毛说。

大家都诧异地转头去等她的下文。

“我们高三时上了同一个艺考培训机构，不过不同班。”

群里的投票很快分出了胜负，我们到达农家乐的时间是下午四点，店主为表诚意把鲜活的食材都拿了出来。

我们集体站在院子里围观杀鸡，我看了一会儿，觉得有点残忍，一个人顺着墙根绕到屋后去，沿着河散步二十多米，我听见了叶尧的声音。

他正蹲在两个大盆边和老板一起挑选螃蟹。

我这才想起，正是要开始吃螃蟹的季节，如果没猜错，这可能是今晚的主餐。可我该怎么办？要在这么多人面前张牙舞爪地啃螃蟹，我做不到。

正出神不安，听见那边传来“嗷”的惨叫，叶尧笑着说：“这么活泼，就吃它了。”

老板倒是有几分紧张：“你没事吧？”

“没事没……”叶尧不经意地看见了我，我猝不及防，可能脸上还挂着幸灾乐祸的傻笑。他没把和老板的对话说完，反而笑嘻嘻地把带血的手往我这边送了一下，“你有手绢吗？”

手绢……

我摇摇头。

“啧，你是不是女的啊！”

我们21世纪的女生都是用餐巾纸的。

我犹豫地隔着口袋捏了捏里面的纸巾，想着多一事不如少一事，还是没拿出来给他。

老板搁下抓螃蟹的工具：“我有创可贴。”说着进了室内，很快出来。

叶尧接过创可贴，招我过去：“你来，帮我贴一下。”

“我……晕血。”我没那毛病，只是找借口。

他不满地翻个白眼，竟然直接转身把手放在养螃蟹的盆里涮了涮：“没血了。”

我瞠目结舌。

不得不说，很多时候男生的种种行为让我觉得……他们能活到成年都得感谢大自然网开一面。

我只好硬着头皮从他手里接过创可贴。

再怎么烦他，叶尧比起初次见面的卖螃蟹的老板还算是我的熟人，所以我只能问他“有剪刀吗”，由他去传话再问一遍老板，这看起来是有点怪异的，好在老板因为即将做成一笔大生意而心情良好，有求必应地迅速找来剪刀，还给我们用一次性纸杯倒了好喝的凉茶。

他被螃蟹夹破的伤口在指关节处，我把创可贴两边剪开交叉贴起来。

没见过世面的叶尧大惊小怪，把手指动来动去："哦，居然还可以这样！好聪明啊！"

我低头默默喝茶。

他也喝了一口，然后盯着手里的纸杯说："你昨天说讨厌我，好像不是在开玩笑。"

你昨天不是自夸"脾气好不记仇"？这叫不记仇？

我眨眨眼，假装没有听见。

蟹老板替我解了围，在不远处整理好了待会儿要吃的螃蟹，搓着手问："够不够啊？要不要再多来几只？"

"够了。"他回头喊，"一人一只正好，再加几只不好分。"

"全是母的，要不要尝尝公的？"

他摆摆手："公的没到季节，不用。"

"没到季节有没到季节的风味嘛，那人家吃六月黄不也一样吃？公的总归肉多一点。"

叶尧笑起来："行啊行啊，加两只吧。"

蟹老板高兴地数螃蟹去了。

叶尧回过头，一点也不想放过我，又追问一遍："嗯？为什么讨厌我？"

既然躲不过，我换出成熟的语气："不是所有人都会喜欢你的，有人喜欢就会有人讨厌，很正常。"

"但我没对你做过什么过分的事吧？"他飞快地接嘴。

你还想怎么过分？

明知道我怕当众吃饭出丑，还把米粒抹我脸上叫大家来看不过分？

不过现在追究这些恶作剧琐事显得我小肚鸡肠，先挑要紧的："你一边和别的女生嘻嘻哈哈，一边笑着回复凯昕的微信，这种画面看起来很糟糕。"

叶尧认真听着，却一脸茫然。

我叹口气："要我说得再清楚一点吗？因为凯昕是我的朋友，我不想直接告诉她这些让她伤心，但也不能假装没看到……"

他完全思路混乱的状态，蹙眉打断我的话："等等，你的意思是，叫我不要回钟凯昕微信？"

这是什么企业级理解？

我以前怎么只发现他的人品问题而没发现这么明显的智力问题？

“我的意思是，让你只回她微信，不要跟别的女生……”

“为什么？我又不是她男朋友。”

果然来了，这副渣男嘴脸。

我白了他一眼：“你们每天都在聊天，而且在别人眼里就是即将交往的人。”

“是吗？”他突然笑场，“在你眼里，聊到第几天算正式交往？”

我不理他，继续往下说：“你们还一起打球打游戏。”

“那怎么不说我在跟裴弈交往呢？有没有钟凯昕我都在跟裴弈打球打游戏。每次六七个人一起玩，为什么和钟凯昕交往的就是我了？”

原来如此，他每次和凯昕出去都拉着一大串人的用意就是为了撇清关系。

“那你自己说的，你有其他喜欢的女生吧。大家叫你画画你又每一个都给画。”

“当然得画啊。”叶尧理直气壮，“不然我能怎样？”

“你不可以拒绝吗？”

“我怎么拒绝啊？女生请我画画，我一个男生说‘不行画不了，因为我晕血’？”

叶尧看着我，无奈地、长长地叹了口气。

好像成我的错了，这人可真会狡辩，我决定不再跟他废话。

叶尧支着脸又笑起来：“喜欢钟凯昕的是小翎。你看走眼了吧。”

“啊？骗人！”我的闭嘴计划一秒破产。

“骗你干吗？他认识钟凯昕第一天就跟我们宣布要追。”

“可他……可是……”凯昕不是这么认为的，这完全……搞错了吧，“他怎么不告诉凯昕呢？”

“嗯……”他望着天摸摸下巴，“大概因为他怀疑于焕也喜欢钟凯昕。”

“啥？”连我自己都嫌自己一惊一乍了。

“所以嘛，这种事，大家关系这么好，肯定要谨慎一点了。”叶尧说。

“那你就更应该跟凯昕说清楚了！”

“我说什么？”

“你说你另外有喜欢的人，断了凯昕的念想她才可能注意到身边其他男生啊。”

“呃……”他拖长尾音，喝了口凉茶，“那会尴尬的，我和钟凯昕还没有亲密到跟她宣布要追谁的地步。”

“总比你来者不拒吊人胃口要好。”

叶尧满腹狐疑地眯眼盯了我半晌，好像才刚明白：“你是说钟凯昕对我有意思？”

“你少装蒜。”

叶尧被凉茶呛着了，又笑：“唉——我喜欢一个女生，我会主动找她聊天的。我对钟凯昕，可什么都没做。”

这副照单全收却毫不负责的轻浮态度把我彻底激怒了。

我站起来瞪他：“你不要太过分啦！”

“生这么大气干吗呀？别跑啊。嘿！小心掉河里！”

我把他扔在身后健步走远，听见他还在后面不紧不慢地笑嘻嘻，远远传来烦人的笑腔。

“天哪，你还教我做人。你知道你社恐吗？你知道吧。”

[22] “你有蒙混过关的计划吗？”

用正常音量说话对我而言是很难的一件事，我要么不说，要么大呼小叫确保对方听见，因为一旦对方没听见而路人听见了，就会把目光转向被晾在一边尴尬的我。

这让我每一次的说话行动都像冒险，一般情况下，只有别人盯着我逼问我、确保所有注意力已经在我身上时，我才会开口。组织语言对我来说并不困难，我有良好的逻辑和平均线以上的表达能力，我只是……担心被无视的保守派。

叶尧却从没有这种担心，不管我有没有回应，他一律视为我已经听见了，而我的不予理睬也并不会让他尴尬，凭着厚脸皮和无所谓的姿态，他总是能够保持气定神闲、玩世不恭的调调。

同样一句话，用高音说出来会显得气急败坏，用正常音量、他那种调调说出来则充满戏谑。我无法否认，我不仅听得很清楚，而且情绪因此受到了干扰。

我不禁慢下脚步思考，他说的“社恐”是一般意义上的流行语——意指我不擅长社交，还是病理上的社恐？

如果是前者则很正常，谁都能看出我性格内向。

如果是后者就奇怪了，知道我有这病症的只有医生和父母。我仅有的几个朋友虽然都在东大，但没有人知情也就意味着没有人可以告诉他。

叶尧跟上来，和我并肩走着，又抛来一个我难以回答的问题："怎么办，待会儿要吃螃蟹，你可能不行？"

我抬头看看他，他脸上带着种玩味的笑容。

他接着说："但是每人一只，你不吃掉你那只会很突出。你有蒙混过关的计划吗？"

有也不能告诉你，你一定会打乱我的计划。

事实是我没有，我不经意地叹口气，等回过神才意识到好像暴露了什么。

"没有？那你还是试着吃吃看吧，你怕出丑但别人吃螃蟹也很难姿态美观，各丑各的不会有谁看你。"

我冷笑一声："但不是还有你这样的人吗？特地把大家喊过来看我。"

叶尧愣了愣，无言以对，最后笑起来："我今天不喊了。"

我不信他。

他要是不藏着恶作剧的坏心眼为什么特地坐到我身边来？一次是巧合，第二次还能又是巧合？哪有那么多巧合。他为什么不坐到他喜欢的人身边去？

话说回来，部长不见了。

我仔细回忆，最后一次见到部长是上车时，她坐在毛毛身边。我们没有固定的位置，但我想当然地以为毛毛身边的座位就是我的，发现部长占了"我的座位"之后愣了一愣才走到后面去找空位，所以印象有点深刻。

不过自打下车后我就再也没见过部长，连围观杀鸡时她都不在。后来张罗在院子里撑桌子摆碗筷的都是叶尧，叶尧一个人拉扯着我们，像丧偶式育儿。

我回头到处看看别的桌，也没找到部长。

的确，大家吃螃蟹的姿态都不雅观，却也没有谁盯着别人，每个人都吃得专心致志，连聊天都停下了。

但我还是没能克服心理障碍。吃蟹腿时我是用小剪刀剪开，用筷子捅出来的，这还比较容易。吃完蟹腿我就停下不动了，重新拿起筷子开始吃面前的两盘蔬菜。

没过多久，叶尧伸手过来直接把我的螃蟹身体拿走。

我提高警惕看向他，他倒没搞恶作剧，只是自己拿去掰开吃了。

啊……这个人怎么回事，也不经过别人允许……不过这样也好，毕竟挺贵一只，不要浪费。

我给自己盛了碗鸡汤，坐回位置时不小心把筷子碰掉在地上。

我弯腰捡起筷子，偷偷东张西望，琢磨该去哪里换新的。

耳边传来叶尧另一侧的女生和他说话的声音："你手怎么了？"

"螃蟹夹的。"叶尧在我旁边动了动，不知是不是在给人展示。

"哈哈哈很痛吗？"

"痛啊。"他笑着说，"越不声不响的螃蟹夹人越痛。"

我忍不住用眼角余光斜他。

那边隔壁的女生说出了我的心声："螃蟹不都是不声不响的？你给我找一个会说话的看看。"

"你看你没有见识了吧。不会说话不代表不声不响，有的螃蟹话是不会说，可会朝你吐口水呢。"

气死我了。

"我是没见过，不过连螃蟹都唾弃你，你不找找自己的原因？"姐妹说得太对了！我在心里给她鼓鼓掌。

叶尧脸还朝着那边继续和人说笑，突然拿什么碰碰我的胳膊。

我低头一看，是双一次性筷子，他已经把透明外包装搓开，手拿着包装那一半，露出的另一半朝向我。

我犹豫须臾，抽出来掰开用了。

危机解除。

偶尔——我是说非常偶尔，叶尧身上会闪现出人性的光辉。

回到房间我给凯昕打了个电话，她真的跟阳乐棋他们一起出去玩了，给我吐槽了将近一小时同行男生的奇葩言行。

"太神奇了，陈瑞居然不是他们中间最奇葩的，只能说阳乐棋和高原是仅有的正常人。"

我捧着电话笑："是因为突然来了个大美女他们不自在了吧。"

"你那边呢？"凯昕终于想起了我也在旅行，又把这问题更具体化一点，"叶尧今天在干什么？"

"我不知道，我都在房里待着，只有出去吃螃蟹时见到他，哦对了！他被螃蟹夹了。"我按捺不住要和凯昕分享这份喜悦。

"哦螃蟹！现在应季！我今天吃蟹粉汤包了，好好吃。你喜欢吃吗？要不我买一点带回去。"

话题的变化速度使我一时没反应过来。

"嗯……汤包？汤包可以。"

“阳乐棋他们寝室还有个同学叫‘汤包’。”

“啊？”我大概能猜到原因，“因为胖吗？”

“因为姓汤而且矮胖矮胖，他大名叫什么来着……我忘了。他也是本地人不过住郊区，他们家是开度假会所的，叫我们去打高尔夫，我们下次可以一起去玩哦。”

我很庆幸我不姓汤：“他正常吗？”

“人是正常的，就是说话结巴。哦晓晓，你台词作业还没做吧，今天要交哦。”凯昕这跳跃性思维……但怎么说到结巴就联想到我的台词作业了呢？我也没那么差吧。

我这才想起来，长假中有两次台词课回课作业，一次的截止日在今天，必须录小视频发到班级群让老师批改。

台词课是我相对喜欢的专业课。我没参加过艺考培训，别的同学别的课都有基础，我只在台词这方面有点玩广播剧的实践基础。

可是，这回课作业我不喜欢，每次都要录成小视频，面对镜头我难免紧张。

我不敢在民宿周围院子里的走廊上录，怕录制过程中被人看见笑话，于是走远一些去了海滩。

情境和我预想的不一样，海边可没有路灯，晚上黑灯瞎火的，伸手不见五指。

不过来都来了，我没打算无功而返，摸到了白天我们晒太阳的那片区域，附近有夜间营业的烧烤小摊灯光，还有临海豪华大酒店的灯光。

我想借一点昏黄的光，又得避开人群，又得避免拍摄时收进人声和海风声，坐在沙滩椅边折腾出一身汗，重录了七八遍才把作业拍好发出去。

老师的评语却在两分钟之内就回了过来。

我紧张地点开那条语音。

她说：“收到作业，建议大家可以看一下孟晓的回课视频哦，口腔训练1、2非常棒，双唇音和舌打响很清晰，嘴型很正确。绕口令里平翘舌音分得很清楚，节奏可以再加快点。孟晓你的作业没问题很棒，就是你的表情上一定要养成习惯让自己开心起来。哪怕你在外面玩到这个点还得交作业很累对吧，都会有这种时候，但是你一旦录视频一旦上台的时候你要让自己兴奋起来，开心一点好吗？”

我往前翻了翻老师给其他同学的评价，多多少少都纠正了一些发音错误，只有我的被当作示范表扬了，这让我受宠若惊。

我命令自己一定不能在别的同学面前表现出沾沾自喜，努力平复心情，深呼吸几次，用尽量平静的语气把语音发出去：“好的老师，我下次会开心的。”

刚把消息发出，就听见身后传来“扑哧”一笑。

“会吗？我不信。”

我转过头。

光线消失的地方，叶尧还在笑：“你连‘我下次会开心’这句话都说得一点不开心啊。”

你懂什么啊！

我不知道他什么时候来的、偷听了多少，又羞又恼：“你在这里干什么？”

“睡觉，被你吵醒了。”他挪到我看得见的近处，换了张沙滩椅，模糊的五官渐渐展露开，一副要赖上我索赔的嘴脸。

我转开眼：“干吗在这里睡觉？”

他苦恼地揉了揉脸：“房间里有胖子爱打呼，睡不着。”

毛毛在第一天晚上也打了呼噜，可毛毛非常纤瘦，实际上不管胖瘦都有概率会打呼噜，不知道哪儿来的结论，大家都说胖子更爱打呼。这个世界对胖子太不友好了，哪怕没有恶意，喊人“汤包”怪人打呼也让人难受。

我不知道这话该怎么接，有点丧气地小声说：“睡在这里会感冒。”

“是，我一会儿会回去的。”

“那我……”我想说“我先回去”，却被他冷不防打断了。

“你说绕口令很厉害嘛。”

这从何说起？每个同学都交了作业，就像老师委婉暗示的那样，我算节奏慢的，很多同学比我强，我只不过口齿清晰。

一想到我刚才拍视频时好几次嘴瓢说不定都被叶尧听去了，我窘得脸通红。

“我就说不来这种，四是事事事事，红鲤驴驴驴驴。”

原来是跟他比，我被他破罐破摔式的绕口令逗笑，一抬头，发现他的视线轻轻停在我脸上，我又不自在了。

不知为什么，我笑声一收，他也不再说话。

可我似乎又领悟了刚才那道视线想表达的意思——“像这样开心不是挺好吗？”

我陷入难挨的沉默，下意识用指甲掐起了硅胶手机壳。

“走吧。”他忽然起身，从一片风声水声的白噪音中闹出不小的动静。

我整理好自己涣散的神志，低头跟上，偷偷用手冷却着发烫的面颊。

他除了过马路时等了我一下，回头瞥一眼确认我的位置，一路没跟我交流什么，到电梯前自然分开了。

其实也没那么自然，我的房间在三楼，但我没乘电梯而是走了楼梯。

毛毛不知去哪里串门了，一直没有回来过，因此房间里电话铃响第三次时，我不得不自己接听。

“晓晓你睡了吗？”

我努力辨别这是谁的声音，却没有成功，条件反射地接话：“啊，还没有。”

“听说你今天生病了没跟去农家乐……”

谁这么说的？

“你还好吧？怎么也不知道下来吃饭呢？不饿吗？”

“呃……”我困惑地招架着，“还好。”

“他们今天吃螃蟹，每人两只，你没去就把你那份带回来了。我给你拆出来蒸了鸡蛋，你能不能现在下来吃？”是民宿的老板娘。

“我……好，我就来。”

每人两只？

这个叶尧，骗起人来一套一套的。

可是他想干吗？

收买我不让我向凯昕告状？

[23] “估计吵架了”

我遇上了一个难题。

大家在群里接龙付饭钱，我也付了我那份，但那和别人一样只算了一只螃蟹，可实际上我吃两只外加八只蟹腿。如果只是两只螃蟹倒也还好，可是八只蟹腿算多少钱合适？

垫钱的人是叶尧，我本想把这个难题不动声色地扔给他，给他发了条微信：“你好，请问我额外的部分要付多少？”

可是过了一晚上加一上午他也没有回我。

我不喜欢欠人情，心里总惦记这事，到吃午饭时又忍不住拿出手机看看，还是没有回音。

等等……我瞳孔地震——我给他发了什么？

“你好，亲吻我额外的部分要付多少？”

输入法害我。

早已过了可撤回的时间，我赶紧追加一个“请问”发过去。输入法过于智障，甚至在我第二遍输入“请问”时，排第一的还是它想纠错的“亲吻”。

出现提示：“消息已发出，但被对方拒收了。”

我被拉黑了？

叶尧把我拉黑了？

犯得着吗？我只是手误啊！

我揉揉眼睛，再看一遍我给他发的最后一条微信，的确品出了一点变态的气息，换我我也拉黑。

以上就是我目前人生难题的由来。

眼下，不仅欠钱还不了，而且因为发送流氓信息被闺密的绯闻男友拉黑了。

我立刻进软件商店给这胡乱纠错的输入法打了个一星差评，除此之外再无对策。

由于今天没有组织集体活动，叶尧不见了，部长、台长和毛毛也都不见了，好像我熟悉的所有人都约好了一起玩失踪似的，我度过了异常难熬的一天，大部分时间都待在房间里玩手机。

晚上近十二点毛毛才回来，我撑着沉重的眼皮和她打过招呼，又熬到她洗过澡，才探得了一些消息，部长和台长确实和她同行，她们去了附近的湿地公园看水鸟。

“叶尧？没有和我们一起。”毛毛摇摇头，“本来叫了他，他问有谁去，一听一个男生都没有就不愿去了。我觉得另有隐情。”毛毛突然神神秘秘地压低声音。

“什么隐情？”

“部长可能和叶尧吵架了。”

“是吗？你猜的？”

“平时部长什么事都喜欢叫上叶尧，但今天我们想叫叶尧，部长没有很积极，只冷淡地说了一句‘叫他干吗啊’，再说后来叶尧也没来，他以前都是有求必应的。”

他们怎么了？我努力挖掘记忆深处的细节，不是玩成语接龙那天晚上才隐约暗示过心迹吗？第二天外出吃了顿螃蟹，能为什么事吵架？

“哦……”我忽然想起来，“我们去农家乐的时候他们俩就不同框了。那天我都没怎么看见部长。”

“那天部长和我在一起呢，农家乐的老板娘说在塘里养了鱼，我们走过去挑鱼，听说离集市不远，我们又去逛了一圈，买了野生黄鳝，回来你们都已经吃完了。”

“是不是因为没等你们一起吃，部长生气了？”

“部长大概是有点生气吧，半开玩笑地说‘没一个有良心的人惦记咱们，那咱们买了好吃的也自己吃，不给他们了’。”

我理解部长，点点头：“那是叶尧不周到，再怎么说缺了人也应该把吃的留好。”

“但十有八九，他们在那之前应该就吵架了，叶尧是因为吵了架才不给她留的吧。反正我感觉，上车时就气氛不对，你什么时候见过部长扔下叶尧跑来和我坐啊。”

这样一梳理，一切就都说得通了。

部长和叶尧事先吵了架，部长霸占了我的座位，叶尧闲着无聊来捉弄我，看起来我是重点受害者。

我的受害还在继续。

第二天回程，我一上车，毛毛身边的座位又被部长占了。

没关系，我想，我正好可以找机会坐在叶尧前后左右的位置，跟他把输入法造成的误会解释清楚，至少把钱还给他。

谁知叶尧压根没上我们这辆车，直接去了另一辆大巴。这不是太明显了吗？他们俩吵架，殃及我这条小小池鱼。他们俩吵架肯定也是叶尧的错，不会是部长错的。

我恨他归恨他，还是想尽早解除误会，世界的某个角落有个人认定我是变态也让我无法忽视。假期没结束我回家后可就见不到他了。

众所周知，要向人澄清自己不是变态不能急于求成，一定要云淡风轻。所以直接冲上车去找他是不合适的。

我只好每次停车上厕所或停靠服务区都必下车转悠，一副尿频尿急的样子。无奈叶尧不吃不喝不上厕所，连人影都不见。

在一个服务区排队买粽子时，我们车上终于有小姐妹开口问了：“叶尧呢？怎么都不下车？”

他们车上的女生说：“一上车就睡觉，睡一路了。”

我在心里默默叹口气，你倒睡得挺安稳啊。

直接冲上车去把他叫醒解释我不是变态，就更不合适了。

我还能更惨一点吗？事实证明还能。

进东海后我们这辆车跑丢了，他们那辆车却一路狂飙直达学校，当我们这辆车终于回归导航路线到校时，他们早我们半小时就已经解散各回各家。

瞌睡神叶尧带着对我的误会，消失在了这座两千多万人口的城市。

这就像洗澡时手指被热水泡皱一样，微不足道，却又让人坐立难安。

我无法控制接下去的四十八小时持续不断地为此纠结并研究对策。

返校第一天的晚上，我想起了大好人裴弈。虽然叶尧把我拉黑了，但我还有裴弈的微信，而他们总是出双入对，我决定碰碰运气。

“裴弈，你今晚有课吗？”这八个字我检查了三遍才发出去，可不能让裴弈也把我拉黑了。

“我和叶尧在图书馆四楼自习。”

裴弈你学过语文吗？你这是答非所问。

我本来还打算循序渐进、旁敲侧击一步步打探。

“这么巧！我在二食堂。”

二食堂就在图书馆斜对面，可我不在那里，这意味着我必须马上出发，在五分钟内跑到二食堂去。

我的计划是和裴弈保持联系，在买奶茶的同时提出顺便给他们带两杯，大好人裴弈是不会拒绝我的。

裴弈回复：“你能帮我带杯香芋奶茶吗？我们在南边靠窗的区域。”

我拿着手机挠了挠额头。

好的，我明白了，万一到了战争年代，我们应该把裴弈这样的战友提前处理掉。

我背了个空书包，使出吃奶的劲冲到二食堂，买好奶茶，再跑到图书馆四楼，整理好仪表，擦擦头上的汗，顺利找到裴弈。

裴弈从微信上把奶茶钱转给我，我像发现新大陆一样“发现”了叶尧，并“突然想起”：“我们出去聚餐吃螃蟹的钱还没补给你。”

“哦那个，就算了吧。”叶尧装出“无事发生”的表情，似笑非笑。

“那怎么能算了？我帮裴弈买奶茶他还给我钱呢。”

“嗯……那你给我一百就行了，我都算不清账。”

一百就一百，我无意跟他过多纠缠，赶着进度接近主题。

“哎？”我假装刚发现手机无法操作转账，“你把我拉黑了？”

“是吗？”他慢吞吞拿出自己的手机，“我怎么会把你拉黑？”

叶尧的演技值得一个金扫帚终身成就奖。

我真不信微信会专门研发一个漏洞针对我，不经人操作，把我自动放进他的黑名单。

“可能手误了吧。”他装腔作势地仰脸冲我笑，“还原了。”

我硬着头皮继续走完预先设计好的剧情，受惊般小声说出我的新发现：“哎呀，我给你发的是什么？哈哈哈，‘请问’，我是想发‘请问’。”

叶尧像刚刚与我共同见证这个“新发现”似的“扑哧”一笑：“哦，你这手误……比我还严重。”

唯一的观众裴弃靠着窗台咬着吸管微眯着眼，生无可恋地观看我俩拙劣的表演，一脸想要尿遁的尴尬。我想他一定非常后悔多喝了这杯奶茶。

不管怎样，我心里的一块巨石已经落了地，把一百元从微信里转给他，任务完成打道回府。

回寝室路上我稍稍动过一念，要不要报复性地把他拉黑？

可我们还要一起做小组作业。

我琢磨不透叶尧怎么想的，他好像并没有误解什么，明知道我那是手误还把我拉黑，而在图书馆时又不愿承认，是因为裴弃在场拉不下面子，还是裴弃对我的友好态度感化了他，让他也想做个好人？

第二天生物课前，我从练功房直接去教室，远远就看见叶尧和凯昕在教室门口走廊说话。凯昕抱臂侧对我，叶尧背对我。

我朝凯昕挥挥手，她却没看到，眼睛只盯着叶尧。

走近几步我才发现，她神色严肃，两人之间气氛异常。

我故意放慢脚步，偷听到凯昕的一句“但你的反应好像不是这样”。

我无法厚脸皮地赖在门外八卦，只好飞奔进教室寻找盟友，冲到裴弃前排放下书包：“怎么了啊他们？看起来很吓人的样子。”

于焕正盯着窗外紧追剧情：“估计吵架了。”

“为什么？”我第一反应是，该不会叶尧撩别的女生被凯昕亲自抓包了吧？可上午我出门时看凯昕还不见她心情不好，她又说不吃午饭直接到上课教室，从寝室过来短短一路能出什么乱子？

这个叶尧，怎么跟谁都吵架啊！

其他三个男生也一脸茫然地看着我。

我追问：“我来之前到底发生什么了？”

“什么也没有，一来就把人叫出去了，让我们别管。”于焕说。

“没事吧……我看也不一定是吵架，也许商量大事呢。”还有个裴弈彻底没感受到紧张的气氛。

我正无语，面前三个男生忽然纷纷低头假装做起了自己的事。

一回头，原来是叶尧进来了。

看他的表情，倒不像刚吵过架，漫不经心地看着我，还朝我挤了个笑脸。

莫名其妙！笑得人心里毛毛的。

他打我身边过，去后排落座。

凯昕紧跟着就进了教室，可不像他这么优哉游哉，眼圈红红的，垂着眼不看任何人，到座位边就稀里哗啦一股脑把桌上的课本资料扔进书包，转身就走。

我被吓了一跳，拽住她一点衣角：“凯昕你去哪儿？不上课了吗？”

凯昕从我手里挣脱出去：“不上了。”

我犹豫一秒，追出门去，由于腿短，到楼下主干道对面才气喘吁吁地追上凯昕：“凯昕凯昕怎么了？是不是叶尧欺负你？”

凯昕终于停下来，长吁一口气，想对我开口又没了词，转而苦笑起来：“叶尧说他没喜欢过我，你信吗？看着像吗？”

“不信不信一点都不像！”我脑袋摇得像拨浪鼓。

“不可能是我一厢情愿对吧？”

“绝对不可能！”

“他现在来跟我说这个话唬谁呢？”

“谁也唬不了！”我跟在凯昕身边喊口号。

凯昕冷静了一点，慢慢朝前走：“你觉得……他是不是劈腿了？”

“谁乐意跟他劈腿啊。”不是我鄙视他，现在看起来部长也不想搭理他了，“他就是纯属戏弄人吧，一点都不尊重别人，又狡猾又自私。”

凯昕继续给他罗织罪名：“而且自以为是。我能有多喜欢他？我说过喜欢他吗？没头没脑地就跑来跟我‘说清楚’，一点缓冲也没有。好像我是整天黏着他的神经病，让他多困扰似的，谁离了谁不行啊！”

我没有接话，“说清楚”好像是我的主意。

这样看来，不正常的是我。叶尧凯昕他们本来都默认了一些规则，心照不宣或是明推暗就。

只有我一个人在状况外，不懂那些规则。

我忽然明白了刚才叶尧进教室时看向我的眼神。

他根本不是因为被我说服听从我的建议去和凯昕摊牌，而且故意采纳我的傻主意搞出个烂摊子嘲讽我幼稚。

我讪讪地跟在凯昕身后，低声说："我们以后不要理他了，离他远远的，见着他就绕道走。"

凯昕还生着气，"哼"了一声："凭什么要我绕道走啊。要绕也是他绕！"

"是，让他绕。"我机械地附和，"不给他好脸色。"

"不仅没有好脸色，我还要拉黑他。"凯昕在路边停下脚步，飞快地拿出手机捣鼓起来。

"那我也拉黑他。"我像个垂头丧气的应声虫，也从口袋里掏出手机。

我从来没拉黑过什么人，毕竟我微信里的朋友总共加起来也没几个。我第一次知道拉黑一个人有这么复杂的流程。

你首先得选中这个人，点开他的头像，选择资料设置，加入黑名单，还会有弹出的系统提示："你将不再收到对方的消息，并且你们相互看不到对方朋友圈的更新。"

你必须选择，取消还是确定。

点"确定"需要下很大决心。

这怎么可能手误呢？

[24] "你就知道整天盯着我"

我没有拉黑叶尧。

凯昕发现了可能会稍稍有点生气，但不会勃然大怒。我也想知道自己不能下定决心把他拉黑的原因。

不过，何必为此纠结呢？

凯昕至少在很长一段时间里都不会再和叶尧联系了，叶尧就更不可能主动和我联系。他朋友圈里那么多人，而我又本来就很少发动态，只要他不主动给我发消息，就不会有人知道我没有把他拉黑。

我管这个叫"雪藏"。朋友圈里很多人都不会再联系，也不至于个个都拉黑。

就在我心安理得把这件事抛诸脑后的时候，我收到了叶尧的微信……在当天傍晚。

"你的书包在我这儿，不要了吗？"

哦……我还有书包。大概因为我经常背着空书包，它的存在感有点弱，自我翘课以来我还没发现书包没拿。

我回复他："你在哪里？我过去拿。"

"下楼。"

怎么觉得不对劲？事先没联系好，人已经到楼下了，那假如我把他拉黑了联系不上，难道他打算把书包扔进垃圾箱就走吗？他的人品真让人不敢细想。

我匆匆跑下楼，叶尧站在昏暗的灯光下伸着手逗猫，无聊地打发时间，看着和几小时前不太一样了。

也许是我的错觉，他视线柔和了些，笑着，好像非常纯良，所有大魔王的事都不是他干的。认识的女生经过身边和他打招呼，他就热情地响应，一点不叫人感到被冷落。他这个人仪态也好，不像许多男生那样站不直坐不直走在路上东倒西歪，他宽宽的肩线在T恤里走势清晰，显得正直可靠。我想，他之所以这么受欢迎，大概就是这些原因。

"吃饭了吗？"他那片软软的视线向我扫了过来。

"没有，她回来就躺床上了，说没胃口，等饿了再吃。"我说着说着，又流露出一点埋怨的语气，潜台词是"看啦，这都是因为你作孽"。

叶尧愣了愣，像刚发现自己干了坏事似的，语气里有歉意："哦，那你还是得帮她先买点吃的，晚上她饿了食堂可不开门。"

我局促地摸摸自己的口袋，换了件外套，没带饭卡，打算转身上楼去拿。

他叫住我："用我的吧。"

走在路上，他闲聊似的说起："按你的方法，果然让人不爽了吧。"

哪壶不开提哪壶。

我嘴硬甩锅："是你操作有问题，你应该……把她约到咖啡馆去好好说，在课前走廊里这种人来人往的地方说这种事，我看你有可能是想炫耀自己魅力大呢。"

"约到咖啡馆？"他声音里带着笑，"那就更郑重了。你确定钟凯昕不骂我有病？"

凯昕已经觉得他有病了。

我挠挠头："至少你可以表达得委婉一点。"

"你教我表达啊。"

"我是不会表达，可你平时不是对女生游刃有余吗？怎么这点情商都没有？"

"好端端去找人说'我对你没意思'，谁听了会高兴？怎么说能高兴？"

我不吱声了。事实是我没想到他真不喜欢凯昕，还真的说拒绝就拒绝。

"没事的。"他轻描淡写道，"她也就是暂时自尊心受不了，不会多伤心。"

听着挺没人性的，我有点恼火：“你又知道没事了？”

“我就是知道。她喜欢的人不在我们中间，小栩、于焕都没戏。就像我知道……”他拖了个卖关子的长音，撑着打饭窗口前的台面回身看我，还是笑着，“你并不喜欢阳乐棋。”

“嗯？”怎么话题突兀地转向了我？

我可不想让他一语中的换出张得意的脸。

“我喜欢！”

“是吗？”他笑得更深，一副逗小孩的神情。

我气得脸烧起来，瞥开视线不想理他。

轮到了他，他迅速点完炒饭，又转头催我：“你吃什么？”

“我……”我思路还停留在想阳乐棋，胡乱看看他手里的饭盒，“我要炒饭。”

“钟凯昕呢？”

“也……要炒饭。”

他把窗口前的位置让给我，笑着摇摇头：“只会学别人。”

“没有学你。”我紧张得声音都堵塞在喉咙口。

“给她买麻辣烫吧。她不是没胃口？”他启发道。

你不是不喜欢她吗，怎么又这么体贴？

突然体贴，早干什么去了？

我垂下眼帘，听见他对窗口里说：“加一份炒饭，打包。”

饭盒很快从里面递出来，他托在手里站在一边，眯着眼四下张望：“麻辣烫在……四号窗口。”

一旦确认了这个事实，他就大步流星走远了，变成几步开外一个模糊的暗影。

我加快步伐追过去，像弹簧狗的一截屁股。

等麻辣烫的人有点多。又进入排队状态，他回过身问：“打电话点餐行吗？”

“什么？”

“当面点餐你是很困难吧。”

被他发现了。当然了，每次都赖着他替我去跟别人说话，总是有点古怪的。

他没等我回答，好像已经在我脸上找到了答案，“啧”了一声，笑着说：“你这病情挺严重啊。”

他说“病情”，我不知该怎么回答。

冷不防有熟人冒出来，站在队伍边跟他说话：“哦叶尧。你的伞还在我那儿，你住几号楼，我给你送回去。”

我没有抬头，只盯着那人的运动鞋。

原来他没有说谎，借伞的的确是学长。

叶尧说：“不用了，你留着吧，一把伞而已。”

“那谢谢了。”那人冷冰冰的，听起来不想久留。

叶尧却没觉察到对方的不热情，还兴致高涨地想再聊两句：“我昨天看麦麦辩论了，她可真厉害。”

“哦。”对方说，“我没看。”

哈哈哈哈哈。我忍着心里的爆笑。

叶尧碰钉子让人太开心了，要不被现实打脸，他还真当自己万人迷呢。

等来人离开，我抬起头：“怎么可以随便送人？又不是你的伞，是广播台的伞。”

“你是广播台门卫啊？”他好像没因为刚才的小插曲有半分不悦，转眼就乐了。

坏蛋。我咬咬牙，扭开脸。

“那你刚才怎么不当面问人讨？”他促狭地明知故问，“你就知道整天盯着我。”

“我没有盯你。”

“那就盯一下吧。”

“啊？”

“你说话都不看人。”他的声音从我头顶上方垂直落下，我才发现距离有点过于近。

这就更不能看他了。

我攥紧手里的头发，绷直了身体，脸无法遏止地变烫，看着地面小声说：“我就是这样的。”

他肯定正盯着我看我发窘，还以此为乐，好气人。

他一边笑，鞋一边猛地从我视野里撤远了。

我稍稍抬起视线，原来是前面有人买完麻辣烫走了，队伍在朝前移动。

我从拉开距离的空间里找到充分的氧气，吸气，呼气，吸气，呼气，理清一点思绪。

这算什么啊？以前他和凯昕关系好，把我当凯昕的跟班丫头随便逗两下，也还能理解。现在他们都闹掰了，怎么还拿我寻开心？

“你是不是想和凯昕做回朋友，要我帮你说好话？”我问。

“你不会帮我吧。”他倒有自知之明。

“不会。”

“那你还问。”他不紧不慢地笑着，好像一点不在意。

然后呢？再往后呢？

再往后就什么都没有了。

和他一起走回宿舍楼下，一一交接了书包、炒饭、麻辣烫之后，有种奇怪的情绪忽然撞进我脑袋里。

我突然意识到，这个大大咧咧、自说自话、欺负人又没礼貌的家伙，是真的要从我生活里彻底撤退了，竟然有点难过。

这样的发现把我自己吓了一跳，我僵在了上楼的台阶上。

我是……斯德哥尔摩患者？

不不不，应该是因为他存在感太强烈，突然消失才引人不适，一般人都会这样的。

我慢慢抬腿恢复上楼的动作，腿像灌了铅，怀疑我又胖了。

这很正常吧，连炎热的夏天过去，善感的文艺青年们都会在网上哀悼一下呢。夏天在明年还会回来，可是叶尧不会了，我还没学会打羽毛球呢。

哎呀，想这些干什么？我想自嘲地笑笑，却扯不动嘴角。

我又停下，揉揉眼睛。

怎么会这样？

怎么会这么没出息？

不过，事实就是如此吧。我因为走在凯昕身边才莫名其妙地胆大了，敢瞪他顶他埋怨他，如果不是凯昕和他交好，像我这样不起眼的胖妞哪能在学校里跟他说上话……那些曾经看起来很平常的交集，往后就什么都没有了。

我在寝室楼里不是我住的楼层漫无目的踩着碎步绕了几圈，擦干净脸，回到自己寝室外，深呼吸，换出一点轻松愉悦之色，推门进去。

凯昕比我想象得更快恢复了活蹦乱跳，一见我手里捧着两个打包盒就兴奋地踩着拖鞋过来：“哇，有我的吗？”

“麻辣烫是给你的。”我把炒饭放在桌上，腾出手把另外一小盒辣椒酱拿给她，“辣椒你自己加，我不确定你要不要吃。”

凯昕喜出望外地掰开一次性筷子：“太好了！你怎么知道我就想吃麻辣烫！”

“其实，是叶尧给你买的。”我紧张得差点咬到舌头。

我没有说谎，是刷叶尧的饭卡，是叶尧提议买麻辣烫来着。

“叶尧？”凯昕搅动麻辣烫的动作慢下来，声音瞬间冷了几度，转脸看向我。

“嗯。他说你胃口不好应该会想吃麻辣烫。”

我没有说谎，我没有说谎。

我悄悄躲进上铺床板投下的阴影里，生怕凯昕从我脸上看出什么不正常。

凯昕垮下脸：“他又搞这些糖衣炮弹干吗？”

“他要我帮他说说好话，他后悔了，不该对你那么生硬唐突，应该委婉一点。”

糟了，我说谎了。

凯昕挑起眉毛拉高音调：“他还知道啊！”

“嗯，知道错了，他让我替他跟你说对不起。”我冒出了一背热汗。

凯昕没说话，垂眼开始吃麻辣烫，吃了他的麻辣烫表示原谅了吗?

我清了清干涩的喉咙：“所以，你们还能做朋友吗？”

“不做，我没那么缺朋友。”凯昕头也没抬满不在乎。

“哦。”

[25] “让同学们高兴高兴也好”

事态的发展和我想象得不太一样，我以为世界会分成男生一半女生一半，也就是说凯昕和我的姐妹二人组，不再和叶尧的四人小团体有交集。

可没想到凯昕和裴弈、于焕、小翊的友谊一点都没受影响，生物课上我们确实没再坐一起，生物课外我还经常跟随凯昕和他们三人中的任意一人活动，小组作业也照常推进，裴弈负责向每个人了解资料搜集的进展，然后把它整理成结论做出PPT。

以我的视角来看，就像叶尧一个人被我们大家孤立了。

他们男生似乎没有“朋友的仇家就是我的仇家”这种概念，他们的友情可真塑料。

经透露，于焕和小翊喜欢凯昕，完全看得出来，他们依然毫无顾忌地对凯昕献着殷勤。而裴弈，我觉得可以颁发给他“通敌第一人”光荣称号，当他参加十佳歌手大赛找我们当现场亲友团时，他也考虑到了凯昕和叶尧坐一起会尴尬，他的选择是不邀请叶尧。

每周的生物通选课，我还是能远远看见叶尧，可我们确实再也没有说上过话。

被孤立的人通常会变得不存在。

人们经常用“社会性死亡”来形容一种尴尬局面，但我认为，被孤立才是真正的“社会性死亡”。

正如我们寝室其实住了四个人，因为第四位室友总是做些影响别人休息的事，我们都对她心存不满，平时不怎么搭理她。凯昕和我是闺密，小八的闺密在隔壁寝室，在班级里一般不会提起第四位室友，久而久之，同班同学中没有人知道我们寝室第四个人是谁，大家甚至忘了班里还有这么个人。当班级组织集体活动时，他们会对凯昕说：“你们寝室要不要一起来？你叫上晓晓和小八到西南门外集合。”以大部分同学的视角来看，那个人已经消失了。

这期间我的生活也是出了几件大事的，其中之一，事关广播台。

本来我一直认命地在协助舞台剧比赛的组织工作，那些事很琐碎，今天要写个动员文案，明天要跑腿去印刷一个条幅。有几个周末我在文艺部办公室看见过叶尧，但我们没说上过话，我去办公室的原因总归是被某位学姐叫去派个活，领了任务后马上就得去办，没有什么理由坐下来和她们聊天。

与此同时，不满的情绪在BBS上慢慢蔓延，一开始零星有人抱怨“广播台每天都在播些什么鬼？仿佛回到20世纪60年代”，接着越来越多人加入抗议大军“没有好玩的内容可以放音乐，天天念会议精神吵死了”“不仅吵而且催眠”。

当然，我不能说我完全无辜。普通同学们的不满愈演愈烈，可能也得归功于易然中途下场披着马甲带了好多节奏。她和她同寝室的小姐妹在版聊上一唱一和——

“为什么以前那个有趣的广播员不见啦？”

“听说她被人举报停播啦。”

“什么人闲得发疯去举报这个啊？”

“不知道呀，有个人恩怨吧。据说是给校长信箱投诉的。”

“那我们不能给校长信箱投诉现在的播报无聊，要求把节目换回来吗？”

除了易然和她的小姐妹，一定还有不爱咋呼的路人纷纷给校长信箱写信，我猜是读信箱的老师工作量有点超负荷了，因为很快易然小姐妹的账号就被禁言，同时，“校长信箱”成了BBS上的违禁词。

有一个问题悄然在知乎上开始发酵：“如何看待‘校长信箱’成为东海大学BBS违禁词？”

发表长篇大论的在校学生不多，知名校友很多，虽然前辈们一点前因后果都没弄明白，但不妨碍他们追忆过去的自由校园和美好青春。遥想当年，校长信箱的邮件甚至能得到校长亲自回复，还有人曾与平易近人的老校长一起谈笑风生。真是“世风日下人心不古”呀。

东海大学上了热搜。

只过了两小时就有老师出手干预了。辅导员在班级群里对所有人说："大家不要去知乎上凑热闹哦，已经参加议论的把发言删除一下。"

有位同学问："议论什么？"

辅导员答："校长信箱。"

一小时后，我在水房洗衣服时听见我们班班长正在挨个通知："表演1班的同学注意了哟，大家有知乎账号的都去参与一下'校长信箱'的讨论，我把广播台事件的过程整理好了，你们互相转发了解清楚。上次开会系主任点名批评我们'伞兵游泳'，你们可不要再干背着降落伞去游泳的事，说错话了。"

我十分确定系主任说的是"散兵游勇"批评我们没参加舞台剧比赛，这都哪儿跟哪儿？

"哎？我们班都没收到通知！"在我隔壁一位洗衣服的音乐班同学探过头好奇，"要求讨论什么？"

"'广播台'和'校长信箱'的话题。"我们班班长秉着国际主义精神告诉了她。

于是就这样，我们整个学院在校长信箱的热搜里上蹿下跳，带着班长发的广播台事件洗脑包四处回帖积极科普。

话题更热了，毕竟广播台才是在校学生关心的内容，不管曾经有没有注意到，此刻都注意到了，它与每个人相关，每个人都能说个一两句"最近的广播是没意思"。

友校东理工和东师大的同学们发扬了吃瓜群众的精神，也投入了这场讨论，在热搜里频频追问："以前的广播是什么样？""到底播了什么叛逆言论会被叫停？""最近的没意思，那有意思的时候播什么？"

不得不承认，易然身经粉圈百战，做的洗脑包比我们班长强多了。她把我开学以来的广播内容精选成长图发到社交平台，很快引来了更多人转发。

我们学校许多老师是社交平台上的大V，老师们发现学生在转发一些好玩的内容，点开一看是广播台趣味播报。老师们平时也是听广播的，特别是当广播提及自己和自己的课时，但老师们工作繁忙，几乎不会注意到广播的风格变化，他们根本不知道这是一场"战斗"，只为了和学生们更好地互动就点了转发。

第一个转发的是美国环境思想政治课的老师，我之前在播报中帮他发过声明，这段话来自他在选课版面的答疑——"这门课程旨在介绍美国对环境问题的认识，不讨论美国思想，更不希望课堂变成美国环境，烦请主张自由主义、热爱高谈阔论的学生改选次日的西方政治思想课。"

而第二个转发的就是西政课老师，我这才发现他们在微博上互关，原来是秀恩爱！

接着哲学院副院长和中文系博导两位百万大V也加入转发阵营，把热度推向了新高潮。同学们纷纷展开仿“广播台体”创作，进行院系内新闻调侃。

这一现象反映了我们学校哲学系和中文系课程设置不太合理，学生们太闲了。

事实证明东理工和东师大也挺闲的，他们展开仿广播台体创作，山寨出了自己学校的扯淡新闻。

我正吃瓜吃得傻乐，陆佳虞学姐穿过了整个学校从教学区跑来敲开我们寝室的门，而在此之前，她是被老师打电话从校外宿舍叫来学校的。

“晓晓，你明天一早能回广播台加个班吗？”

“能！”开门的凯昕直接替我回答。

“播报吗？”我难以置信地确认道。

“是的。”学姐激动不已，“指导老师说‘原来喜欢她广播的人这么多啊，那明天早上叫大家喜欢的广播员回来播报吧，期中考试周学校里死气沉沉，让同学们高兴高兴也好’。”

以前从没有关心过我广播台那摊子事的小八也从上铺跳下来：“晓晓你明天准备播什么？”

这问题很重要，让我在喜悦之余稍稍冷静了一点。

最近我总是有些闷闷不乐，在广播台事件成为一个事件之前，我已经很久没有逛过BBS。我有一种奇怪的抽离感，不知道校园里每天在发生什么，不关心校园里每天在发生什么，每天按时醒来，每天按时睡去，必修课来到我面前我就上课，文艺部学姐交代我任务我就打杂。

时间过得飞快，我好像去天上过了地球时间，别人的一个月是我的半小时，我发个呆回过神再眨眨眼，一天又一天就接连不见了。

刚才看微博上的“仿广播台体”新闻，我才知道了一些学校里发生的事，但我又不能直接照搬大家的创作，这看起来仿佛广播台没花心思，很潦草地回应大家的热情。

这天晚上我只睡了三个小时，在选材做功课，把策划和重点台词写完终于躺下又紧张得失眠了。我应该庆幸自己在广播台而不是电视台，主播看起来有点憔悴并不影响工作。

第二天一早，我提前二十分钟抵达广播台。

转向广播台所在的走廊，清晨的阳光“哗啦”一下让视野明亮起来，我看见了叶尧。

他又在把走廊地上的落叶捡起来往楼下扔，这似曾相识的一幕给我一种什么也没有改变的错觉，只不过闷闷不乐的时间像肥皂泡一样“砰”一下破了，再无影踪。

等他再抬起头时，他也看见了我。

一个来回乱动的小人变静了，接着才变大。

昨天和前天时间过得那么快，可是眼下又突然慢了，我走向他的几秒，变成视线相接的几个世纪。我没有躲，还有点愣怔，脑子太笨了，搞不懂相对论早已证明的原理。

天气明显转凉了，叶尧穿了运动装外套，白色底，手臂上有蓝条条，那两条线牵引着我的目光直到他的手，他的手搁在走廊栏杆上，在他看向我的刹那间松松力气，风把他修长指节下的落叶轻轻地带走了。

我有点懊恼，早知道他在这里我就不穿这么多。我们俩像身处两个季节，他在初秋，我在冬天。我穿了件夹袄，这让我看起来更胖了。他可能会嘲笑我，但他没说话。

我开始意识到他目光的真实意义，他忘了我是谁。

我不在广播台的这段时间，他应该也常来，他一定还记得台长和毛毛，可他已经很久不见我了。

也许是因为我走过去的一路盯着他太长时间，他冲我简单地笑了一下，但这并不能说明他认识我，我们面对长时间盯着自己的路人也会条件反射笑一笑。

如果他认出了我，应该会对我说：“机器出了故障，今天没法播报。”

我经过他面前转身进了广播台，他什么也没说，他把我忘记了。

我这才明白全知视角下故事的真实走向，一切都已经改变，在叶尧的世界里，我不存在。

第六话

QIANMA

一点恋爱氛围都没有

[26] “爱讲笑话的小孩儿”

我从叶尧面前经过，过去几个星期那种飞速的时间节奏又回来了。

我走进广播台，部长和台长都在，还有实习时带我的学姐也在，足以证明大家是为我而来，这样已经让我很感激了。

当我拿出准备播报的内容，部长却陷入迟疑：“中期退课？这个话题是不是不太正能量啊？”

“怎么了？我也刚退课。”台长说。

部长不愧是学新闻传播出身：“导向不是太好吧。”

“可学校能收到退课费，不亦乐乎？”台长说。

带我的学姐前辈说：“我觉得佳虞的担心不是没道理。平时播这种话题倒也不是问题，但这是孟晓回归的第一期节目，广播台争议现在闹这么大，所有人耳朵都竖起来想听听怎么回事呢。”

“是啊。”部长说，“我就是这个意思。我们不能为了逞一时口舌之快，让晓晓的节目只复播一次又停播了。晓晓的节目是被人投诉停播的，现在复播了当初那个人肯定心存不满，说不定还会伺机找她的错。”

“可是不让她播自己想播的内容，怎么向大家证明是她回归做的节目呢？老师不是说要让大家明确感觉到她回来了，让同学们高兴高兴吗？”

“这倒是……让孟晓在节目前宣布自己是孟晓吗？”

“孟晓又是谁啊？她以前没宣布过。”台长说，“孟晓的声音是蛮好听的，但其实也没有独一无二的辨识度。要说内容风格嘛，那更不是她的独创，其他广播员偶尔也会开几句玩笑，只不过其他人不会主动去收集学生们有趣的吐槽。差别其实不大，我到现在也没懂他们是怎么听出孟晓的不同……”

是因为易然带节奏时说的啦。

“所以孟晓肯定有些不为人知的特点，我们没发觉但有不少人能听出来。你把她自己准备的内容换掉，说不定就把她的特点也消除了哦。”

我应该澄清并没有人听出我并不存在的特点吗？但我又怕走漏了风声让老师们知道易然是煽风点火的始作俑者，她们会不会责怪她？

我心虚地站在一边，像个小学生，看老师和家长为我争论。

“晓晓你自己怎么考虑？想播退课还是换一个备选话题？”

“我……”

我想说“我都行”，可不知此言一出是不是就辜负了大家认真的争论。

我沉默许久。

台长小声嘟囔：“现在开始考虑备选也来不及了吧。”

学姐却经验丰富，马上想出了不错的方案：“可以播动漫节和舞台剧的筹备进展，这些资料不都是文艺部现成的嘛，反正听起来正好也都是些高高兴兴的事，让孟晓换成自己那种比较俏皮的吐槽风格就行啦。”

我刚想点头，叶尧的声音从我身后传来。

回头看，他是对着部长说的。

“让她播退课吧。我觉得那不仅代表她的特点，而且代表了东大精神。如果有人质疑，你可以这样解释。”

东大精神？原来我们东大的精神是……退课？急流勇退？

叶尧继续说：“孟晓的风格连‘很敢说’都算不上，她其实没有特意去挑战权威、输出观点，把她捧上神坛视为意见代表就可笑了。她不过是‘想到什么说什么’‘想说什么就说什么’，没章法。可没章法才是东大广播台应有的风貌。在东大，政治课上你可以讨论制度，法律课上你可以质疑规则，说话前从来不用担心被谁记录下来拿去举报。因为我们是高校。”

叶尧不仅记得我的名字，还知道我的广播风格。

“我不否认新闻要考虑导向，可是如果一群高考七百多分的成年人，会把广播里的调侃当人生指南，那是教育有问题，不是广播有问题。”这是我第二次见到叶尧认真说话，第一次是生物课小组讨论。每当他正经起来，马上就能让人感觉到他并非头脑空空的绣花枕头。

当然啦，这说的是什么废话嘛，我不禁在心里自嘲，叶尧是考进东大的高才生呀，怎么可能头脑空空，我才是头脑空空。

台长接话道：“我喜欢孟晓的广播是因为她不想‘教育’谁，她甚至根本不觉得广播员应该承担这样的责任，她对自己的定位就是服务好大家，努力找一找好玩的话题、好听的歌，让大家课余放松一下，听见了广播能会心一笑，没听见也不是谁的损失。”

对！我就是这样想的，原来是因为我头脑空空反而产生了优势？

学姐被叶尧和台长说服了，捡回我那张写策划的纸：“是啊，看起来是这种感觉。你说她提退课是为了什么，好像也不是为了什么。就……只是学生中间一些苦中作乐的自嘲而已啊：有的老师也知道自己出的考题难，提前打预防针让大家退课；有的院系总共必修六学分，人均退课四学分，半学期学了个寂寞。能说她导向有多不好？我都没看出她的导向。”

部长先前紧绷的表情舒展开：“这我当然知道呀，就怕老师又觉得不好。你又不是不知道他们多爱指手画脚。”

“老师也不傻，不会再来第二次。这次事情闹大，其他学校的人还以为东大出了什么意见领袖，搞清原委发现只是个爱讲笑话的小孩儿。管她干吗呀？管了她还得压舆情、撤热搜、劳民伤财去澄清‘东大没有不听学生的声音’。是闲多了还是嫌钱多？”叶尧正经了不到两分钟，又开始对部长满嘴跑火车，“谁再管她，你顶回去呗——学校经费要是太多了，就给文艺部。文艺部不仅可以帮着花，还能每天用喇叭喊话‘您哺育了我们，母校胜亲妈’！”

部长笑着举手作势要揍他：“就你贫！你又不是我们部的，凭什么代表我们接植入广告！”

笑归笑，我知道其他人动动嘴皮很轻松，最后一些麻烦终究是部长来应付。

部长点过头，我的节目正式复播了。

我们低估了听众的敏锐，第一天BBS上就出现了帖子，有人发现“广播员回来了”，在此之前我还没跟易然通过气。

晚上和易然相约买日用品时提起这件事，易然说：“当然能听出来啦，你的特色太明显，我一早也认出来了呀。你每到即将收工的时候就越说越快，每个字都洋溢着下班的喜悦，别的人都比你稳重。”

原来如此，不是因为我传播了什么正能量啊。

得知这个真相反而让我轻松了不少。

我们台长却不轻松了，拜这次意外所赐，校内校外很多人关注了东海大学广播台的“东大之声”公众号。

从前我们的公众号只有一千多粉丝，每个月发一次推送，阅读量大概有几十。现在它突然后来居上，关注人数超过了“东海大学学生会”“青春东大”那些官方大号。

虽然以前发过的内容都没什么意思，可是看起来这些人不打算走了。

老师知情后连夜找我们召开会议，希望我们不要浪费这次机会，要用心把“东大之声”做成“同学们喜闻乐见的宣传阵地”。

同学们是不是喜闻乐见我猜不到，台长脸上的笑容渐渐消失是肉眼可见的。工作变多了，又要开始干活了。

综上，我最近很忙，忙得像修了两个专业参加了三个社团。但是这不能完全解释我感受到的古怪时间节奏，时而光阴似箭，时而度秒如年。

星期五的拉片专业课上，老师给了我一个答案。

他说“时间是戏剧性的敌人”。缠缠绵绵十几年、几十年的故事听起来温馨美好，但不是好故事。那么像《西游记》这样经年累月漫漫长路的故事该怎么改编成戏剧作品呢？只选取那几个戏剧性的章节来表现，把无聊的旅途略过不谈。

于是我恍然大悟，我的日子现在分成了“见到叶尧”和“没见到叶尧”两种。“没见到叶尧”的那种就藏在“几周后”这样的字眼里略过不谈。因为忽略不计，所以才感觉这几周时光飞逝。

为什么呢？

大概因为我喜欢叶尧吧。

这并不是什么让人夜不能寐的重大发现，我一边吃着五食堂的煎饼就一边淡定地接受了。

连他都发现了嘛，我只会学别人，周围这么多女生都喜欢他，我也是个女生呀。我喜欢他，不告诉任何人，又没人会笑话我。

我现在在叶尧眼里也是有点存在感的。

“爱讲笑话的小孩儿”——他这样定义我。

估计也是因为觉得我爱讲笑话，以前才老和我开玩笑吧。我这人本来挺大度的，只是他刚好踩到我的雷区，才显得我开不起玩笑。不能怪我，每个人都有雷区。

就好比我觉得还挺有意思的退课话题，播到第三天，竟遭到了易然的抗议。

易然抱怨说：“我们数学系考试太多太崩溃了，退课只是一时的逃避，以后该来的还是会来，所以你说退课段子，我们根本笑不出来，你就算不说段子，提到‘退课’两个字，我这心里都如丧考妣。”

原来能被中文系当调侃的自嘲会让数学系如丧考妣。

我赶紧改了后面的策划没再提过退课。

[27] “一点恋爱氛围都没有”

必修课考试周一过，易然就给我发来微信请我吃火锅庆祝。

离学校不远的商业广场有一家火锅是易然和我的最爱，像日料店，每桌一个全封闭小隔间，一人一小锅，美中不足的是价格有点贵，我们不能总吃。

我想，能让易然在这里颇具仪式感地请客，除了考试顺利过关，恐怕还有感情上的突破性进展要与我分享。

我的预估有点偏差，走进小包厢，我看见里面不仅坐着易然，还坐着阳乐棋。

我第一反应是退出包厢关上了门。

是我打开的方式不对吗?

阳乐棋在场，我还怎么吃火锅啊?

易然追出来带上门，站在通道里对我解释：“我在进门时正好碰见阳乐棋，他是来隔壁大卖场买东西的，所以我就说干脆叫他一起吃饭，他没问题吧？”

我面露难色，阳乐棋对易然算“自己人”，对我还算不上：“嗯……有点问题。我还是走吧。”

易然讶异地挑起眉：“他不都已经是你男朋友了吗？”

“这说来话长。”

“能有多长？交往了半年不到，故弄玄虚。”易然翻翻眼睛，一脸“受不了”的表情。

饶是如此，她还是开诚布公地拉开包厢门向阳乐棋直接宣布：“阳阳你自己单开一桌吧，我和晓晓有小女生的悄悄话想说。”

没想到阳乐棋连争取都没争取一下，马上拎着他的大包小包起身出门：“那我先回去了！改天一起玩。”

正当我以为危机解除时，他停住脚步回过头：“哦对了晓晓，你这周末有没有空……”

“没有。”我没等他发起一个提议，就飞快地接嘴，“我们下周还剩一门专业课考试。”

“哦，那下周末呢？叫上凯昕，我们去汤包家的度假村玩玩，他自己邀请过凯昕，凯昕同意了。”

“陈瑞去吗？”

“陈瑞去你就不去吗？”阳乐棋反问，他的情商今天终于上班了。

“呃……”

“你是因为陈瑞才总躲着我吗？”

“嗯……”

“你不用怕他啦，他就是话多，你对他误解太深了，我觉得我们三个最近应该找时间一起吃顿饭，消除一下你们之间的误解。”

哦，不好，阳乐棋的情商又下班了。

“我……最近不吃饭。”

“啊？”由于我们此刻正站在餐厅走廊里，阳乐棋脑子都转不过弯了。

幸好易然等我俩你来我往地废话半天早就不耐烦了，催促道：“说好没有？我都饿了。约下次饭你们回去微信约吧。”

阳乐棋爽快地朝我挥挥手：“那我给你发微信。”

我长吁一口气。

涮火锅时，易然说：“你和阳乐棋怪怪的，一点恋爱氛围都没有。”

“什么是恋爱氛围啊？”我笑起来，“你和‘英语课心动对象’有吗？”

“当然有啊！会心跳加速，说上一句话高兴半天啊。”

“但你也不会跟他一起吃饭的吧。”

“现在是不会，交往后肯定就没问题了呀，交往后肯定会变得特别亲近，所以我才说你和阳乐棋怪怪的嘛。”

我撇着锅里的浮沫，不动声色地转移话题：“你是因为什么喜欢那个心动对象？”

“他英语好啊。”

“什么？”我没有想到，这也能成为心动条件之一。

“我们一起上英语课，他要是说着一口‘咖喱英语’，那肯定长得再帅也不行啦。”易然说得理所应当。

我扪心自问，阳乐棋应该不会因为流利的口语喜欢上我，我的口语水平还停留在“Fine，thank you，and you？”的档次。

进大学第一节英语课，老师告诉我们通常不该说“fine”，因为“fine”其实有点勉勉强强、强颜欢笑那个意思。如果把我的英语比作一栋三层矮楼，这相当于摧毁了地基。

我依然对阳乐棋对我告白的动机百思不得其解，与此同时，我心里不为人知的小角落冒出一个叶尧，局势更加混乱了，而我都还没有听过叶尧说英语，不排除是“咖喱英语”的可能性。

我独自沉浸在恋爱氛围里。

证据一：当我写完专业课期中论文最后一个字并加上句号，word统计字数碰巧是1314个字。

证据二：中午给我送外卖的快递员叫“邱比特”。系统通知：“邱比特（151××××××××）正向你飞奔。”嗯，有那味儿了。

如果你比较迷信，你肯定听说过“情场得意，赌场失意”这种说法。

我给邱比特打了两个电话，他发誓真的已经送到，而我在外卖收取点来回转了十分钟一无所获。我有了天启般的预感，今天我会遇见叶尧。

我束手无策地在收取点继续转圈，台面上、架子上、可以挂塑料袋的锁头上，没有一份外卖出货单上写的是我的名字。

用“热锅上的蚂蚁”形容我再合适不过。

就在我的目光漫无目的在半空飘荡时，这锅猛地冷却下来，我像炒酸奶一样软塌塌地勉力站直了。

立竿见影。

我只是随便想想啊，怎么这么巧这么快？我还没有准备好，早知道我先洗个头再出门。

其实也没有多么巧多么快，距离上次在生物课上见他，随便一晃就晃过五六天去。

他穿在里面的卫衣是白帽白领，把整张脸映出触目惊心的亮堂堂，在秋冬一派灰色的萧瑟中显得格外意气风发。真羡慕你们这些期中考试都难不倒的人啊。

心脏非常重地跳了一下，我紧绷的肩才松下去。

叶尧从与我四目相对的震惊里变出生动的新神态也用了两秒，笑起来像春天里迎风招摇的粉色花海：“你在干吗？想偷外卖？”

怎么把人都想得和你一样呢？

我看你手里拿着两份外卖，其中之一挺像偷来的。

“我外卖被偷了。”喉咙有些发涩，我从自己的声音里听出委屈，着实吃了一惊。

“哦，这么衰？”他欠个身跨过来，把自己手里摞在上面的那个外卖塑料袋塞到我手里，“那，你吃这个吧。”

我局促地用双手端着餐盒，仿佛它烫手似的，等叶尧都已经走远了才憋出话：“啊啊，你一盒够吃吗？”

叶尧边退着走边哈哈笑：“那盒不是我的。”

啥？真偷外卖？

我低头定睛一看，订单上的名字是裴弈。

再抬起头，叶尧已经不见了。

Fine,thank you.

我纠结了一下午，要不要发条微信向裴弈自首并致歉“我吃了你的外卖”，但最后还是放弃了。说不定叶尧会骗他“外卖被偷了”呢？到时候口供对不上也很麻烦。

第二天的生物课上，面对裴弈，我还难免心虚。

不过裴弈确实压根没和我提起外卖。

这个星期比较幸运，生物课之后我还见过叶尧一次，虽然没说上话。是我去文艺部办公室报到的时候，叶尧在那儿和我们系学姐说话，学姐告诉我“例会不开了，不过有个舞台剧筹备的事情，一会儿我把表格发你手机上”，我就退了出来。

匆匆一瞥，我不确定叶尧看没看见我。

收回前面“这个星期比较幸运”的论断，二十分钟后，我在微信里接到了这要命的工作任务。

舞台剧彩排在即，我必须根据第一份表格上的联系人目录，去获取各院系大型道具的清单，登记在册、确定搬运方式和时长。

一群陌生人，我生无可恋，我是能勇闯寝室呢，还是打骚扰电话？

出于某种无法言喻的理由，我不想找叶尧帮忙。

叶尧挺清楚我这副与人老死不相往来的德行，不过知道是一回事，实际看见是另一回事，我不喜欢被他看见自己无能的样子。

士别三日当刮目相看，叶尧像现在这样动辄每隔五天十天才见我一次，我就不能有点长进吗？趁他不见我的时间，我苦练秘籍、偷偷变身？

万事开头难，但上帝给我开了扇天窗，开头一点都不难。

我发现经济学院的联系人是裴弈。

老朋友了，交流起来毫无障碍。裴弈不仅从手机里把道具清单发给我，还怕我看不懂，把我约到图书馆门口给我一一解释了一遍。

末了他探过头问我：“心理系的联系人是谁啊？”

“心理系？”我重新点开表格下拉下拉，“哦，是崔璨，是不是你也认识？”

裴弈热情地说："那你也别打电话啦，我陪你过去找她吧，她每天借我们社团的活动室自习呢。"

裴弈，他可能是天使转世吧。

叶尧你为什么不学学你的朋友做个好人？

因我在前往理财活动室的路上特别强调，必须主要由我来和崔璨交流，裴弈只是待在一边帮我壮了个胆，并不太开口。

好在这已经是我第二次见崔璨了，又是女生，说话不难。

难的是理解她的话。

"船？"我费劲地重复她说出的道具。

"对，独木舟那种，大概有这张会议桌这么大。"她站在门口把理财教室里大家自习的桌子指给我看。

这么大！我目瞪口呆。

理财教室里自习的同学大概觉得盯着他们看的我太傻了，有女生小幅度给我招招手打招呼。

我回过神收好下巴："是……要坐人吗？"

崔璨点点头："是要人坐进去，模拟划船，其实不用划，有轨道，它是电动的，会顺着轨道自己滑过去。"

"轨道？"我像傻瓜般的再次重复。

"嗯！轨道，不长，好像就……十米？我忘了，具体我回头确认一下。"

十米轨道！要铺上台吗？

我慌张地想点开手机里资料确认："是什么剧目？怎么会有船戏？"

"《歌剧魅影》。"崔璨没等我找到剧目资料已经自己报上了答案。

"哦……那你们打算什么时间把船和轨道搬到演播厅呢？"

"听学校安排。"崔璨说。

那就是没有安排，靠我安排？

我下意识把求助的目光转向裴弈。

裴弈犯难得摸摸自己鼻尖，笑着说："看我没用，得找叶尧。"

我的变身计划破灭了。

[28] "晓晓喜欢上别人了吗？"

裴弈当着我和崔璨的面给叶尧打电话，还特地开了免提让我们都听见。我觉得他已经把这里的情况说得够清楚了，让叶尧来一趟。

没想到叶尧却没有来，连语气都有点心不在焉甚至不耐烦："我今天没空去，你让崔璨把草图和尺寸发我，我晚上给她回电话。"

他没提到我，在场的其他两人也注意到了。本来我代表文艺部，崔璨代表心理系，只是邀请叶尧来做"顾问"出个主意，和我们双方协商。可是他越俎代庖无视了我，选择直接对接崔璨。

裴弈挂断电话后的三四秒时间里，场面有些尴尬。

如果我情商高一点，也许能抛出句自嘲来解围。

是啊，沉浸在恋爱氛围里的只有我。

虽然我总是以雀跃的心情期待见到叶尧，但叶尧对见不见我完全无所谓，他只是见到了我就打个招呼开个玩笑罢了。

就像开学时易然吐槽我和阳乐棋——"哪有互相喜欢的人不想天天腻在一起"。

就像我现学现卖地教唆易然——"你得喊他一起讨论作业才能制造见面的机会啊"。

我们两个社交困难户都明白的道理，叶尧怎么会不懂？

但他只是在当天晚上十点半给我发了条微信："跟崔璨说好了，以后她这边的事情我来对接就好，你不用管。"

收到这条消息之前我只是有点失落，而这条消息让我莫名恼火，好像他们俊男美女情投意合，我一个妖怪非要插进去搅和似的。

如果是平时正常的工作沟通，我一般会回复"好的"，可这条微信，为了报复，我没有回复。

唉，我的"报复"不过这点威力，对方可能根本觉察不到。

阳乐棋的微信这时候发过来，属于正巧撞枪口上："晓晓，你明天晚饭有约吗？我和陈瑞说好了，他愿意和你吃顿饭。"

他愿意和我吃顿饭？他是玉皇大帝吗？我还不愿意和他吃饭呢！

我都想把阳乐棋拉黑了，理智告诉我不能冲动，所以我只是扔开手机躺着生闷气。

过了没几秒，手机又在枕头边"嗡嗡嗡"连续振动起来，起初我以为是阳乐棋没收到回复追了电话过来，但并不是来电，而是有人在群里持续不断地聊天。

我们沉寂已久的生物小组微信群居然又活跃了。

我困惑地往前翻了翻，裴弈说小组论文缺一点资料，最好能大家一起找个周末去一趟东海的动植物园收集素材。

凯昕很兴奋地积极响应:“好呀好呀！我从小学春游后就没去过动植物园了。”

奇怪的转折来了。

叶尧发了一句：“你拍写真不是去动植物园取过景吗？”

虽然没有叫凯昕，但这话明显是对凯昕说的。

凯昕居然没有不理他：“你觉得我拍什么土味写真需要去动植物园取景？”

叶尧：“夏天那套森林和马的。”

凯昕：“那是在森林公园，马是马场的。动物园怎么拍啊？爬进围栏骑上马让游客给我拍吗？”

于焕：“哈哈哈哈哈哈哈。”

裴弈：“@开心，脑内有画面了。”

连凯昕和叶尧都和好了吗？看起来是这么回事吧。

凯昕在盥洗室刷牙护肤，我没有冲过去询问他们关系破冰的进展。好像身边每个人都活得随性洒脱，只有我整天为了一句话一点语气躲在无人在意的角落暗自较真，太没劲了。

我没去找凯昕，凯昕过一会儿拍着脸来找我了：“晓晓，你这周六还是周日，能挤半天出来和我们去动植物园统计植物吗？”

我假装对群里的对话一无所知，从床上爬起来：“为什么要统计植物？”

“你看看小组群吧，裴弈要我们搜集材料。”

我拿起手机，假装刚刚才看见，顺理成章地随口一问:“咦？你原谅叶尧啦？”

“懒得跟他计较了。”凯昕轻描淡写，好像忽然想起了什么，激动起来，“前天我在二食堂买饭发现一个留学生，好帅啊！我给你看照片……”说着飞快地跑回盥洗室去拿手机。

还没等我反应过来，我已经看见了这位帅哥朋友圈相册里的健身房自拍，凯昕这就已经加上对方微信了？

凯昕滑动手机翻出后面的照片：“他真人还更帅一点，不太上镜。”

“这……好像没有叶尧高啊。”

“要那么高干吗？吃树顶的草吗？”

我无言以对，倒是想起了阳乐棋的室友：“高原呢？高原不行吗？我还以为你们蛮合拍的。”

“高原啊，他太傻直男了，没感觉。Gabriel比较会玩，有趣。”

凯昕能看上的男生都是差不多的类型，帅帅的，受欢迎，眼睛有神，说聪明精明都行，外向，会玩。从摄影师、叶尧，到这个Gabriel，一脉相承。

叶尧可太会玩了。

凯昕看出我情绪低落：“你怎么啦？一下午都郁郁寡欢的。”

我脑子有点乱，当务之急好像是还没想好怎么拒绝阳乐棋给我和陈瑞安排的饭局，只好从这里说起：“我不想和陈瑞吃饭。”

“这不废话吗？哪个正常人愿意和陈瑞吃饭啊！”

“但是阳阳希望我们吃顿饭缓和一下矛盾，大概是希望自己的朋友都能成为朋友的意思。”

“不是我说，阳乐棋在我这儿本来算个正常人，但他要和陈瑞做朋友可就不正常了。你不能直接要求他别跟陈瑞来往吗？他就那么缺朋友？交往点正常人行不行？”

“可是……我没有立场干涉他交什么朋友。”

“你是他女朋友，撒撒娇，行驶‘女朋友特权’不行吗？”

“严格来说……我也不算他女朋友。”

“啥？”凯昕明显一副脑子里已经短路的表情，“分手了？”

“没有分手。”我使劲挠头，绞尽脑汁找出勉强能解释清楚的词句，“其实就像根本没有交往过。”

但好像凯昕还是理解失败了：“是吵架了吗？冷战？”

我一一摇头否定。

“那是怎么回事啊？学期开始的时候他是你男朋友，学期结束的时候怎么会变成‘没有交往过’？哦……这个故事似曾相识！我小学看过一个漫画，男主角和女主角那时候就已经这样那样什么都做了个遍，但是八年过去了，前几天新刊预告他们才‘准备告白’‘即将交往’！”

“那种漫画很多啦。”我脑子里瞬间闪过了七八个漫画，不知使凯昕愤愤不平的坑是哪一个，“但是我和阳阳没有‘这样那样都做了个遍’，实际上，我们连手都没有正经拉过，过马路他扯扯我的袖子那种不算。”

凯昕看着我，石化了数十秒，而后说：“易然知道吗？”

那表情就和爸爸搞不定我的棘手问题时问“你妈妈怎么说？”如出一辙。

小八被凯昕之前义愤填膺控诉漫画所吸引，端着脸盆慢慢蹭过来偷听，等停在我床边时已经基本跟上了剧情，双眼放光地八卦道：“什么什么？阳乐棋突然否认恋情了？哇，看不出来！我还以为他是个老实人。他劈腿了对不对？”

“没有没有。”我连忙澄清。

"你不要被他忽悠。"小八斩钉截铁地论断，"拖延是人的本能，一般人不会逼自己做决定，混混日子得过且过多安逸，谁会没事折腾大风大浪。像这样突然反水全盘推翻的只有一种可能，就是劈腿了，就算还没劈成功至少也是心里喜欢别人了！"

凯昕推了她一把："现在全盘推翻的人是晓晓。"

小八并没有放弃她的理论，反而更加精神振奋，转脸问我："晓晓喜欢上别人了吗？"

我……现在追认小八为我们寝室最敏锐的情感专家。

这是一场事先张扬的"分手"。

在阳乐棋还不知道我准备和他"分手"的时候，其他人已经都知道了，我们在校外的咖啡馆开了个"圆桌会议"专门商讨此事，列席出场的还有凯昕的新朋友Gabriel，不过因为他中文不好，听得一知半解，和我也不熟，没参加讨论。甚至连"分手"本身都是易然的提议，凯昕是持相反观点的。

"我觉得没必要特地去'分手'，按晓晓说的他们的相处方式，那就根本没交往，没交往哪来分手？说不定晓晓一个月不给他发微信他就能把晓晓忘了呢。"

"不可能好吗？什么人会把自己女朋友默默遗忘了？哪怕是'假女朋友''虚拟女朋友'。"易然转过头跟我确认，"他是一直对外称你为'女朋友'没错吧？"

我点点头。

"那就是了，你要说这是分手也不完全是分手，只是你不喜欢阳阳就应该对他明确地摇头，迟到了四个月的摇头。话说回来，军训的时候你没有一点喜欢他为什么要点头呢？我真是没法理解啊。"易然唏嘘道。

是啊，回想起来，我有什么资格鄙视叶尧"来者不拒"呢？

要拒绝别人可是需要相当大的勇气，说不定还会因为伤了对方自尊心而导致关系彻底破裂，就像叶尧和凯昕。

是因为我的优柔寡断，和阳乐棋的关系才拖延至今变成棘手的大麻烦。

凯昕被易然说服了："好吧，你要拒绝就拒绝他，不过我觉得和陈瑞的饭你反而得去吃了。"

"为什么？"我惊讶地回神。

"一件事归一件事，不要让他混淆，也不要让你自己混淆，特别是你自己，你太晕了晓晓，你得分清楚：你是因为想处理好和阳乐棋的关系所以拒绝他，还是只是因为想逃避和陈瑞吃饭的意念过于强烈所以拒绝他，这两者性质完全不一样。如果你自己都分不清、态度模糊，阳乐棋就会更模糊，他会想‘是不是因为你不喜欢陈瑞’，是不是只要解决了陈瑞和你的‘所谓误会’就能修复你们的关系。”

在这点上，易然好像和凯昕达成了共识：“对，你需要分开处理你和阳阳的关系，和你和陈……这是奇葩一号还是二号？”

“二号。”

易然懒得记他名字：“和你和奇葩二号的关系。”

她们断绝了我最后一点蒙混过关的念头，我本来确实是这么打算的：只要解决和阳乐棋的“误会”，就能再也不用和陈瑞吃饭。

[29] “我就知道你会讨厌这个”

比起叶尧，在凯昕的心动对象中我更喜欢Gabriel，朋友的喜欢。易然却不太喜欢他，我们聊完我的感情问题后，易然向他打听留学生学费、考试和课程安排，表现得好像和他相处十分和谐。但我和易然离开这对情侣后，易然唯独告诉我，她不太喜欢Gabriel，因为他中文太差了，如果他真有他表现得那么喜欢凯昕就应该好好学中文，现在他和凯昕基本是用英语交流的，和我们都是。我就比较特别了，我英语水平堪忧，与他一起用微笑通力合作。

“你不是说你会喜欢英语很棒的男生吗？”我指出易然的双标。

“废话，他是美国人当然英语很棒，中文流利也不能成为我们的优点啊。”

“中文流利对我来说也是难点。”我嘻嘻笑起来，易然好像都忘了她自己经常社交困难的事了。

易然翻翻眼睛：“好吧，但我比较喜欢英音，毕竟我们都是从小学*Guess What!*和*Oxford*教材的嘛。我不喜欢美式英语浮夸的调调，张着大嘴‘哎哎哎’的，显得没内涵。”

我只是笑，不接话了，当易然认定不喜欢一个人时总能找出事实依据，如果你还要质疑，她会给你做出一期《走近科学》，她在这方面很爱钻牛角尖。

如果碰上叶尧，她可以做出十五期《走近科学》，叶尧这家伙有些明显的缺点连我都难以忍受，套用易然的标准——如果他真有他声称的那么喜欢某个女生就应该立刻表白和她交往，从此断了其他女生的想入非非，包括我。

我像他安排的那样，再没有插手过他和崔璨的“工作交流”。

有两次彩排时我看见过崔璨，他们系演的是音乐剧，她唱歌很好听，除此之外我看不出什么门道了。

更多的时候我像避开病毒感染区域似的游走在外围，做好了其他参赛院系的大型道具统计。我找到了自己的方法，也许因为这是一项工作，让我稍微有了点底气。

即使他们会在心里笑话我是个话都说不利索的胖子，他们也不会因此放弃正事、不上报要搬上舞台的道具。我的社交大冒险在这种限定条件下得以持续进行。

我得到一些重要经验：与人建立联系不要急于求成，可以先从辅助对方完成必做的工作开始，不得不完成的作业也可以，哪怕对方第一眼讨厌我，共同完成目标也是个良好的开始。

星期天，我们的生物小组必须一起完成素材搜集。

我掌握了崭新的观察视角，小栩和于焕知道他们互为隐性“情敌”会暗暗较劲吗？他们会嫉妒叶尧能独揽凯昕的青睐却弃之不理吗？就这样一个小小的圈子中，朋友们也未必完全瞧得顺眼彼此，但可能在被迫共同完成目标的过程中又能找到一点共识。

我改变了自己的思路，不再纠结于每个人对我是否怀有正面看法。在我统计完我负责的三条路中间区域的植物之前，“人们怎么看待社恐胖子”这个问题变得无足轻重。

我埋头拍下不同种类的植物照片，用手机软件把不认识的植物做上标记，准备回去查资料。

与此同时我在琢磨叶尧，他一定就在全神贯注地记录他被分配区域里的植物，心无旁骛。那些我新发现的道理他应该早就懂了，所以才总那么我行我素、行事古怪，让别人琢磨，自己从不琢磨。

我的区域里有一种特别讨人厌的野草，丑陋的黄褐色，看起来像毛毛虫，刺很扎手，总是扎在我衣服上。我在不断从帽子上摘下它飞快地扔掉的过程中恼羞成怒，停下进度，拿出手机誓要当场找出这个讨厌植物的名称，顺便看看有没有避免被它粘上的小窍门。

正低头搜索，头上被什么东西碰了碰，我感觉到原本服帖的头发被拽起几束发丝。

抬头花了几秒聚焦。

叶尧手里就拿着一截那种毛刺野草的枝条，他居然用这个扎我的脑袋！我控制住尖叫的冲动，躲到一边猛拍脑袋，把头上的几个小刺球弄掉。

“苍耳呀，你连苍耳都不认识，还需要查手机？”他把那截树枝就地扔开，“我就知道你会讨厌这个。”

那你知道你自己有多讨厌吗？我对他怒目而视。

“不要那么神经质嘛，要跟大自然和谐共处啊。”他嬉皮笑脸地跟在我身后，又顺手揪了一个小毛球，放在掌心里伸到我面前，“摸一下，现在扎手，春天是软的。”

谁要摸它！

我停在稍高一点的坡上回过身：“你负责的那片统计完了？”

“统计完了。”

哼！你肯定不仔细，漏掉了很多。

我对他没辙，只能让他跟着。他一直在身后多嘴多舌，指着不认识的小果实告诉我：“这个能吃。”

谁敢吃？

他就自己摘了吃……他可真能跟大自然和谐共处。

他还负责监工，不时提醒我：“这里有种草没拍，你不要那么粗心，认真点嘛。”

我明明就很认真，都怪他跟着我让我分神。

就算没人理他，他也能自己聊起天来：“舞台剧比赛你有支持的院系吗？要不要多拿几张票去投票？”

这问题我稍稍过了过脑，虽然彩排时看见好几个院系都实力强劲，可我只会支持我的朋友裴弈。

现场观众票是按院系发放的，但我们文艺部应该有一些余票。

我应该多要几张票请朋友来看，顺便给裴弈投票吗？

叶尧自问自答了：“哦，我忘了你没朋友。”

“你才没……”我一转身，他跟得太近，吓得我退一步却重心不稳，一屁墩摔在草丛里。

太塌台了。

“路不好，你悠着点。”他幸灾乐祸地笑着把手伸过来拽我，却在中间碰到几片叶子时被针扎似的缩了回去。

我自力更生地撑着地拽着树爬起来，手忙脚乱尾椎疼，也的确感觉到无意中抓住的不明枝叶非常扎手。

叶尧最后还是拉了我一把。

我不开心地站在路边拍着身上的土，他帮我把飞出去的手机捡回来，幸好手机没摔坏。

“我至少能找到五个人给裴弈投票。”我并没有吹多大牛，易然、阳乐棋、凯昕、Gabriel、小八，如果他们没有自己另外要支持的人，只要我开口，他们一定会愿意帮裴弈投票。

“给别人拉票相对来说还是容易些的。”他赞同地点点头，让我据理力争的准备落了空，不过他的重点好像不在这里，“帮自己拉票就不行了吧？你脸皮这么薄。”

“为什么要帮自己拉票？我又没参加舞台剧。”

“将来广播台台长是必须竞选才能当上的，不是谁下个任命就行。”

听明白他的意思后，我目瞪口呆。

为什么他会认为我想当台长？

我这样子看起来像个野心家吗？

我差点笑出声来，我的节目可是刚刚侥幸复播，连做个广播员都战战兢兢，想什么台长啊？太奇怪了，叶尧怎么会认为我是这样的人？他不会因为胡诌了那些“东大精神”的说辞就自己信以为真了吧？

我六神无主地低头往前走，小声说：“那和我没关系。”

他跟在我身后，发出平平无奇略显遗憾的声音：“你是这届最受欢迎的广播员，现在公众号也是你写的吧。大部分工作都是你干了，按珺仪的个性肯定会叫你竞选。”

原来是因为做了很多事，吓我一跳，我就说我没有一根汗毛像台长嘛。

“那我也不可能参加。”

“是吗？那我觉得对你和广播台都是损失哦。不过这和我肯定没关系，你自己开心就好。埋头付出不求回报听起来很高尚，其实是最偷懒的，躲在壳里不听外面的声音毕竟比较舒适。”

我停下脚步转过身，他正一边话痨一边漫不经心地用捡来的枝条挑开灌木丛，检查贴近地面、藏在阴影、被我遗漏的小植物，从我的角度看去，他逆着光，轮廓罩上点奇幻色彩。

我把视线垂下去，在他看过来之前蹲下，装模作样地举手机拍摄。

“那个拍过了。你可以拔一些回去煎牛排。”他突然转变话题。

“啥？”

“不骗你，超市里还有卖呢。”他笑着说。

谁敢拔啊！

我起身收起手机，加快搜寻新植物的速度。不知为什么，刚才叶尧拉我时接触的那块皮肤灼烧起来，痒得要命，我尽量用最小的动作幅度挠着手心，其实身上也有别的地方痒，但叶尧在这里，我没法蹲下去挠脚腕。

我只有尽全力早点收工，躲到他没法跟的地方去，比如女厕所。

我一门心思越走越快，话题又被他拉了回去：“我只是建议你想象一下，如果你自己需要投票，你敢跟你那些朋友拉票吗？”

我虽然装作根本没听，可还是听进了只言片语。确实像他说的，替裴弈拉票我可以轻松做到，如果换成自己却连好朋友也不敢开口，为什么？

归根结底，是因为裴弈本身很优秀吧。

我算什么？我根本不可能像列数裴弈的优点那样理直气壮地说自己有多好啊，那不会让朋友们笑死吗？

叶尧好像猜到了我在想什么，也许是我脸上的表情泄露了天机。

“倒也没规定必须十全十美才能去拉票，这种事嘛，只要脸皮厚就行，脸皮薄的话，我教你一招……”

我洗耳恭听。

“你就这么跟人说：‘你来看看我的表演，如果喜欢，你投我一票。’”

听起来不像具有什么魔法。

我困惑地眨眨眼。

“言外之意，如果他真觉得不喜欢，那就不投票呗。没让他必须认可，没人说一定最好，那有什么立场嘲笑？”

原来是这个逻辑。学到了。

叶尧突然又扔了枝条，大步流星跨到我面前，掰开被我又掐又挠快要出血的手心：“过敏了。”

他在说什么？其实我没听清。

我怀疑就是他碰过我才过敏，现在他碰到别的皮肤，果然那几个触点又开始发烫。

我的心漏跳了两拍，导致后面的心跳节奏全部紊乱了。

唉，我又开始想入非非。

可是他一把打开我另一只手，好像只有这一只是他的心肝宝贝，另一只是恶毒反派。

“回去去校医院看，不要抓。”

这么严肃，不解风情。

我偷偷腹诽，好不容易才把注意力转回自己的病状上，怔怔盯着手心里又痒又痛的地方：“怎么会这样？”

“荨麻……”他把他自己手指上泛红的一片展示给我看，“刚才你摔跤的那片草，会蜇人。”

[30] “都成年了，没问题的”

叶尧接过我的手机代替了我的工作，一边迅速拍下路边的新植物一边往前走。我现在相信他负责的区域已经全部统计完了，因为大部分植物他本来就认识，能毫不犹豫地报出名字，排除了像我一样看见植物后先进行一番推理“这东西刚才拍没拍过”的那个过程。

“这是……”他按下我手机的快门，“龙柏，小乔木。”

“龙柏？”我好奇地看过去。

叶尧咧嘴笑：“你是不是想到烧烤小龙虾了？”

猜得太准了。东海有个地区叫这个名字，以夜市出名。

我正自审是否流露出贪吃的蠢相，他又问我：“那你还是能吃这种高难度的东西嘛，不是一个人吧？”

“和爸爸妈妈一起的。”

“哦。”他若有所思地点点头，“以后生物小组这些人混熟了一起去吃吧，和同龄人总归更有意思点。”

“据说那边有黑社会，不跟着大人还是不行。”

“啊？谁跟你说的？”叶尧乐了。

“我妈妈。”

他立刻改口避开争论：“嗯，你妈妈说得对。不过你成年了吧，我们都成年了，都是大人，没问题的。”

都成年了，那你能把我的手放开吗？

但这句话我没说。

被喜欢的男生牵着，我没有理由不暗自雀跃，管他是不是把我当小孩呢。

叶尧一手滑动手机检查相册里刚拍的照片，一手拉着我，继续朝前走去。我装着糊涂，还装出一脸忧郁的表情。

我们走走停停，经过了很长一段路，全程没遇见其他游客，只在一个远处的工具棚外看见过三个园丁聚着抽烟，他们也没向我们投来任何眼神。

树林里静悄悄的，稀薄的雾给远近的植物罩上柔光，阳光从绿色黄色之间洒下来，小尘埃在光的通路中缓慢浮动。

我盯着自己交替的运动鞋，清清嗓子，仿佛不经意地续上话题："所以，你是本地人对不对？"

"我是东海附中的。"

"呀！我最好最好的朋友也是东海附中的！"我莫名其妙的喜悦来自"叶尧是东海附中的，和易然同一个高中，易然是我最好的朋友，四舍五入我和叶尧就快要念过同一个高中了"。

"阳乐棋？"

"不是，一个女生，你不认识。"

"她东海附中哪个校区？"

"康桥校区。"

"那和我距离有点远了，我在江湾校区。而且江湾也分两个校区，隔着马路。我们校区很小，只有高一（1）班、高二（1）班和整个高三，我们班从入学就和全年级分开了。"

我们东海大学也分好几个校区，可我高中就只有一个校区，在市中心，巴掌大。我从来不知道高中也能分校区。

认亲失败，知道你们八竿子打不着了。

我丧丧地追问："这个班有什么特别之处吗？"

"住校，早上五点起床跑步。"他又咧嘴笑，好像很清楚什么能吓到我。

我倒吸一口冷气，这个班的同学都还好吗？来地球会不会水土不服？

看看眼前的叶尧，也还好的样子。

不过这总算解释了为什么他各种运动都擅长，原来他高中读的是体育班，下次我可以向易然打听打听。

"我认识的人里面有你的同班同学吗？裴弈？"

"裴弈不是。陆佳虞和王珺仪是。"

"啊？为什么都是学姐？你留级了？"

"她们跳级，她们读完高一就去了高三，我们班有将近一半人是这样。"

天哪！

台长也是体育班的，完全看不出来！我和她还选了同一门体育课，但是是形体，每节课只是拉拉胳膊做做操，我都没见过她跑步的样子。

不过更值得注意的不是部长吗？

叶尧喜欢的部长原来和他做过一年同班同学，难怪他们之间的氛围总那么没大没小，而且刚入学时聚会，部长发过合照说“好久没聚了”，原来是这个意思。四舍五入他们是“青梅竹马”“破镜重圆”啦，我心里酸酸的，很矛盾。

叶尧应该和部长在一起，他把我当小孩，我又很喜欢叶尧。

正情绪低落地胡思乱想，我听见了有人慌张踩碎落叶的脚步声，非常轻微，但不是叶尧和我脚下发出的。

在我想明白是怎么回事之前，叶尧已经扯开了笑腔：“出来啦，闹鬼啊？”

我往叶尧的侧边探出脑袋，看见明显藏不住的裴弈笑嘻嘻地从树后冒出来。他在干吗？怪滑稽的。辅以叶尧开的“闹鬼”玩笑，我差点傻笑出声。

思路慢了半拍，我才领悟，裴弈为什么要躲？还不是因为看见叶尧牵我手！

不知道裴弈和我谁更尴尬了。

反正叶尧是一点不尴尬，我挣扎了一下想缩回手，他却攥得更紧没放。

对此局面，他娓娓道来、侃侃而谈：“前面有片咬人草把我们俩蜇了，主要是她。她一路挠，手都快抓破了，我完全不能撒手，一撒手她就要挠，看。”他说着拎起我的手问，“你说我像不像人形的‘伊丽莎白圈’？”

我僵在当场，原来我在他眼里连“爱摔跤的小孩”都不是，而是小狗！

裴弈脸上的嬉笑消失了，惊愕又紧张地来到我身边：“要不要紧？要去医院吗？”

“还行，她不乱挠就不严重，能坚持回学校吧。”叶尧随便地替我打包票。

我涨红了脸使劲拽手，小声保证：“我不会再挠了。”

“确定？”他回头看着我，挑起一边眉毛，把头歪向一侧。

我使劲点头。

他终于松开手。

裴弈认真帮我做着规划，展望未来：“我们的区域都完成了，凯昕和他们俩去找地方吃饭，找到发定位给我们，等到了吃饭的地方问店家要个塑料袋套着就挠不着了。”

叶尧又嬉皮笑脸：“那我再控制你一段，直到吃饭的地方吧。”

我被吓得魂飞魄散，窜到两米外的前方：“不用了，我手放在口袋里，不会挠。”

“跑快点可以再来一跤哦。”叶尧送来祝福。

我低着头仔细看脚下，好好走路，听见身后传来裴弈对叶尧的揶揄：“做点生物作业需要钻草丛？是不是太拼了？”

快解释一下，解释清楚，只是不小心摔跤！

叶尧辜负了我的期望，无情地反讽裴弈：“都期末了还不拼一拼，你是等着重修。”

我们很快根据凯昕发来的定位和他们会合，没再节外生枝。动植物园里没像样的餐馆，我们相当于坐在餐馆提供的户外小桌上吃了便当。但这对我来说是好事，分餐制降低了集体进食的难度。

裴弈如约给我找来塑料袋把手套起来，套好之后发现我不会用左手拿筷子，我们无奈地哈哈笑，又把塑料袋拆开。

叶尧在一旁光说不干活还嘲笑别人：“你这智商行不行啊？你把她另一只手绑起来她也不好挠啊。”

裴弈为了证明自己的智商争了口气，把我的手绑得非常扎实，连一根手指都伸不出来。

我努力地控制自己不去挠痒痒，安静地低头吃饭。我也要争口气，在叶尧面前，当众吃饭。

小栩在惟妙惟肖地形容和模仿他刚才看见的羊驼“如何长着高级脸”“如何气质像凯昕”，被凯昕追杀得离开了座位绕场跑圈。

我低头笑笑，少年啊，你这样真是前途堪忧。

拜他所赐，没人注意我怎么吃饭，也没人在意我出不出丑。

其实渐渐地，我也发现叶尧说得没错，大部分时候人们并不仔细观察别人怎么吃饭。叶尧也忘了在吃饭时捉弄我，总是搞这种节目可能他自己都会觉得无聊。

我没有看他，但是一直听见他参与聊天的声音，他应该没有关注我。叶尧的声音非常好听，可以在我们那个半吊子广播剧社做头牌的那种好听程度。在男生中非常突出，其他三个人我还经常搞混，但只要叶尧说话，我就知道是叶尧。

我突然发现，就像易然一样，我也有自己的标准，我喜欢声音好听的人，至少不能太差。一个声音好听的二百斤胖胖和一个公鸭嗓的帅哥相比，我可能会更愿意和二百斤胖胖做朋友，不过这也无人在意，帅哥一般还不想和我做朋友呢。

顺利做完“吃午饭”任务，我们分两辆车打车回校了，可是叶尧没和男生们一辆车，而是和我、凯昕一辆车，按他的说法是，要和我一起去校医院。

他坐副驾驶位，还转过头向凯昕展示了一下手上的过敏症状。

他们的关系真的恢复正常了。

凯昕倒是没过敏，可是被不知名小虫咬了，捋起袖子来数包包，和他比惨，到校前没有分出输赢。不过凯昕不想为了被小虫咬去校医院，我们路过离宿舍最近的校门就把她放了下去。

她走后车厢里安静下来。

我在飞速思考该不该抓紧时机和叶尧说几句话。

说什么好呢，“你看病带校园卡了吗？”等等，我自己带校园卡了吗？我瞬间紧张，用我一只过敏的手和一只被扎成粽子还没释放的手，费劲巴拉地几个口袋一通乱翻。完蛋了！没带校园卡就不能在校医院以学生优惠看病了，这还不像去食堂买饭可以借别人的。

呜呜，我怎么总是换完衣服忘了带上校园卡。

叶尧转过头说了句什么，正对上我欲哭无泪的脸。

“怎么了？”

“忘带校园卡。”

我俩大眼瞪小眼，愣了漫长的几个世纪。

我回过神才反应过来，刚才他说的那句话是“今天饭还吃得挺好”。

好消息——叶尧注意到我的进步了！

坏消息——我因为忘带校园卡失去了跟他一起去校医院的机会。

第七话

QIANMA

别人又不是你肚子里的蛔虫

[31] “我知道你这个人就是有点清高”

为了完成生物课小组作业的附件，我回去整理了拍摄的上百种植物，图片和名字、简介一一对应，交了这份作业，我又通通忘光了，除了苍耳和荨麻。

特别是荨麻，我该感谢它把我和叶尧蜇了吗？

那还是算了。

手上的痒痒我克制住没去搭理，脚腕上的痒痒我一不留神真给挠破了，破了好好了破，一阵阵发病，跟着我一直过了干燥的冬天和潮湿的春天，到来年夏天穿裙子一露腿，我又多了个丑陋部位，那里留了块褐色的疤。

这植物可让我又爱又恨，像极了叶尧，应该让叶尧来代言。

后遗症暂时按下不谈，从动植物园回来，我受“当众吃东西”挑战大获全胜的鼓舞非常信心膨胀，大概有些急于求成，一到宿舍就接下了“与陈瑞吃饭”的新挑战。

第二天我又后悔了，想借口过敏推掉，可阳乐棋说他邀了许多朋友作陪，时间已经定下了。许多朋友作陪，大概比陈瑞和我单独吃饭要来得轻松一点，我幻想其中说不定还会有崔璨那样伶牙俐齿的义士。

可我没有预料到，阳乐棋是以同乡为标准请人的，来的有男有女，对我来说虽然比清一色男生好应付些，但由于大家祖籍都是湖南，自然把进餐地点定在了学校附近的湘菜馆，这就注定了我再怎么努力也没几个菜能下筷子。

陈瑞是四川人，吃辣对他来说当然也不在话下。

我提前填饱肚子，在离约定的时间还差十分钟时就已经到了包间，其他人以各种原因——主要是老师拖堂和交通拥堵——不约而同地迟到了二十分钟以上。

我对每个进门的同学笑脸相迎，但始终坐在包间的一角没有挪动过，如果他们主动找我寒暄，我就抬起头应对两句。很快，其中的几个人就无视我，自己聊起了天。

我一边假装玩手机，一边认真偷听着大家的谈话内容和语气。

有趣，大家都一致认为，即使比约定时间迟到了二十分钟，但比做东请客的阳乐棋来得早就不算迟到，等待期间的主要话题是某门课老师特别爱拖堂、下班高峰期路上特别堵，以及“阳乐棋怎么还不来”。

阳乐棋的迟到理由尤为蹩脚，他绘声绘色地描述，本来他提前了一些时间去实验室找陈瑞同行，途经平时不太经过的区域，指路牌前两天被大风吹错了方向，导致他总是鬼打墙走回原处，无论怎么和陈瑞通话问路都鸡同鸭讲，而手机地图里居然出现了“32.5号楼”这种干扰思维体系的地标，因此，他经历了一段迷失在其他时间域的冒险，直到被陈瑞营救。

我不禁困惑，为什么他不能直接简单地只说迷路了呢？大家都嘻嘻哈哈呛他“简单点！”“鬼扯就鬼扯，不要加起承转合”，气氛立刻就活跃起来，点菜后等菜的时间也不觉得无聊了。我猜这就是他的用意，大家也很吃这套。

饭局之初我会喝着饮料听听大家聊天，陈瑞还是老毛病，凡是他无法掌控的话题都被他搅乱重点带偏，阳乐棋的朋友中却没有谁觉出不对劲，每次都跟着陈瑞的话题继续聊下去。

我不引人注目，也就没招来麻烦，他们聊的人和事大部分我听不懂，有时还来几句方言和风俗的比较，久而久之，我有点犯困。

放空大脑后，有个问题扑面而来，我为什么乖乖坐在这里表演得体端庄？

我忽然发现，我一点都不在乎阳乐棋的朋友们怎么看我。就像在对待迟到的态度上，我和他们不同未必就表示错的是我。即使现在他们在某个问题上集体批判我，对我的杀伤力可能还不如在快餐店点单时犹豫不决被店员瞥来嫌弃的一眼。

我带着如释重负的心态回到现实，他们在讨论一个悬跨在矿坑上建造的冰雪世界，在座的有个女生是建筑学院学结构的，在给大家专业地解释拱形桁架，边说边用碗筷比画，其实并不枯燥。

但这显然不是陈瑞能主导的话题，他扫兴地插了一嘴：“杨爽，你这是吃饭还是开讲座呢？”

那女生顿了顿，似乎已经开始反思自己是不是话多了。

还好没心没肺的阳乐棋跳出来捧场："蛮有意思的啊，你让她讲完嘛。"转过头继续追问，"它是相当于在矿坑上面造个桥咯？"

"不完全是，桁架之间是断开的，和屋盖也不连着……"女生明显变得不自信了，好像在琢磨用什么样的说法能更快让我们这些外行明白，并加速切换到下一个话题，"它相当于……"

"像一把张开的伞，分别从伞柄和伞面的边缘着力把伞撑起来。"我帮忙说。

杨爽微怔，继而惊喜地眉开眼笑："啊对，是像伞！你是我们学院的吗？"

我摇摇头："我是艺术学院的。"

阳乐棋错愕之后立刻"想通了"我为什么能回应这个话题："对对对，建筑艺术也属于艺术范畴嘛，没想到你们还要学这么复杂的东西。"

阳乐棋记得我是表演系吗？存疑。

我们并不学这么复杂的东西，叶尧才学这么复杂的东西。

我只是个"朋友圈偷窥狂魔"，而且我喜欢的男生是个"朋友圈吐槽狂魔"，整个期中考试周，我不能见到他的日子，他都在刷屏分享他的论文写作进度，今天"头秃了"，明天"崩溃了"，后天"写了三百字删了六百字"。

我想搞清楚叶尧在研究什么，把偷看微博的特长放在搜索文献上一样好用，当我完全明白逆吊法的原理时，叶尧还没有写完他的论文，要不是我的数学和物理基础太差，我都能替他写论文了。

机会总是留给有准备的人，也许将来我能不经意间跟他聊起这个话题让他大吃一惊呢，我这样幻想着。

截至目前叶尧还没有和我聊过拱结构，我只是空有一身武艺。

现在，我没能引起叶尧的注意，而是引起了陈瑞的注意，虽然他们都是奇葩，但差别有点大。

"哎哟哟，小仙女碰上懂一点的领域也蛮会见缝插针表现自己的嘛。"陈瑞怪腔怪调地拉开长音。

我该生气吗？这一桌"阳乐棋的朋友"，哪个值得我生气呀？

我歪着脑袋探过头笑眯眯地看向阳乐棋："阳阳你看，是我有误解吗？我们都是来聊天的，只有陈瑞是专门来拆台的，他好像不想和我们任何人交流，跟他说话的人不是被打成'开讲座'就是被打成'爱表现'。好没意思。"

"哎呀小仙女，我哪有拆台的意思？我只是开玩笑啊！"陈瑞嚷嚷道。

但是对于陈瑞，我一个眼神也没给，他的话我只当没听见。

我说完自己想说的就站起来，在一桌人惊愕的注目下开始穿外套："我已经出来两个小时了，还有截止今天的作业没写完。我得赶紧回去了。"

我没有特别指责谁迟到浪费了我的时间，估计平时能听懂陈瑞阴阳怪气的人都能懂，阳乐棋是不指望了。

系好围巾后我朝大家摆摆手，但只对着杨爽一个人说了话："拜拜，下次见。"

阳乐棋大概觉得我吃错药了，紧张地喊着我的名字追到路边把我截住："晓晓，晓晓！你生气了？你吃饱了没有？"

"我赶着做作业，你去吃吧，等我回去做完作业给你打电话。"我拍拍他的外套，把他往酒店方向推一推。

"我不吃了，我跟他们说了要送你回学校。这条路没什么灯光挺黑的。"阳乐棋像转述一件趣事似的笑着告诉我，"他们嘲我'不把人哄好，怕是要被女朋友甩'，都在骂陈瑞。连陈瑞也说'快去送快去送'拍着胸口被你吓坏了。"

我往前走了几步，抛出困惑我已久的疑问："什么迹象表明我是你女朋友呢？"

"什么？"阳乐棋没跟上我的思路，停下脚步。

"我是说……除了军训晚会那天你说希望我做你女朋友，我答应了，除此之外，还有什么迹象能证明我是你女朋友？"

我抬头看着阳乐棋脸上的表情，感觉他已经明白了我的意思，只是因为无从回答才保持沉默，于是我未经许可就继续说下去。

"你好像也并不喜欢我……"

他用反问打断道："谁说不喜欢？"

"你对我告白的时候我以为是恶作剧。"

"疯了。"他苦笑一声。

"那为什么我约你看电影你一直拒绝？我们做朋友的时候还能一起看电影。"

"你要看恐怖片，我不喜欢看恐怖片，我也问过你要不要看喜剧片，你拒绝我的次数更多。"

"那不是恐怖片，那是犯罪悬疑片。"

"不是一样吗？都很恐怖。"

我突然感觉很荒谬，我们为什么要在大冬天的夜里喝着西北风争论电影的分类。

"但你除了看电影，也很少约我见面，我们比做朋友的时候见得更少了。"

"那是因为你的反应很奇怪啊。答应了做我女朋友说明还是挺喜欢的吧，可你后来的表现又不像，我找你来看我打球，你就坐在场边玩了整整一下午手机，连眼皮都不抬。”

“我看不懂篮球。”

“那你不能看我吗？”

我宁愿去你家吹着空调吃着西瓜看你。

阳乐棋无奈地摊摊手：“所以我们俩是谁奇怪了？我知道你这个人就是有点清高……”

“清高？”

“一般人你都看不起，我朋友和你打招呼从来没见过你热情，像陈瑞这种特别热情的你又嫌弃。”

太离谱了。

阳乐棋十分善解人意地说：“这也没什么，每个人都有自己的个性，有个性是好事。开学之后我经常找不到你，约你呢你又有自己学院、自己部门的事情，好像在故意躲我，我也不是没感觉到。但我想‘好吧，晓晓还不适应角色转换，不如给她留点空间’，本来嘛，你第一次离开家到了新环境就有个适应过程，我也没逼你非要马上拿出个女朋友的样子，这样还不行？这才刚过了几个月啊？你又怪我‘不喜欢你’。”

我费解地眨眨眼睛，哈出一口白雾：“可是我不喜欢你。”

他就像一台持续轰鸣的发动机突然熄了火，沉默片刻，挠了挠头：“那你当时为什么不直说？”

“因为我怕你。”

“啊？你怕我干吗？我怕你还差不多！”

“阳阳，你记得我们是因为什么成为朋友的吗？”我等了两秒，阳乐棋保持着一脸迷茫的神情，我继续提醒，“我刚转学来东海，做课外阅读推荐，你在座位上学我说话，对吧？”他想起来了，我继续说，“第二天你来跟我道歉，送了我一瓶胡萝卜汁，说交个朋友，你记得吗？”

“我记得。”他的肯定回答中夹着一丝不确定，我猜那不确定是“胡萝卜汁”带来的。

“我不想和你做朋友。”

“哈？”

“那天我是一个人哭着回家的，我都没有坐公交车，怕人看见我哭，从学校走到家一路都在哭，晚上我还发烧了。”

“至于吗？”

“你来道歉我只能接受，你说做朋友我也只能点头，你是班里最受欢迎的人，我怕拒绝你就会被更加孤立。”

“太夸张了！我怎么可能孤立你！”他嚷嚷着抗议。

“你是个很好的朋友，我后来知道了。虽然爱恶作剧，但是很仗义又可爱，从来不用担心说错哪句话惹你生气，你从来没生过气。可你突然让我做女朋友，我又不知所措了……”

“不是，等一下，为什么开始翻这么久远的旧账啊？你追溯到军训也就算了，居然能追溯到初中，还记得胡萝卜汁！”

“因为被迫的氛围一直都在。阳阳你吃饭迟到了半小时，我很生气，可是你一进来又编故事又讲段子，把大家哄得很开心，所有人都不当回事，所以我根本不能生气，我生气就是我小心眼、玻璃心，‘至于吗？’‘太夸张了！’，反而成了我的错。如果我不想在人群里显得格格不入，我就必须妥协，这种压力从来没有消失。”

我说完了来之前就已经反复练习过的话，回应我的只有漫长的寂静。

许久后，我眼前才腾起一团小小的白雾。

“你在和别人交往吗？”

我没想到阳乐棋会突然问这个。

“你是不是喜欢别人了？”

我没有准备过答案。

“拜托了，你应该让我知道。”

“对不起，是的。对不起。”我伸手想拽住阳乐棋，但没成功。

他掉头就走，把我一个人留在了没什么灯光的路上。

[32] “下周就回来了”

我可能失去阳乐棋这个朋友了。

走在回校的路上我就意识到了这点。

回到寝室，我打开手机看了看，阳乐棋果然没有给我发微信。今日份的小八煲电话粥活动已经结束，我换了睡衣后用寝室电话拨了家里的电话，被爸爸接了。

爸爸问我：“钱够花吗？”

“够花。”

“食堂伙食好吗？”

“好的。”

爸爸在电话那头沉默了好一会儿，搜肠刮肚找出一个话题，用问AI助手的语气，咬字清晰地问我：“最近有什么好看的剧？给我推荐几个。”

我用AI助手的方式报了几个听同学议论过的热播剧名字给他，其实我也没看过。

“你帮我下载一下，星期六带回来吧。”爸爸说。

“你找正版看呀。”明明我家装了网络电视。

“我就是让你给我下正版的啊。”

费劲。

爸爸应该也从我的叹气中感到了费劲，自己找台阶下：“你和你妈妈说两句吧？你妈妈过来了。”

妈妈接起电话问：“你周六回来吗？”得到我肯定的答复后她飞快地下达了一连串指令，要把被子拆开、掏出棉花晒到楼顶、把被单带回家换新的，要把我的粉色羽绒服带回家换黑色羽绒服回学校，要把我的蓝毛衣和黄毛衣带回去干洗，要扔掉彩条条的袜子因为她给我买了一打新的……这些说完后，她问我：“还有事吗？”

“嗯……妈妈你在干什么？”这决定了她有几分钟时间能和我聊天。

“做事。”

唉，她又在加班。爸爸就不用加班，可我又不想跟他聊天，我希望他们俩换一换。

那算了，去动植物园的事我就不说了，只能挑新鲜的记忆说说今天的饭局。对妈妈，我习惯报喜不报忧，今天的饭局被我描述成了“和阳乐棋的同乡们聚餐特别开心、大获成功、新交了很多朋友”。

妈妈并没有非常开心，她思考问题的切入点总和我不太一样：“那你要向阳乐棋多学习人际交往啊，你看看差距，都是去读了一学期的书，他能和同乡都建立联系，还介绍给你认识，你都没找过同乡组织吧？”

我不服气：“阳乐棋有什么好？他还吃饭迟到呢，他的朋友也都不守时，懒散的人交懒散朋友形成懒散组织！”

“你别嘴硬了，别人什么话你都听不进去，一点都不虚心。阳乐棋多倒霉哦，和你做朋友，还被你背后说坏话。人家请你吃饭，你回去是不是也没发个微信谢谢他啊？”

“我……”

“你看你看，所以我就说你嘛，已经上大学了，和人打交道的能力为零。”

“我也有别的朋友啊。”

“你有别的朋友跟叫你感谢阳阳的招待冲突吗？”

“怎么感谢啊？你帮我写一条，我转发过去。”

“啊呀，你这小孩是要气死我，大学生了，真的是一点脑筋都不愿动，这种东西不是小学二年级就该会的嘛，我没教过你吗？‘你的朋友请你吃饭了，请你写一条感谢短信给他’，这是小学二年级的语文题吧。”

小学二年级的语文题又不是：你的男朋友请你吃饭，饭后你们分手了，请你写一条感谢短信给他。

有许多词语可以用来表达感谢，但对他说的最后一句话是“对不起”，就一下筛走了大半选择，更不提那些懵懂迷惑的感情如何把局面搅得更乱。

我只好借口“这就来发微信”把电话挂掉。

妈妈说得没错，阳乐棋真是倒霉，干净又阳光，善良又开朗，还有点小聪明，在男生里已经够出众了，却摊上我这样的朋友。

其实也是好事吧，对阳乐棋来说。

以后不会再倒霉了。

凯昕见我丧着脸回到床边，问：“怎么啦？”

“我跟阳乐棋说清楚了。”

“那不是好事吗？”

“可阳乐棋说他真的喜欢我，只是为了给我留点空间才不太找我。”我坐在床上抱着腿说。

“留什么空间？阳乐棋也是个小屁孩，根本不懂喜欢人是什么感觉，这恋爱谈得像夕阳恋似的，不知道的还以为你们俩结伴安度晚年呢。”

我笑起来，心情比刚才稍微好了一点：“不过我有点内疚，不是有那种故事吗？努力发展一下，友情就能发展成爱情了。”

“你想养猫就去买猫，干吗非要努力把狗养成猫。”凯昕说。

说得也对。

我开始按妈妈的要求收拾周末要带回家的衣服。谁知刚过了五分钟，小八又接了电话跑来叫我：“晓晓，你妈妈。”

妈妈说：“写好了吗？念来我听听。”

怎么还有验收环节？

被妈妈数落一顿，心情又坏回去了。

我突然意识到，如果妈妈发现我和阳乐棋绝交了，肯定会认为是我的错，阳乐棋人缘那么好，他怎么会错。凯昕和易然帮我分析“分手”风险时怎么忘了这一点？

她们单是认为阳乐棋和我不在一个学院，玩的圈子本来就和我很少有交集，“分手”也就是个孤立事件，不会造成多大影响。

我能那么理直气壮地无视陈瑞，不在乎阳乐棋朋友的想法，也都是基于没有交集的考虑。谁知漏了爸妈这边。

有电话进来，我郁闷地拎起话筒接听：“喂？”

“你干吗？炒股了？”是叶尧。

我打起精神：“炒股？没有啊。”

“那怎么听起来这么丧？”

“我有点感冒、我这学期早锻炼刷不够次数了、校医院说过敏不妨碍十二分钟跑不给我开免测假条、我明天还要去晒被子可我都不知道怎么区分别人的被子和我的被子、我讨厌住校。”找完了一堆借口，我才发现我竟然真的还有这么多烦恼，连声音都不禁哽咽了。

“我现在在超市买饮料，你要不要下楼来说？嗯……我这手机卡套餐里只有流量，话费挺贵的。”他嫌我啰唆了。

我揉揉脸平静下来：“可我已经换了睡衣。”

“半永久睡衣？不能再换吗？”

“算了吧。你有事吗？”

“我微信上发了个学姐的联系方式给你，舞台剧当天你有事可以找她，我怕你找佳虞联系不上。”

原来是文艺部的事，我拿出认真的工作态度取来手机：“嗯嗯，这个赵学姐，我要找她做什么？”

“什么都可以，她是学生会的，你什么不清楚都问她。那天我不在，协会有活动要去外地。”

“咦？协会？”

“我自己的社团。”

你还有社团啊！从朋友圈完全看不出来！我的情报搜集能力下降了。

不过我听明白了，叶尧原来是在交代“遗言”啊。本来文艺部组织舞台剧比赛这件事上日常打杂的也就我和他，比赛当天他不在，真让我紧张起来，烦恼又增加了。

“你哪天回来？”

“慌什么？”叶尧听出我不对劲，笑了笑，“我去浙大，头尾四天，下周就回来了。”

“那舞台剧比赛都结束了，你回来也没用啊。”

叶尧长长地叹口气，可能嫌我烦了，但他还是耐着性子安排：“比赛当天你就做好催场工作，其他的不用管，上次统计了一遍道具，你应该和那些负责人都认识了吧？”

“嗯。”

“到时候现场肯定比较乱，打电话别人也不一定听得见，我估计会出的意外是你找不到负责人，但千万不要随便找一个同学帮忙传话，这样容易把话传丢。只要你找不到人，你就马上找裴弈，裴弈去演出了你就找学姐。其他事情比如要指挥别人搬走大道具，你找学姐……”叶尧说正事时总能让人从对他的不可信任印象中新生出一点踏实。

“好，好的。”我飞快地先用输入框记录几个关键词“联系人找裴弈”“搬道具找赵秀”。

叶尧不在的时候，我一定要顺利完成任务，这样等他回来又能看见变得更能干的我了。

我按下回车标示想换行，却把消息发了出去。

叶尧还在通话中：“呃，她叫赵隽。”

暴露了我的文盲……早知道我写“学姐”了。

要记的工作项目太多，手忙脚乱结束后挂了电话，我才回过神，有点后悔，早知道叶尧要出远门，我就借口去超市买东西了。

不，那还是算了。我洗了脸，洗了澡，没化妆，头发也没完全吹干，从现在开始捯饬，没有一小时搞不定，要拖住他在超市等一小时不太可能。

但是我这天晚上还是收拾好自己去了趟超市，和叶尧没有关系，我没约他也没碰到他，只是一晚上经历了好几件事，我心绪很不宁静，心“怦怦”乱跳，说不清是难过还是高兴，在小小的寝室里坐立难安，想睡觉更是不可能。

快要到圣诞节了，可是学校不鼓励过圣诞节，所以校园里没什么节日气氛，一点都不热闹。

我一个人顶着风到了小超市，在饮料货架前消磨时间。

你说叶尧刚才来买的是哪一种呢？猜一猜。

我想喝桃子汁，叶尧像是会喝啤酒的样子，他可能也爱喝运动饮料，可是没有人会大半夜出门买运动饮料。

冷饮柜台那边有留学生在小声聊天，说的是英语，我听不懂。

我把一听啤酒握在手里，扭头往那边望去，顺着光线，望到景深尽头。

两个很高的外国人，男生，侧面像雕塑一样，在笑。

你说叶尧说英语是流利型的还是咖喱型的呢？

在我的脑内剧场里是流利型的，我的剧场我做主。

店员大叔看起来很凶，面无表情地把我放在柜台上的啤酒拿起来扫码，不拿正眼看我，他身后墙上的钟“嘀嗒嘀嗒”。

超市里的付款扫码机器联网不灵了，他问我介不介意扫他个人的付款码，我没有理由拒绝。

谁知付款之后，一个雀跃的系统提示音突兀地叫了起来：“收钱啦收钱啦，宝宝今天又收到钱啦！”

没等我反应过来，大叔自己先绷不住笑了。

他笑起来一点也不凶，腼腆地从柜台里拿出两块零售的奶糖：“这个送给你。”

于是回寝室的路上我心里的阴霾一扫而光，跑跑跳跳地从寝室楼下依依不舍的情侣们身边穿过去，把奶糖分给了凯昕和小八。

睡前我主动给叶尧发了一条小学二年级感谢作文。

叶尧回我：“你喝多了？”

他还挺敏锐的。

[33] “别人又不是你肚子里的蛔虫”

我当了叛徒，没有给裴弈投票。

我本来事先计划好自己一定要给裴弈投票，但演出时出现了意外状况。崔璨在台上一开口，站在侧台的我天灵盖都快被掀开了。

彩排时我听过崔璨唱歌，知道她嗓音好，像武侠剧的情节，她那时候大概只使出了三成功力吧。而正式演出时，我们学校这个小小的演播厅忽然容纳不了她了，声音沿着墙壁飞，绕场一圈环绕立体，零星的高音符从一楼蹿上二楼，火花四溅。我头皮发麻，热泪盈眶。

所以裴弈的表演相比之下瞬间失色了，裴弈不过是穿着漂亮戏服的一位帅哥，参加十佳歌手比赛他已经吃了一次颜值红利，关掉“友情滤镜”，我不得不承认他唱歌只是“没跑调”的水平。虽然他平时人很好，但不能作为舞台剧比赛的加分项。

心理系演出的全程，我都没有离开过侧台，崔璨穿着象牙白的裙子在舞台中间唱，她坐着小船慢慢靠近，男主角却像整场演出的岔子，不仅用面具挡着脸，还经常挡住我看崔璨。

这次比赛只是每个院系准备的十分钟选段展示，只有第一名才能在明年校庆时演出全场。

我开始体会到《千与千寻》里无脸男的心情，想搞来很多很多金子，通通送给崔璨。我猜易然追星时也同样深陷于这样的激动情绪。

心理系表演结束后我就没有再看过后面的表演，除了催场时，其余时候我都在四处奔走，拜托认识的人把票投给心理系。

现场观众六百人，每人一票，这些票几乎是按院系分下去的，所以理论上大家都会支持自己的院系，差距很小。比如易然，即使我请她帮心理系投票，她还是会出于集体荣誉把票投给数学系。但凡领了票到场做观众的同学，一定是有意愿为自己学院助威的。

但不是没有漏洞，有一群毫无集体荣誉感、无组织无纪律的人也在现场，不仅有预留座位，还有投票权，我说的就是文艺部。我们文艺部有二十张票，分给了在后台帮忙组织工作的部员，虽然他们自己看不了演出，但可以把票送给朋友。

我请求了每个部里的学姐去和自己的朋友打声招呼，给心理系投票。这项活动一点难度都没有，大家欣然答应，连投票原因都没问过。

只有一个人好奇：“为什么要给心理系投票？你又不是心理系。”

我在人来人往的后台走廊里停下来，回过头，是阳乐棋。我感到一丝惊喜：“你怎么在这里？也参与演出了？”

“没有，我算观众来‘探班’吧。你不给经济系投票？我以为你喜欢那个罗密欧。”

“谁？裴弈？”我笑起来，慌忙摆手，“不是啊别乱说，怎么可能是裴弈。”

阳阳自己也笑起来：“不是他吗？有一次我在上课路上看你们单独走一起，从下院去实验楼群那边。”

“哦——我和他一起去统计过道具，就是今天演出的道具。”

“是这样。”阳乐棋愣了愣，这才忽然体会到以我们俩的关系讨论我喜欢的人是谁有点尴尬，没话找话地找补一句，“我对他还有印象，在十佳歌手里人气最高吧？所以随口问问，你忙吧，我会给心理系投票的。”

“你们自己学院呢？”

“不是有三组参赛队吗？水平都差不多，不知道投哪组好，干脆都不投了。”

听起来有机可乘：“那你能不能帮忙动员一下你们工院的朋友都投心理系？那个女主角，崔璨，你对她还有印象吗？一起在食堂吃过饭，她顶过陈瑞。”

阳乐棋笑嘻嘻地揶揄：“你不会是因为她顶过陈瑞才支持她的吧？”

“怎么可能！”我白他一眼。

“我说了你别不信，你上次在饭桌上那么一闹，陈瑞对你印象更好了，他说发现你也蛮戏精的。”

阳乐棋还真是……永远分不清好话坏话，我只能以其人之道还治其人之身了。

我边退边笑：“哪能比得上他，他可是戏精大王。”

很好哄的阳乐棋果然以为我也夸奖了陈瑞，朋友们终于解开误会消除矛盾让他分外欣喜，临近比赛收尾，他又来后台找过我一次，告诉我他成功动员了六个朋友投票给心理系。

心理系获得了第一，我真切地感觉到暖流在血管里涌动，流遍全身的热量让我整个人神采奕奕。

散场后阳乐棋等我一起收拾东西走回寝室，又没心没肺地像以往那样聒噪起来：“不过你说出心里话也是好事，你应该早点说的，不喜欢就拒绝，你看，说出来不也没有严重后果嘛。你不说倒真的不知道你整天在想什么，别人又不是你肚子里的蛔虫……”

“知道了。”

他还不死心，又旧事重提，继续追问：“那你喜欢谁啊？”“我见过吗？”“哪个类型的总能透露吧？”看来他还是很介意。

“不要问啦，我只是随便喜欢一下，就像易然追星，可能下个月就不喜欢了。”

“那就更没什么不能说的了啊。”他紧跟着追过来。

“你要知道这个有什么意义啦？”

“有啊，知道了我就能嗤之以鼻‘看起来平平无奇’了。”

我扭过头瞪他。他稍微正经一点：“只是好奇，你会喜欢什么样的人，感觉你一贯对男生保持距离。和裴弈比呢？是更帅还是没那么帅？”

“我才不会说的，你死心吧，你就当是‘平平无奇’好了。”

我健步如飞，想尽快甩开这个话题。

其实我知道阳乐棋对我也有“友情滤镜”，所以才会以平常的语气问起我喜欢的人是不是裴弈，好像就算是裴弈也没什么可大惊小怪。但在别人眼里可不一样，就拿陈瑞来举例吧，如果他得知我喜欢裴弈这样的男生，肯定会大呼小叫嘲笑我自不量力。

我自己也知道，我的暗恋只能像一片薄薄的苔藓，躲在远离阳光直射的角落，被人看见只会让人恶心。

回到寝室我又偷偷翻起了叶尧的朋友圈，他发了新照片，团队合照。

所有人都穿了制服，叶尧站在每张照片的最旁边，我想可能是因为社团里绝大部分是女生，她们占据了画面中心，零星的几个男生分散在画面的边缘，再加上身高缘故，叶尧总是游走在即将出画的位置。

这不是我第一次见叶尧穿制服，有印象在期中考之前也见过他发照片，那张照片的氛围像是在开会，别人给他拍的，当时觉得很惊艳，还以为他代表学院出席了重要会议。

现在那条动态已经在可见范围之前了，无法再回溯细节，我只能根据常识来猜测，什么社团通常要穿制服活动？辩论队？可阳乐棋就是辩论队的，如果他们是一个社团，当初在出租车上就不会尬聊了。

常识有限，我猜不到更多。

可能很多人无法理解，这一点点小事就能让我感到泄气。我对叶尧的了解来自“雾里看花”，永远只能从社交账号偷偷窥探，靠猜靠臆想揣测他的生活。像穿过墙壁上一个小洞，看见一些人影，小心脏就“突突”跳起来。

我打开搜索引擎，输入“如何和喜欢的人”，自动联想的第一条就是“聊天”。竟然这么多人都和我有相同困扰!

我为此一愣，有点高兴地点进去，找到女生喜欢男生的一页。“沟通讲义”第一点：少诉说，多倾听。

太好了，我已经无师自通了。

那么第二点：寻找他感兴趣的点……这样的目的是……能让他主动说更多。这道理我也明白，我之所以四处搜索冰雪世界的建筑类文献，不正是猜测这可能是他感兴趣的话题吗？谁会挑自己不感兴趣的内容写论文呢？呃……我？

方向好像错了。

算了，反正我也一直没想好如何自然地和他聊起这个话题——“你好，我打算寒假去冰雪世界玩，我很好奇它的建筑结构，你能说说吗？”——他大概会觉得我有点毛病。

那么，他真正感兴趣的应该是什么？没有人会参加自己不感兴趣的社团吧？推己及人，我觉得这是成立的。

我又回到了原点，我应该主动问他参加的是什么社团，然后打个时间差先去做些功课，下一次再和他继续聊。

但我怎么才能制造出这个时间差？换言之，什么样的突发情况能导致在我问完他属于哪个社团之后话题被中止，然后等我做完功课还能续上？

我可以给他发微信，就现在，他不在我面前所以不能强迫我说话，当他回答我社团名称后我可以立刻关机消失，然后第二天再骗他“昨晚手机没电了”。

知道该怎么做，和真的去做之间还有不小差距，我犹豫了一会儿。

“一会儿”等于二十分钟。

我的犹豫并非自动结束，而是被叶尧发来的微信打断的。

“舞台剧还顺利吗？”

如何回答这个问题决定了我们的对话将持续几个回合。

问题是，如果今天的活动出过乱子我还有话可说，可今天最大的爆点就是我发现崔璨演出很惊艳，但很明显叶尧和崔璨的关系更近，他也许早知道了。

我又犹豫了两个“一会儿”才给他回复。

“还行。”

我的出发点是，只要把自己的难题变成对方的难题，难题就不存在了。但这没有成为叶尧的难题，他可能根本不在乎对话持续几个回合，直到我睡着，他没有再回复我。

第二天早上醒来，我有点难过了，盯着微信里这个停止在“还行”两个字的对话，感受到了凄凉。我不想一打开微信就看见这条让人沮丧的对话，我点进去，把“还行”删了，把他问我的那句也删了，可是退出来，这个对话条还是没有下降多少，依然在一屏之内。和我发微信的人太少了。

我还想继续删，但再往前就是我给他发的感谢小作文，不是毫无意义的东西。

我不能删，我采用了Plan B，绞尽脑汁给我熟悉的所有朋友都没话找话地发了微信，终于把和叶尧的对话挤到一屏下面去了。

现在我眼不见为净，暂时清除了叶尧在我生活里留下的痕迹。

但我不知道是不是冥冥之中有什么感应，从这一天起，叶尧也再没有给我发过消息，那个对话再没有被顶上来过。

有时候我还会滑到下面的页面，点进头像去偷看他的朋友圈，是的，他还活着，按时回到学校，继续多姿多彩的生活。

我也继续我单调无趣的生活了。

和以前有点不同，我过去发朋友圈的频率是半年一次，现在上升到了每周一次。我抱着万分之一的可能性想，说不定叶尧有时闲得无聊会来看我的朋友圈呢？

这种概率很小，因为一堆热热闹闹的节假日后，我们又迎来了忙碌的期末考试周。不要说他们那种学术型专业，就连我们这样的专业都让人手忙脚乱。

我的一大难关是十二分钟长跑体测，在让我瑟瑟发抖的这节体育课上，我又有了新偶像。我们台长——不愧是体育班跳级选手，从出发的第一刻开始就一路轻松领跑，我们在后面殚精竭虑追得飙泪，跑到及格线时呼吸间全是血腥味。

我是我们班最后一个，幸好也勉强及格了，抵达及格线时还剩半分钟，我和倒数第二名、第三名的女孩子肩并肩，毫无进取心地慢慢走完了这半分钟。

事后连续听见因体测而导致的怨声载道，我才知道，原来很多班级都至少有七八个人没及格，我们寝室小八就没及格，她还不是她们排球班最后一名。我想，我的侥幸应该归功于我们班有台长。

我不禁暗忖，如果我是叶尧，身边有那么多优秀的女生，我也不会多看那个一无所长的胖妞一眼。

这么想好像是人之常情、理所当然，我也不为此难过了。

注意力回到自己身上。

期末考试我最喜欢的台词课考核方法有点奇怪，老师让我们自选一条三分钟的影视片段配音，上传视频到只对本班同学开放的平台，由同学互相点赞代表投票，每个同学可以给别人最多投六票，期末分数按点赞数给，但不能换票。

我本以为以我这学期的表现能在这门课上拿到最高分，没想到最后竟出现投票式的考试方法。在几天的投票时间里，我发现这种考核对我不利，投票数排在前面的几个人都是平时人缘很好的外向派。

凯昕就票数很高，当然，她的配音也很精彩。可有些人就不一定了，比如票数第一的男生，他的配音可完全连普通话标准都没做到。

几乎没有人会听遍班里每个同学的配音，大家只听他们能想起来的那几个人，我恰恰属于大家难以想起来的那类人。

我又沮丧了许多天，不甘心。

在最后一节专业课结束后，我忍不住在教学楼外叫住了毛毛。她站在台阶下等了我几秒，发出了“嗯？”的催问声。

我深深吸气，深深呼气，运用我紧张得僵硬的声音：“你能听听我的配音吗？如果喜欢，你投我一票。”

在我意料之外，毛毛连眼睛都没眨，几乎立刻就爽快回应："好呀！你也听听我的哦！"

原来真有魔法，原来这么轻松。

否极泰来，我用这种方法，最后得到了十六个赞，是这门课第一。

我开始意识到喜欢一个人的意义，也许对方是谁、差距多远、走不走在一起都不重要，重要的是我能借助这种喜欢的力量。

[34] "你来找人吗？"

叶尧大概真的学业太忙，期末考试周过后，他重新冒了出来，给我发了条微信："约个时间去龙柏吃烧烤？"

我"迂回作战"的毛病又犯了，先绕了好大一圈向凯昕打探最近她有什么聚餐计划，她没有提及"生物课小分队"中任何一人的名字，随着生物课结束，她最近的交际圈已经转移到了留学生朋友中间。

难道只有我一个女生和他们出行吗？

我又排摸了一遍陆佳虞学姐的所有社交账号，想从她最近的活动中找出蛛丝马迹，看看她有没有可能成为与叶尧及其挂件朋友聚餐的另一个女生。她的无聊手账Vlog最近停更了，这很正常，因为是期末。不正常的是从她最近的微博来看，她也忽然多出许多留学生朋友。

我们学校的留学生群体一夜之间存在感爆棚，不知是什么缘故。

还有更神奇的，我在叶尧的朋友圈里看见了一张他和Gabriel单独的合照，两人勾肩搭背，状似亲密。叶尧这个小妖精在干什么呀？十分诡异，从前凯昕没能被晒出来的朋友圈，把凯昕的男朋友晒出来了。

如此混乱的人际关系把我的脑神经扎成了一团理不出线头的毛线。

我只能放弃思考，直接问他："去吃烧烤的都有谁啊？"

他回复："生物小组除了钟凯昕。"

果然不出我所料，这不是我心目中的理想阵容。

我回复他："还是算了，我不喜欢和男生玩。"

这个回答大概显得我太无趣了，叶尧沉寂了几天，再和我联系时已经到了小年夜，他发来一条："家里无聊吗？想不想出来打羽毛球？"

我也不兜圈子了："有其他女生一起去吗？"

他沉默了一会儿，约二十分钟，回复："有两个。"

我追问："谁啊？"

他说："你来就认识了，一个哲学系一个理科班的，她们打得很好。"

她们打得很好，衬得我更加菜鸡，再说听上去人家是一对朋友，估计不会理我。可我又有点动心，很久没见叶尧了。我纠结着。

在我纠结的过程中，叶尧又发来一条："有一个你可能认识，她应该是数院舞台剧的负责人。"

哦——数院舞台剧，那是我的噩梦。

在所有参赛院系的负责人中，唯独数院那位高冷美女我没有交流成功，我甚至一度怀疑她是不是也和我一样有社交恐惧症，她的目光总是游走在虚空，使我频频停顿、忘词，以为她没有在听。

真可怕，她的朋友说不定也是如此。

这直接吓退了我："没印象了哎，算了吧，我都不熟。"

叶尧问："你和谁熟？"

泄气，叶尧上次也断言我"没朋友"，不想理他了。

因为我没有理他，叶尧又发了一条七分熟牛排和五分熟牛排见面不打招呼是因为不熟的冷笑话。

我不知道怎么回答，还上网搜索了一下"如何回复别人给你发的冷笑话"，没找到靠谱的答案。

我只好回复："哈哈哈。"

这样的交流似乎让彼此都感到费劲，叶尧也没再执意邀请我去和不熟的朋友打羽毛球。

除夕夜我主动给他发了祝福新年快乐的微信，但是我特地选取了一大段带节庆符号的网络常用拜年语，伪装成"没动脑筋""没花心思"，甚至是群发的。

叶尧就更不花心思了，直接给我发了个1.99元的拜年红包，祝福语是看起来像系统随机的"友谊地久天长"。

发红包这个行为就很……

我收下了。

年后我们偶尔也像这样有一搭没一搭地尬聊，始终没能见上面，临近开学我才开始焦虑，回了学校我也没有什么理由能和叶尧见面了。

如今我们既没有共同的朋友，也没有相同的选课。

我苦思冥想了十几天，终于想到一个办法，去偷看记下叶尧必修的专业课教室，至少可以更方便地制造与他在教学楼走廊、楼梯上"不期而遇"的机会，只是时隔十天半个月“巧遇”后打个招呼，对叶尧的生活也不造成影响，而我又能完全满足。

唯一的障碍是，建筑学院是一个反去纸化办公的学院，他们竟然不在学院主页上更新课表，上一次更新学院新闻已经是2016年，我怀疑他们下一次更新学院新闻将在2026年。我必须要去一趟他们学院教务处，像小偷一样偷拍张贴在门口的课表。

其实这没有难度，正好碰见叶尧的概率也很低，只是这种行为，让我感觉自己像个变态。

小变态成功搞到了本届建筑设计系的专业课表。

明天上午，叶尧要上一门名叫“工程力学”的必修课，我决定拿出我最好的状态去和他巧遇。

我当然化了妆，我还提前去校内理发店剪短了一寸左右头发，防止我在和他打招呼时又下意识地玩头发。

我穿得很鲜艳，叶尧经常穿白衣服，他可能很喜欢白色，我穿了白色衣服打底，配了黄色的毛线背心和紫色短裙。我必须得醒目一点，才能在人群中让叶尧一眼就看见。

我抱着书背着书包接近他们的教室，尽量避免显得贼头贼脑，也得避免引人注目地来回走同一截走廊。

在走廊上徘徊时我不断佯装不经意地往教室里瞥去，分析局势。

这教室好大，肯定不只一届一个班上课，叶尧会因此翘课吗？

不，我很快否定了这个可能性，他是个连通选课都不会翘课的好学生，他会来的。

他们教室里男生占了四分之三，可真多，要是让我在这种环境下学习肯定会窒息。

闲逛着期待偶遇实在无聊，而我又十分紧张，担心有人发现我的古怪。

所谓“做贼心虚”，这时有人叫我，吓得我一激灵。

是个女生。

我抬起头，认出她是阳乐棋的朋友杨爽，我们在“分手局”那次吃过饭。

我的脑袋飞速运转，判断出这不期而遇的合理性，我记得杨爽好像是……土木什么系，也属于建筑学院，她和叶尧有共同的专业课不足为奇。

与此同时我拿出十万分的热情企图打消她发现我在这儿的疑虑，违背我天性地拉近关系：“哈，杨爽，好巧啊，好久不见啦！”

杨爽被我的“热情”成功感染，洋溢着灿烂的笑容：“是呀，你来找人吗？”

“不是，我想找个教室自习。”我拿出了早已打好腹稿的托词。

“哦那不行，我们这教室马上要上专业课了。”她告诉了我早已知道的信息。

“好的，我再找找。”我退到教室里看不见角度的墙壁后面，朝她招招手，与此同时她进了教室。

我必须更加小心谨慎，以免被杨爽发现我继续鬼鬼祟祟待在门口。

然而百密一疏，当我确定我从杨爽的视野里藏好了自己，抬起头以正常姿势面对前方，却正对上我的目标人物——叶尧的视线。

他和两个男生一起朝我所在的方向走来，我不知道自己已经暴露在他的视野中多久了。

说不定从我对杨爽撒谎说“找教室”就已经开始，我在叶尧眼里成了个奇奇怪怪的小变态。

我僵在当场，像等待宣判似的倚墙傻站着，扯不出一丝微笑。

可他只是慢慢走近，毫无表情，目光疑似在我脸上扫了扫，就漫无目的地移向了别处。

同时，他身边的朋友还在对他说话，他好像在听，又好像不在听。

只在他们经过我身边的时候，我才听清了他朋友的只言片语：“有限元的算法。”

这其中每个字我应该都认识，可是组合在一起让我不知所云。

我甚至可以对这几个我不能理解的汉字组合产生终生记忆——这应该就是我最后一次见我第一次喜欢的男生时听见的咒语。

起初我没想明白为什么，叶尧看见我竟然一点神色变化也没有，就像看一个从不认识的陌生人，即使与我对视时，他的目光也没停留一秒。

在他和他的同学走进教室后的须臾之间，我琢磨出了这种异象产生的原因。

叶尧忘记了我的长相，虽然寒假中他也不时和我发发消息保持联系，但现实生活中他已经很久很久没有见过我了。

我的打扮并不是平时惯用的，去年他常见我时，我为了显瘦，穿大面积深色的衣服比较多。这可能更增加了他认出我的难度。

所有的一切，已经没有意义了，在叶尧眼里，手机里那个会回复消息——还回得不怎么好的女生，和眼前这个奇装异服像小丑的胖妞，根本对不上号。

他忘记我了。

我不再心跳如雷，居然平静下来。慢吞吞地、垂头丧气地，经过他的专业课教室门口，扶着光滑的楼梯扶手，往楼下走去。

我的初恋好像非常可笑，像肥皂泡那样轻轻一碰就消失不见了。

而就在这时，我攥在手里的手机振动了。

我停在台阶上，一遍又一遍反复看着这条微信，努力理解它背后隐藏的含义，可是我脑子太笨，在第四次用目光扫描时才辨认出它的字面意思。

叶尧说："一楼的便利店，在那里等我一下好吗？我马上下来。"

[35] "怎么不激动人心？"

我从来不知道叶尧在想什么，只是莫名觉出一丝偷情的氛围，好像很刺激。

但我很快又开始怀疑，是不是叶尧的消息发错了人？因为一楼没有便利店。

这是一栋我从来没来过的楼，似乎只有理工科专业学生活动在这个区域，我在一楼绕晕了，在学霸人群中显得格格不入，我没有那种气质，来来往往的同学总要打量我几眼，让我越来越紧张。

幸好有个女生及时发现我的神色古怪，主动提供帮助问我是不是迷路了，我顺势向她打听便利店的方位，善良的小姐姐给我指了路。

便利店很小、很安静，人满为患，大家都行色匆匆，飞快地从货架上拿取自己需要的东西，飞快地排队结账，带着食物飞快地离开。这种高效的气氛使我觉得在里面闲逛不太合适，也必须买点什么才好。

我逗留在冰柜前，从最高的架子上取下我常喝的一种牛奶。

牛奶盒只在我手里待了两秒就不翼而飞了。

从身后伸过来的一只手把我手里的牛奶拿走，放回货架上，又从货架上换了盒一模一样的还回我手里。

我捧着牛奶诧异地回头，是叶尧。

他没跟我说话，只是咧嘴笑了一下，用手指点点牛奶包装上印着生产日期的位置。我恍然大悟，它们不是一模一样的。

叶尧跟在我身后结账，只拿了一瓶矿泉水。

原来这就是你所说的"饮料"吗？

我暗忖，我见过的几次，他好像确实大部分时候都是喝水，真养生啊。

结完账出了便利店，他领我走到楼体中间的露天花园，我找了个椅子坐。他没坐，站在我面前拧开瓶盖喝了口水，开始解释刚才对我"视而不见"的原因："我们班男生多，平时也没有美女会来这里找人，我怕他们少见多怪瞎起哄吓到你。"

“我没有来找人，我来找教室……”我突然觉得这解释有点此地无银，但也只能硬着头皮小声说下去，“自习。”

但叶尧居然也买单了，随便点点头就切换下一个话题，可能平时找借口来巧遇他的女生很多，他习以为常懒得追究了。

“我正好有事问你。”他正经严肃地说，“这学期你广播台排班怎么少了那么多？只有两个下午。”

我刚想开口回答，上课铃的音乐响起来。

叶尧没有要马上离开的意思。

等我回过神，觉得可以继续往下说时，才发现自己张着大嘴太久了，好丑。

我低下头：“嗯。因为这学期有校庆嘛，部里事情多。”

“但广播才是你的正事，部里那些跑腿的杂事换谁不能做？你应该适当推一些啦。”

“是台长让你来劝我吗？”

“那倒不是。”

我不知道叶尧为什么对文艺部的各种工作安排这么上心，可能还是在帮部长的忙吧，不过他说得没错，打杂其实锻炼不了我什么能力。

“是不是不好意思开口？”为了看清我的表情，他蹲下来和我说话，“我帮你去跟佳虞说？”

那太奇怪了，他又不是我的监护人。

“哦不不不，我自己可以说，我可以的。”

“那就好。”他站起来，停顿片刻，又开口，“你好像很喜欢崔璨，我听说去年比赛时你到处给她拉票。”

提到崔璨，我放松了一点：“是，是的，听她唱歌就很激动。”

“很多人听你广播也很激动。”

“骗人。”

“我们校区三百万平方米，每天早晨这三百万平方米在同一个声音中醒来，‘东海大学，早上好’。不管你走在哪条路上、身在哪栋建筑都能听到，云间留声。怎么不激动人心？”

过去我从没觉得自己对着话筒叽叽喳喳有什么特殊意义，可是加上空间、时间，竟然有了意义。不知怎的，在叶尧提起这件事的时候，我同样感到了头皮发麻。

不仅激动人心，而且非常……浪漫主义。

我真喜欢我们的校园啊，它一直在耐心倾听，让我也有可能成为崔璨那样的女生。

我沉默太久了，整理好自己的表情，对叶尧点点头："我知道啦，我会回广播台。你不去上课吗？"

他一边退走一边冲我招手："星期天留学生派对，你要来哦，钟凯昕来的。"

又是留学生？

我挠挠头。

怎么你们全部玩到一起去了。

这天我心情变得很好，回寝室的路，树上已经有花了，粉白色，小小的花，一簇簇长满枝条，好看极了。

以前我从来注意不到花开在什么时候，只能注意到花落，因为我走路总是低着头。

我反复回味叶尧对我说的每个字，咬文嚼字。

他说我是"美女"。我打开手机App正在查现代汉语词典。嗯，名词，年轻貌美的女子。咦？为什么非得年轻？这个词原来是这个意思吗？老年美女不是也有很多？

"美女，布蕾给你加进去还是另外打包？"奶茶店的小姐姐问我。

我反应有点迟钝。

她以为我没听懂："你现在喝吗？现在不喝我给你打包，免得很快就化了。"

"哦哦，我喝。"我回过神。

看来这个词已经被广泛用于称呼一切女性了。

没关系，至少他觉得用来形容我不违和，我打扮一下可以逃出"丑"的范围了。而且可能是我的错觉吧，我觉得他挺关注我的，在广播台还是在打杂那些事，就算部里的学姐也没注意到。

回到寝室看见凯昕后我才清醒了一点，叶尧当初给凯昕的错觉也是如此，误以为自己在他心目中算个特别的存在，其实呢，自作多情。

我提醒自己，叶尧很擅长下蛊，他之所以那么广受欢迎，可能让每个女生都误以为自己是他特别关注的人。

我计划找部长面谈，这种计划一般要纠结好几天，谁知当天下午部长自己来了我们寝室，不过她是来找凯昕一起上课的，她们这学期选了同一节体育课。

我趁机向她提出想把工作重心转回广播台，她没挽留，欣然同意，只嘱咐我把联系崔璨推进舞台剧的事和两个学姐交接一下。

我想，大概是因为我的打杂跑腿工作干得并不好吧。

我在微信上把材料传给两个学姐，简单交接过，就不再惦记这些事了。当务之急，要开始准备下一期广播稿。

我猜叶尧叫我去留学生派对那句话隐藏了一层意思，他也会去。

为此我又专门打扮起来，肚子胖，穿黑上衣遮起来，全黑有点太老气，幸好我黑衣服特别多，挑出一件有银色星星点缀的。下半身穿短裙，橙色块为主，黑色块点缀，好多英文字母，呼应留学生主题，还显得活泼。确定了要穿的衣服，接下去几天就只顾着兴奋期待，整周都过得愉快。

到派对现场我却有点郁闷了，我穿得倒不出格，正好，可穿什么也不是重点，重点是我听不懂大家说话。这里的通用语言是英语。

我早该想到的，留学生主场，肯定以说英语为主吧。

东大绝大多数都是学霸，即使发音不标准，说几句简单口语也都没问题。我就不行了，我是纯粹的英语基础差，单词量不足，我们表演系上的英语课和其他院系上的并不是同等难度，我们大概属于别人的小学英语水平。到现场听也听不懂，说也说不出。

凯昕的文化课成绩很好，她要是不会说英语也没法和Gabriel交往，Gabriel在她进场后就把她带去认识朋友了，本来也想带上我一起，我想到自己去了也只会傻笑便没有跟着。

现在的局面成了，我一个人端着杯饮料坐在沙发上傻笑。

留学生很热情，隔三岔五有人主动来和我打招呼，根据语气和神情判断是想邀请我去干什么，我没法听懂“hello”之外的话，只能一边摆手一边傻笑。

百无聊赖的我开始人间观察。

穿过人群我看见了叶尧。他在和两个欧美男生聊天，脸上一直带着笑容，似乎心情很好，那两个男生停止说话后，他说了好长一段，虽然我听不见，但感觉应该很流利，彩色灯光在他脸上晃来晃去，我觉得时间非常非常……漫长。

在那长长的几秒里，我的心脏被崇拜一点点填满，然后又一点点换成自卑。

我的自卑心发作了。

像少女漫画的女主角体会到阶级差距时的尴尬一样，我体会到一种智商差距。阶级差距在漫画里很容易跨越，可是现实中的智商差距我认为不可逾越。

我为自己乱入了不该来的地方感到尴尬，只想赶快从这里逃走，不顾一切地逃走。

我一鼓作气出门跑下楼，直到过了马路才停住，给凯昕打个电话告诉她我走了。

叶尧应该没看见我，幸好没看见我。

这一夜我睡得不好。

第二天早上我还是按时到达广播室，叶尧比我先到，蹲在桌下捣鼓电线，他说他在检查设备，占了我平时坐的地方，我只好站在一边靠墙等着。

过一会儿他搞定了，换他站在一边靠墙等着我播报。我不知道他为什么待着不走，可能有事找我？

我熟练地播完校园新闻和天气预报，切入纯音乐，大功告成。

叶尧果然有话跟我说："为什么昨晚派对你走得那么早？我刚看见钟凯昕她就说你已经走了，你就待了……五分钟？"

我嗫嚅着找借口："我不太能喝酒。"

"哦，我猜也是，我到了才发现没有无酒精饮料。我这儿有药，缓解宿醉的……"

我刚想解释没到宿醉的地步，叶尧就从口袋里掏出了一盒药，好吧。

他看着药盒小声念道："十八岁以下未成年人、孕期和哺乳期不建议服用，患有……糖尿病、高血压、心脏病……"他看向我确认道，"你没有吧？"

我摇摇头。

"那你可以吃。服用方法是，酒前十五分钟，酒前？"他自己陷入了困惑，但很快反应过来，"哦不，这里有写，酒后也行，两粒。你现在要吃吗？"

还是等我下次真的喝醉时再吃吧，我又摇摇头。

"那这盒都给你。"他倾身把药盒递过来。

不知为什么，我感觉叶尧有点拘谨。

当然我肯定更加拘谨，我伸手接药盒，却操作失误把药盒碰掉地上了。

叶尧俯身去捡，我必须抢在他前面捡走，不然递东西这个过程又得重复一遍。

我抢到了，准备起身从操作台底下钻出来，刚一抬头，脑袋撞上了什么，不疼。我意识到是叶尧的手，隔着桌子帮我挡了一下。

在阳光下照不到的阴影中，叶尧有双动人心魄的眼睛，目光像钩子一样挂进人心里，心只是钻个孔，就有什么缓缓倾泻出来，溶解于整个房间的空气，每一次呼吸都十分暧昧。

我们俩近距离对视着愣了两秒，同时移开了眼睛。

可能是因为桌下的空间太狭窄，让人觉得别扭。

我分明感觉到好像连叶尧也害羞了。

他一边从地上爬起来一边清了清喉咙，问："没事吧？"

“嗯嗯。”我慌乱地把头发摸顺。

“那我走了。”说这话的时候他人都已经逃到了屋外。

我盯着安静下来的走廊和走廊外一大团一大团浮在半空的粉色樱花，好半天才让紊乱的心跳恢复平静。

刚才那是……怎么回事？

我突然发现音乐声消失了，不知从什么时候开始。

我回过神，看向操作台，哦——声道切的是话筒。

心又往下沉了一点。

好消息——现在全校都知道我可能是个酒鬼了，以后乱说话出了事可以不用负责。

我后面还有课，恍恍惚惚地上完，出透了一身虚汗。这个通选课班级没有人知道我是广播员，没人和我聊起早上的放送事故。

好像什么也没有发生，做了个梦似的。

这个梦既透明，又黏稠，慢慢吞吞，细细碎碎，抽丝一样带走我浑身的知觉。

两个小时后，知觉又像原子弹一样在面前炸开。

易然从寝室特地冲来上课的教室门口堵我，一见面就又叫又跳：“啊啊啊啊你谈恋爱啦？”

“啊？”我愣头愣脑，“没有啊。”

“那早上……早上那个声音，他是谁啊？”

我撒谎糊弄过去：“广播台同事啦。”

“他喜欢你吧？”

“别乱说啦。”

“肯定喜欢你啦！”

叶尧你听听，这可不是我自己说的。

第八话

QIANMA

爱说谎鼻子会变长

[36] “你说谁？叶尧？”

人的心境总会美化一些细节和气氛。事后回忆起来，也许广播室的一切都没什么特别的，只是有人掉了东西，有人去捡起来，有人打了个招呼就离开。是因为我喜欢叶尧，又幻想叶尧也可能喜欢我，才滋生出许多梦幻的原子分子。

在我的视角里如此，在别人视角里却是另一番景象。

并没有真实感。

易然和我一起去买午饭，拷问了我一路，这个“广播台同事”是什么来头，我说漏嘴圆不上谎，很快被她发现和以前吐槽过的一些事件重合。

“他就是奇葩一号？”

“哦，对。”我已经很久没吐槽他了，谁知道易然记忆力这么好。

易然还记得更多：“那奇葩一号不是你们部的啊，他不是来追妹子的吗？”

我怎么把这件事忘了，是部长吧，当时觉得最有可能是她。

我清醒过来，对易然点点头，自找台阶下：“所以我就说嘛，他不可能喜欢我的啦，人家带着目标来的。”

“有没有可能那个目标就是你呢？”

“怎么可能，我这么胖，他是恋胖症吗？那也算了吧，有那种癖好的人多奇怪。”

“你还嫌人家奇怪？你到底哪胖了根本不胖，你可别看抖音了，活人根本不长那样。”

“我没看抖音。”

“那就不算很胖啊，你只是没有骨瘦如柴而已，干吗对自己要求那么高？这儿多点肉那儿多点肉不是人之常情吗？人类又不是按比例尺长的。我墙头最近没拍戏脸也圆了，他都完全没有心理负担。”

“凯昕就又高又瘦。”

“凯昕是模特。”

好吧，易然也对我有友情滤镜。

我像较劲一样举出更多实例反驳：“我们部长也很漂亮，台长也很漂亮，而且人家都是学霸，比起漂亮更厉害的是聪明。叶尧身边出现的可都是这种女生，比较一下就知道我不行了。”

“你说谁？叶尧？”

“叶尧。是啊。”

易然脸色陡变，我意识到有些不妙。

“叶尧是我英语课的同桌。”她怔怔地说。

沉默弥漫在我们中间的小片空气里，氧气在蒸发，我不知是因为天热还是因为稍许缺氧而感到有点晕眩。

你看，换个视角就完全成了另一个故事。

在这学期刚开学时，易然的同桌主动发邮件给她用来交作业的校内邮箱，提议这学期再选同一个班级的课，因为觉得上学期一些合作的作业配合得不错。这封邮件引起了易然不寻常的心悸，而我们之间也发生过类似的对话。

——他肯定喜欢你吧。

——别乱说啦。

我至今仍非常清晰地记得，易然叫我“别乱说”的时候眼睛亮晶晶的，双手捂住发烫的脸。

我和易然有着同样细腻的敏感和同样丰富的想象力，意淫出两个同样动人的肥皂泡，它们碰撞在一起，没了退路。

“会不会是……同名同姓？”我垂死挣扎道。

易然也想从这个透进天光的小孔找条生路，急忙伸过脑袋:“你有他照片吗？”

我手忙脚乱地摸进叶尧的朋友圈翻出他去浙大参加活动时的集体照。

易然在我耳边轻叹了一声：“呵，是他。”

我还在怔愣，易然已经补充了更多信息：“这不就是模联吗？我退社的那个社团。”

“魔什么？”

“模拟联合国。”

我加上了他的微信，易然知道他的社团，拼起来才是完整的叶尧。

真相一点点露出了它本来的面貌，英语非常流利的叶尧，很完美的英语课搭档，和一群留学生交流无碍，他的社团，模拟联合国，穿制服。

去年冬天这社团参加比赛获了奖，那条新闻在第一时间被毛毛播过了，所以我没有关注，但其实我注意到了毛毛的过度兴奋，顺口问过“这奖很厉害吗”，她说当然啦，给我科普了这社团如何开展活动。回想起来，可能造成她兴奋的主要原因是成员里有叶尧，我们女生啊，总是这么含蓄。

我们女生还总爱给喜欢的人起个别称，我在易然面前一直“奇葩”“奇葩”地称呼叶尧，易然在我面前经常“小帅哥”“小帅哥”地称呼叶尧。

一个思维误区：当闺密说她的心动对象很帅时，你并不会信以为真，你会觉得那是情人眼里出西施。

由于易然在追星过程中养成了消费男色的自信，就连谈起她的墙头都总带着“这个小玩意儿最近深得我心”的调调，所以我自然而然给她的“小帅哥”脑补了一个萌萌正太白幼瘦的形象。

我认为撞车事故发生的一个关键因素是，我们学校帅哥实在太少了。

另一个关键因素当然是叶尧。

我有点脑充血，在建立起完整逻辑之前就完成了一系列动作，给叶尧发微信：“你在哪儿？”

他回复我：“图书馆。”

“下楼，我有话要说。”

前往图书馆途中我脚踝上的过敏处又痒了起来，但我没有理睬，我就像血管里灌满了水银，抽离了所有感觉，脑袋“嗡嗡”作响，死掉了，却像僵尸似的还能继续行动。

叶尧从楼里出来，那种人见人爱的阳光笑容一瞬间刺痛了我。

我是打定主意来追责，虽然我自己也没想明白我有什么立场，就这样占领了道德高地。可是看见他的刹那，我的眼睛猝不及防地酸涩起来。

一张嘴带出的哭腔让质问变得仓促了。

“你怎么能见人就撩？易然可是我最好的朋友！”

叶尧一脸茫然，随后目光停在我身后的易然身上，下意识地把手伸来想拉我，我用了很大力气把他推开。

别跟我说，你是无心的。

别跟我说，都是意外，巧合，无中生有。

别说你什么都没做，大家却纷纷自作多情。

你拉过我的手，你给我发过红包，你和我在露天花园里说一个爱听广播的校园童话，你对我笑了。

我不知道为什么易然没有因为失恋表现出一点难受，大概每个人表现难受的方式不一样，当我用下巴抵着膝盖靠在床上一言不发时，她离奇地兴奋起来，和凯昕两个人对着各种细节，因为翻进同一条沟里而哈哈大笑。

的确是应该笑的，太滑稽了。

但她们好像还没发现我也喜欢叶尧，我只对易然吐槽过叶尧的种种“奇葩”，那个时候我还真情实感地对他恨得咬牙切齿。

易然起初还有些犹疑，毕竟我跑去找叶尧兴师问罪反应过大了，但当她得知“凯昕被叶尧拒绝”那段前史，我的行为又合理化了，一个爱为朋友打抱不平的新人设冉冉升起。

我小心翼翼地在朋友们面前把心意藏好。

易然也是可爱聪明的学霸少女，她和凯昕误以为叶尧喜欢自己还能一笑而过。我产生这种误会就是痴心妄想，离谱了。

虽然真朋友不会嘲笑我，但还是不要暴露为妙。

“不过我本来就觉得他不会喜欢我，哈哈哈我们都没说过几句中文，是晓晓非要说他肯定喜欢我。”易然笑完了，甩锅给我。

我郁郁寡欢：“我怎么知道叶尧是这种人，我是根据‘阳阳喜欢我，所以约我上同一门课’推测的。”

“阳阳怎么能和叶尧相提并论！”凯昕嚷嚷起来，“阳阳是小屁孩，叶尧是‘海王’。叶尧约人上同一门课的邮件说不定是群发的。”

“我这英语课是不是得中期退课了啊，下个星期要坐一起上课肯定尴尬。”易然想起了关键问题。

“那太可惜了，都上了半学期了。”凯昕说，“要不你就跟老师提出换个座位吧，反正语音室坐远了头一低，挡板隔着谁也看不见谁。”

易然点头：“有道理。”

我也觉得有道理，清理病毒第一步就要先把它们隔离。

可我没那么容易躲开叶尧，第二天早上去广播室，叶尧又在那里，什么也没检修，站着等我。

应该是等我吧。

前一天他因为真面目突然被揭穿受到冲击而哑口无言，等缓过来了，狡辩肯定要补上的。

我一个字也不会信。

我从他面前经过，看也没看他一眼，在操作台前坐下，忙自己的。

“那个……易然。”他果然开始了，“我知道她是你朋友……”

你还知道啊！

“我想，既然是你朋友，那也是我朋友。”

什么鬼？！

“但我对她没有什么非分之想啊，我只不过跟她一块儿上课。”

你可真是无心插柳柳成荫哦！

“这事，不能怪我吧？”

我垂着眼，恹恹地调试设备。

叶尧自讨没趣，也不再往下说了，待在一边撑着脸看我，大概在思考怎么挽回形象。我不想跟他说话，否则会告诉他别白费心思，他在我们女生这里没什么形象可言了。

我做完广播，收拾东西离开。他也有课，和我往两个方向。

我走在路上，心里一下子变得空荡荡的。

我还能喜欢叶尧吗？已经知道他就是这样一个人，我的所有感受都是幻想，即使不是幻想也会被打成幻想，最后成为一个“我只不过”句子的组成部分。

我应该像易然那样斩钉截铁地远离他，还是继续忧郁地混日子，带着一点期待，等叶尧走进广播室再和我说几句话？

叶尧真不好，可是我的生活没了他，大概就像汽水没了泡泡。

我飞快地低头揉揉眼睛，没出息地回头偷看一眼。

哎？

他根本没走远，就等在树荫下守株待兔，逮个正着，朝我招招手，咧嘴笑了。

[37] “爱说谎鼻子会变长”

荒诞的突发事件总来打扰我，所以我顾影自怜的安静状态并没有持续几天。文艺部接二连三出乱子，其中一件说来好笑。

本学期刚开学时台长发现广播室的饮水机发霉了，为了大家的健康考虑，决定把饮水机扔掉，换成采购矿泉水、用透明水壶烧水的方式解决饮水问题，这件小任务分配给毛毛具体执行。

毛毛分析了饮用水行业的市场价格波动，发现每年电商大促时生活类用品都会有折扣基础上再买一赠一的活动。于是毛毛给部里写邮件请示的方案大致如此：近期以零售方式购买，到电商大促时再批发采购足够全年消耗的数量。这个方案得到了“不错，继续推进”的回复。

这个回复其实是不知哪个糊弄学大师级学姐设置的自动回复。开学初一系列奇怪的采购申请都被自动批复同意，造成不小的麻烦。甚至因为这条回复，心理系往我们部邮箱递的舞台剧演出剧本被通过，事后又被通知推翻重写，再加上我的工作重心移回广播台后，部里的学姐并没有积极接手工作去跟进，导致心理系同学们心生不满，崔璨拒绝继续组织演出，校庆的演出院系换成了数院。

但是这些发生在其他部门的纷乱，毛毛并不太了解，所以她还继续履行着开学初通过请示的方案。

这个方案原本只有一点点小问题，毛毛只考虑了采购价格而没有考虑仓储方式。但是又因为毛毛同学经常在小事上粗心，小问题就成了大问题。按每周消耗一箱计算，她下单了五十二箱。

忽略了最初催生她这个方案的主要因素：买一赠一。

因此，周六下午我在广播台值班时，刚放上歌单，就被叫下楼去签收一百零四箱矿泉水，货车送来的。

台长的手机，无人接听。

部长的手机，占线。

毛毛的手机，无人接听。

凯昕的手机，占线。

当货车司机宣布他不负责搬运的时候，我意识到，当务之急，我可能需要找个男生来，不对，一个不够。

祸不单行，在我一筹莫展的过程中，保安已经来催了两次，说这车堵了消防通道，必须尽快开走。

综合考虑处理麻烦的能力和乐于助人的程度，我只能想到裴弈。

我拿出手机准备拨裴弈电话，叶尧的微信突然发进来：“你也学会了糊弄？单曲循环五遍了！”

现在没空理他，我把它划走，继续拨打求助电话。

看起来今天不是我的幸运日，裴弈也没接电话。

还能找谁？

叶尧看起来很闲的样子，不知他在不在学校。

我犹豫片刻，叶尧的微信又来了："居然不回我？裴弈死了，不会接你电话的。"

男生真幼稚。

我只好回他："你快让他接电话，我有急事。"

叶尧把电话打过来了："他去厕所了，你有什么事？"

"我有一百箱水想请他搬一下。"

"一百箱水？"

"不是，一百零四箱，矿泉水，加二十打抽纸。"

"哪儿来的？"

"毛雅妍买的，给我们大家平时用。"

"真了不起啊。"

不幸中的万幸，裴弈和叶尧这周都在学校泡图书馆，东拼西凑地吆喝来了十几个男生把水搬完了，广播台放不下，又带着车辗转了好几个地方，把水分散到文艺部能要来钥匙的部门办公室堆起来。

全程我没参与，叶尧叫我回去做广播。起初我还能一边放歌一边看见他们进进出出搬水，广播台塞满后就看不见了。

过了很久，只有叶尧一个人回来靠在门边回话："都处理掉了。"

"裴弈呢？"我问。

他挑挑眉，颇为不满："你干吗老找裴弈啊？是不是暗恋他？"

"你别乱说。人家帮了忙出了力不要感谢一下吗？"

"那我也帮了忙出了力，你怎么感谢我？"

"感谢家人。"我学着土味视频主播的调调敷衍道。

叶尧用手指点着我，"啧"了一声："小孩学坏了。"

我还笼罩在发现他是个"海王"的阴云下，无法那么自然地冲他笑。

"你晚上请我吃饭吧。"他得寸进尺，脸皮可真厚。

"我作业还没写完。"

"明天再写。"

"而且我学姐还约了我吃饭。"

"爱说谎鼻子会变长。"

不知道哪个细节暴露了我在说谎，难道我看起来不像有会请吃饭的学姐？

“算了。”叶尧放过了我，扯着袖子擦擦汗就走了，“你赶紧把作业做了吧，明天佳虞过生日，钟凯昕肯定会叫上你。明天见。”

预言家叶尧好像还没有猜错的先例，晚上我洗完澡刚回寝室，凯昕就跟我提了这事。

“在哪里吃饭呢？”我问。

“在他们家里，佳虞自己会做一点菜，然后计划再叫几个外卖，这个不用我们操心，订蛋糕的任务也早就交给裴弈了，我们带张嘴去就行。”

“他们家里？”我记得学姐是自己在校外租房的，听起来还是合租，可能会出现我不认识的人。

“佳虞和小栩家啊。”

“啥？！”我惊得声音都颤抖了，“他们同居吗？他们什么时候在一起的？”

凯昕的面部表情瞬间凝固，只有眼睛在眨，眨了好几下，才小心翼翼地开口：“他们是姐弟，他们当然住一个家里啊。”

“是姐弟？”

“对啊，你怎么像第一天知道？”

“我是第一天知道。”

“不是……”凯昕艰难地咽了咽口水，“佳虞姓陆，小栩也姓陆，他们还老是打来打去，你就从来没怀疑过他们是一家人吗？”

“我从来没见过他们俩同框。”我挠挠头，补充道，“而且我也不知道小栩姓陆。”

“你该不会以为他姓小吧？拜托，你们还做过一个学期同学呢。”

“主要是没有特别关注过，因为大家都叫他‘小栩’，所以我也跟着叫。”

凯昕无奈地笑：“大家叫他‘小栩’是跟着佳虞叫啊，他又不小，月份比我还大。”

我还没直说，这位同学在我心目中一直是以“叶尧的挂件朋友”这种形式存在的。

“那于焕姓什么？”我赶紧增进了解。

“姓于。”

以防万一，我又问：“所以裴弈也直接姓裴对吧？”

“‘也直接’？嗯！裴弈姓裴。”凯昕扶额叹气，“晓晓我真服了你了，你可真晕。亏我还被你吓出一身冷汗，又是‘同居’又是‘在一起’，还以为你知道什么我不知道的‘骨科’内幕。”

我不好意思地转移话题：“所以，应该准备礼物对吧。”

“两份哦。双胞胎。”

我的大脑内存都快不够用了，部长和小栩长得像吗？

回忆失败。

因为我没留意过小栩长什么样，只记得他大概一米八几的身高。

我在脑海里把部长的脸做了个简单粗暴的抠图，复制粘贴到一个一米八几的男生头上，怪怪的。

我突然发现自己进大学以来认识了很多新朋友，多到可以画张人物关系图。也许算不上朋友，只是能聚在一起活动的熟人，可显然已经和高中时“四面楚歌”的局面截然不同了。

是因为我先有了恒星般的朋友——凯昕，所以带来了更多更多行星般的，朋友的朋友。

坐在部长家客厅被分到蛋糕时我又有了新发现。

聚餐的所有人居然都是我认识的，这很神奇，就好像我是世界的中心，虽然我已经过了中二病的年纪，但心里这么想想还是充满幸福感。

我仔细观察了，小栩长得并不像部长，只有笑起来时神态有点相似，他们性格也不太一样，部长要安静可爱多了。

小栩在嘲笑裴弈怎么也约不来崔璨，原来喜欢崔璨的是裴弈。

虽然知道他们是很好的朋友，但这算在朋友伤口上撒盐吧，我想起叶尧在凯昕的朋友圈也留言干过这缺德事，男生真烦人。

经过观察，我再次确认了我的猜测，部长和小栩姐弟关系不太好。如果你有个双胞胎弟弟在同一个学校，还有共同的朋友，你的社交账号里却从不出现他的痕迹，这就很反常了。

我忽然又发现，换个视角，这里所有人也无一例外是叶尧的朋友，没有他不认识的。

我好像没有办法像易然那样说到做到远离他，远离他不就意味着离开所有我认识的人吗？

台长跑来找我聊天，打断了我的思绪。

她找来两听啤酒分给我一听，碰碰杯，开门见山地抛出重磅炸弹：“下个星期换届，你们每个人都要竞选一下台长。”

“啊？你不当台长了吗？”

“不当啦。当一年台长当两年台长在履历上意义差不多，还是留点机会给小朋友吧。”

“可我……也不适合当，我就不参加了吧。”

“每个人都要参加哦，我每个人都叫了。再说其实我觉得没有谁比你更合适，现在公众号主要是你写，播报呢你又做了三分之一，你当台长就比较名正言顺。不然，换成和你同届的别人当台长，荣誉归她，事却是你在做，那说不过去嘛。但是如果你放下这些事，下学期开学小朋友进来一团乱，过渡期又会很麻烦。”

叶尧果然很了解他朋友的个性，我们台长就是这么公平公正的人，其实在学校其他部门，当干部的是一些人，做事的却是另一些人，这种才是更普遍的常态，没人觉得说不过去。

我对台长满心感激：“可是竞选，我不知道该说什么。”

“很简单啊。”台长又和我碰碰杯喝口啤酒，“说你平时主要做哪些工作，再说说完成这些工作你是什么心情，喜不喜欢。因为是全文艺部投票决定嘛，部里其他部门的人并不知道广播台平时谁干些什么，都怎么运行的，得告诉他们。”

“就这么简单？”

“还有就是想象一下如果下学期你当了台长，你需要招几个人，分别负责什么工作，由现在台里的学姐辅助那些工作，广播打算以什么风格为主，什么风格为辅……差不多就是这些啦，提前写好稿子。”

听起来没有我不会处理的问题。那么剩下的唯一困难就是，我该怎么当众发言。

我好像从现在已经开始紧张了，学姐一走，我猛喝了三大口啤酒。

“你干吗？”叶尧晃到阳台上我身边来，“一副干完这杯就要跳楼的架势。”

我收好英勇就义的表情：“台长叫我竞选台长。”

“哦——”他拖了个长音，“怕了？”

“你还有那个吗？”我攥紧易拉罐问。

“那个？”

“就是像‘拉票小妙招’一样的‘演讲小妙招’。”

“哦，那你得先告诉我你究竟怕的是出现什么情况。”

“怕……我在演说的时候，底下有人不听，有人议论，有人嘲笑……”

“肯定会有人不听啊。”他笑起来，“平时老师上课，你坐底下也不是每时每刻在听吧，不可避免的嘛。”

“嗯，我知道。”我低头叹口气，“可我就是怕这个。”

“好好，小妙招来了。那些不听的人和乱发出怪声音的人，你不要理他，你不理我的时候不就做得很好？”

我怀疑他有点阴阳怪气。

他继续说：“你做演讲，就注意力集中，找一个在认真听你说话的人，看着他，就当成是对他一个人在说，这应该能做到吧？”

“那如果这个人也不听了呢？”

“你再换另一个认真听的人。”

“如果认真听的人连一个都没有呢？”

“那这个部就完了，你可以当场退出竞选，哪个门进来的哪个门出去。”

“哦。”我认真点头记要点，虽然听起来不难，但实践起来没那么容易，我得找时间练一练。

“重点中的重点是，你看着这个人的时候，要看他的眼睛。”

哦……那是我最难改的毛病，我的目光甚至很少停留在别人脸上，一般都在脖子下面胸口附近的区域乱晃。

我迟疑着：“眼睛啊。”

“眼睛是心灵的窗口，如果你看着对方的眼睛说话，就能产生和对方的互动交流。你会看吗？配合点啊，喂。”

我被迫抬起头看向叶尧的眼睛。

他笑的时候，眼睛弯弯的，比他不笑的时候有亲和力。

“看见没？一旦形成互动交流，对方一般就不会走神了，你也不用再寻找下一个目标，多省事？而且看眼睛能让别人知道你在说真话还是吹嘘，只要你说真话，就不会怕了。”

但是他不笑的时候，认真起来，眼睛里又有种定力，很坚毅，很深邃，让人很信任。

“叶尧。”

只要我说真话。

“嗯？”

就根本不会怕了。

“我喜欢你。”

全世界安静了，一秒。

是叶尧催眠了我，或者是半罐啤酒上了头，但凡有盘花生米也不至于醉成这样，唉，别人过生日我发什么疯？

我飞快地转开眼睛：“撤回。”

我听见叶尧笑岔了气说：“撤回不了。”

我被他拉着手，穿过客厅，经过正在打牌玩闹的朋友们身边。

只有部长注意到了我们，在他开门的同时探过头往玄关看过来：“你们去干吗啊？要是去超市再带点可乐回来。”

“约会。不回来。拜拜。”叶尧关上了门。

[38]　“你敢问吗？”

晚上可玩的地方太少，叶尧猜我不喜欢泡吧，征求过我的意见，他说他也不喜欢：“很吵，不好说话。”

于是我们决定找个步行可达的小店吃烤串。

“不是我背后说人坏话，陆佳虞其他方面太全能，但是跟厨房真没缘分，就不该在这方面死磕，全叫外卖至少我们还能吃饱。”他笑着抱怨。

“学姐做的菜只有鱼汤能喝。”

“鱼汤是我做的，她下午刚洗了头不想煎鱼。”

“你还会做菜？”

“今晚之前不会。”

串串店是就近找的，无法挑剔，有什么吃什么，但现实更残酷，几乎没什么吃的，一爿店总共四张小桌，眼下只有我们俩，老板都不太想开工。

叶尧认真勾选了菜单，老板瞄一眼就大笔一挥画去三分之二扔回来：“这些都没有。”

他在老板去烤东西之后问我：“好像还是吃不饱，要不让他下点面条？”然后大声朝后厨喊话，“老板，能下点面条吗？”

“不会下。”

叶尧不满地“啧”了一声：“哪有不会下面条的？”

他这话音量也不大，吐槽的性质更多，可老板还是听见了：“会下你自己来下啊，这里方便面也有，正常面条也有。老板娘打麻将去了，不然她能给你下。”

他居然称那种叫“正常面条”，好像方便面有多不正常似的，我信他不会下面了。

但也不知谁给了叶尧自信，今晚才第一次进厨房的他居然选了正常面条，还借着给我科普流程的机会自我肯定：“把水煮开，把面放进去，再加点盐就行了，很简单。”

刚进行到第二步就翻了车。

面条下进锅里，长度的缘故三分之一截支棱在锅外，又因为灶火太旺，把露在外面的那截烧焦了一大圈。

叶尧手忙脚乱了几秒，很快恢复了泰然，有条不紊地用筷子把变软的面条戳下去，小声说：“焦掉的部分给我吃就好了。”

听了这句才知道发生了什么的老板，在我们背后发出很响的一声嗤笑。

我们回到桌边，用碗分好面条，叶尧把焦掉的那部分弄去他碗里，做着这项细致工作时，他随口问我：“阳乐棋怎么办？”

“嗯？”我没反应过来。

“他不是你男朋友吗？”

“哦，他，不是了，分手了。”

叶尧惊讶地挑挑眉，笑着说：“可以啊孟晓，无缝衔接嘛。”

“去年圣诞节前分手的。”我顿了顿，“你说的‘衔接’是什么意思？”

“换我做你男朋友啊。”

“可以吗？”

“为什么不可以？我没女朋友，我也喜欢你。”他轻描淡写地把面碗推到我面前。

我掰开一次性筷子，垂眼说：“没有什么真实感。”

他误解了我的意思，微微眯了眯眼睛，用不爽的语气反问：“你和阳乐棋又有多真实？说来听听呀。”

我不想在这么开心的晚上聊阳乐棋，低头吃面。

他说喜欢我，我心里充满疑惑，为什么喜欢我？为什么又看起来更像喜欢部长？喜欢我什么？一个连性格都不算开朗的胖子有什么值得喜欢？非常非常多细节不敢深究，怕触到些模糊的区域，拨云见日后让他也发现不是那么回事，原来全是误会，搞错了。

就算是明天会消逝的梦境，我也希望今天能在记忆里埋一点美好的化石，才不会在这个时候去发起破坏性的刨根问底。

叶尧也不追问了，转身去催了一遍老板，咋咋呼呼“光有面没有菜”。等他回过头继续跟我说话，又换了史无前例的柔软语气：“你对我最早有印象是什么时候？”

“嗯……上学期开学那天，在奶茶店门口，凯昕叫我比较你和顾浔谁更帅。”

这好像勾起了他额外的兴趣：“那你说谁更帅？”

“我没有见过他。”

“见过啊，昨天不就见了吗？”

“昨天？”

“他来的时候你还没上去啊。”

叶尧和我一起停顿了长长的一秒，猛地乐了：“嘿，孟晓你可真行！校草来帮你搬水，你居然也不拿正眼看人。我心理平衡了。”

我红了脸，心里并不服气，哪里评选的校草啦？我们学校主页上只写了校长，校长具体长什么样我都没印象，何况这种野路子的“校草”。过去一年这名字确实在BBS上存在感强烈，但说不定是他本人用二十个马甲天天吹呢。

不过既然能被叶尧叫来搬水，可能是他的朋友。

“原来他也是你的好朋友啊？”

“是高中同班同学，但他没像佳虞她们那样提前走，所以我们三年都是同学。不过我们男生又不会像你们女生，总是春联似的一对对出现。我们顶多也就周末撞上同时留校一起打打球。”

那不就是叶尧高中时的挂件朋友吗？我脑海里出现了画面，换过出场阵容的一批挂件。

“他好像和崔璨一个专业。”我串起了点蛛丝马迹。

“对，心理系。你社恐这件事是他说的，本来我以为你只是害羞。”

“可他又是怎么知道的？”

“我开学第一天在五食堂门口见过你，当时也不认识你，只是我和裴弈从食堂出来看见一群人围着，有个女生中暑，我俩凑过去看了眼，你很快就好了也不用帮忙，人群散了，我们就逛走了。过了很久我想起来中暑的好像是你，琢磨着到底是中暑还是身患什么凄美的不治之症。”

“喂……”

“然后因为我时不时咨询顾浔‘害羞到不能吃饭是什么毛病’这类问题，他就得出了判断，说伴随惊恐发作的社恐是比较严重的。”

“他专业真厉害。”稍稍有点崇拜了。

“不过也是一半靠猜，他都没见过你，全是听我说。所以，那天是惊恐发作吗？”

“嗯。”

“有什么诱因吗？刚到新学校不适应？”

我还是不想提阳乐棋，更不想提陈瑞，含糊地蒙混过去：“嗯，不适应。那专业人士给了你什么建议？”

“他建议我劝你去精神病院看病吃药。”

还以为是什么好人，果然近墨者黑。

我尽量小心避开核心问题，我们就保持着浅尝辄止的闲聊吃完了这顿饭，回到学校，他送我到寝室楼下。

我想起平时总有些情侣逗留在楼下依依不舍，忽然紧张，怕万一叶尧要进行这个节目，我们被路过的同学看见就不好了。

幸好叶尧没和我依依不舍，一到楼前就很利落地放开我的手：“今天闹得太晚了，明天你晚点起。”

“我明天早上有广播。”

“我知道，所以你起晚点，直接去广播台，我给你带早饭过去。你想吃什么？”

“随便……都行。”

他又起坏心，笑起来逗我：“哪个食堂有卖‘随便’‘都行’啊？你给我说说。”

有路人经过了，虽然没看我，但我得速战速决把叶尧打发走了。

“我喝豆浆。”

“干粮呢？”

“小笼包。”

叶尧比了个OK的手势，倒退着离开。

这样一来，叶尧就成了我男朋友吗？还是没有一丁点真实感，上楼时我觉得脚下都软绵绵的，和刚考进东大那时差不多感觉，脚踩着云上，心里发虚。

我以为大家都睡了，悄悄溜进寝室，没想到凯昕床上还亮着手机的小荧光，我一进门，她就坐起来跳下床，不由分说地把我推出门外。

走廊上静得出奇，她用气声说：“你和叶尧交往啦？”

“可以吗？”我问。

“什么‘可以吗’？干吗问我？你自己想清楚没有？对方可是叶尧！”

“确实……”我恹恹地低下头，我和叶尧外形上就不搭，要是交往走在一起也会惹人笑话吧。

“唉，什么‘确实’！”凯昕恨铁不成钢地翻翻白眼，把我拉到更远一点的走廊，靠近楼梯口能用更大声音说话却不影响别人休息的地方，“你会喜欢他也很好理解。可他套路都那么刁钻，你完全不是对手啊，小傻瓜。”

“套路？”我挠挠头。

“你们谁跟谁告白的？”

“我先……”

“然后他就坡下驴说也喜欢你是吧？猜到了。那你有没有问清楚，他什么时候开始喜欢你的。”

我不作声了。

“你敢问吗？”

那确实是我不敢求证的部分。

“在这种事上怎么能变成鸵鸟蒙头交往下去？”凯昕顿了顿，“易然跟你说过吗？叶尧怎么追她的。”

我茫然地摇摇头：“她只说过叶尧约她一起上英语课。”

“叶尧在选课周问过她选了什么通选公选课，然后出现在每一门易然提过的课上，你能说这纯属巧合吗？他要不是这么做，哪个女生会平白无故认为他对自己有意思啊？”

我不知道该做出什么表情，只觉得自己的脸都麻木了，虽然刚知情，但怎么说呢……这事是叶尧做的一点也不让人奇怪。

“他肯定也有不少做法让你觉得他对你不一样，这就是他的伎俩，多线程操作广撒网，哪条鱼上钩都行。可晓晓你是憨憨的实诚女孩，和这样的人交往只会伤心。”

“那我该……该怎么办呢？”

“去问他，什么时候开始喜欢你的。”凯昕斩钉截铁道，“如果他编造的时间在选课周之前，那你就质问他为什么在喜欢你的同时还要追易然。”

我几乎能想象出完整的剧情进展，就像他下面条那样，一开始会出现猝不及防的状况，但很快他就能镇定以对、水来土掩。他拿出来的托词并不总是站得住脚，比如他说对易然友好是因为我的朋友就是他的朋友。

虽然借口这么蹩脚，即使这么蹩脚。

我还愿意相信，是因为我愿意自我催眠。

亲手戳破自己造的肥皂泡也需要勇气。

我没有马上去拆穿，而是继续忐忑不安地混着日子，所以我第二天还吃到了叶尧带的小笼包。我先给自己编造了借口，这周太忙，还是准备台长竞选比较重要。

竞选台长这天，叶尧也出现了，但他前面有专业课，赶过来的路上花了点时间，进门时我已经讲了一半。

前面那一半，我找的“目标听众”是台长，看着她的眼睛，她不仅没走神，而且还不时冲我点头。可是叶尧一进门，所有节奏都打乱了。台长回过头去看他，还转身拿了张投票纸给他。

他都不是我们部的人哎！

我的思路有点中断。

坐在他身边的一圈人纷纷开始跟他打招呼，不仅动作骚乱很明显，还发出不小的噪音。

给我的感觉，好像整个房间里没有人在听我说话了。

我彻底停顿下来，指甲在桌下使劲掐着自己的手。

环顾全场，找不到一个认真听我演讲的人，大家都目光游移难以捕捉，甚至有人不耐烦地打起了哈欠。

我忽然意识到自己确实身处于一个巨大的幻象里，叶尧声称他喜欢我，叫我去寻找人群里关注自己的眼睛，可是就连他也没有注视我，他在朝别人笑、小声说话。

我并没有感到太焦虑，只是很难过，心如死灰地把视线从他身上转开。

台下有些人已经因为我的停顿看向了我，我从中找到了几双眼睛，整理好思路继续说下去，也不太在乎斟词酌句该演说得多么优秀，我只想赶快完成这个任务，积蓄着冲动，等结束后去和叶尧结束一切。

他愚弄了我，我再也不想理他了。

投票结果令人意外，我以为我的演讲是最缺乏感染力、让人昏昏欲睡的，可我当选了新任台长，票数比第二名多一倍。

散场后，我绕场一圈才在门外走廊找到叶尧。他靠在窗边跟毛毛说话，就像我们部第一次聚餐时那样，一个非常完整的循环，我不禁在心里自嘲。

毛毛没当选台长，但情绪一点没受影响，这事对她不值一提，她正带着点羞怯高兴地向叶尧道谢：“我太迷糊下错单了，真谢谢你，我什么时候请你们吃饭吧。”

啊哈。

跳出了叶尧的狡猾圈套我才清醒过来，他帮了一个忙，在毛毛那里也能领功劳呀。

我安静地待在一边等他们腻腻歪歪把谢词说完。

毛毛走后他才一回头发现我："咦？结束了？手里拿的什么？"

"选票，选了我的。你能写个我的名字吗？"

"干吗？"他笑着朝我走近一点，"为什么要写名字？"

我没有笑，紧盯他的眼睛："我想比对一下，你有没有给我投票。我现在对别人嘴上说什么不感兴趣。"

他停住脚步，明显有点紧张，但还是笑着："我没有票啊，我又不是你们部的。"

"台长给你了，我看见了。"

至少有一点，叶尧没有骗人，说话时看着对方的眼睛能形成交流，我能体会到他内心的慌乱了。

"叶尧你给我投票了吗？"

他终于笑不出来了。

"没有。"他无奈地从牛仔裤口袋里掏出张折起来的选票展开，那上面确实是我的名字，"在这里。"

他解释道："我毕竟不是你们部的，给我张友情票，我投自己女朋友，那不是不太公平了吗？再说我知道你肯定没问题的，你看最后比分都相差这么大了，你又不缺这一张票。以后深究起来，让别人说你作弊当选的，是因为男朋友给你投票，反而名不正言不顺，何必呢？"

果然巧舌如簧，又找到了"对付面条的办法"。

"那你干吗还领了票写我的名字，直接拒绝不是更名正言顺吗？"

"我想回去发微博。"

"发……"我都忘了他还有这毛病……我舔舔嘴唇，不带嘲讽很认真地问，"你朋友就没有建议过你去精神病院看病吃药吗？"

"肯定建议过啊，他眼里人均精神病。"叶尧重新笑起来，长吁一口气，过来拉我的手，"你突然这么凶干吗？吓得我也要惊恐发作了。"

[39] "前一阵我干了件蠢事"

我可能真的把叶尧吓得不轻，后来他拉着我时手心还有点冒汗。他自己也感觉到了，不太好意思，在走出楼道时放开了我的手，前前后后若即若离地走在我身边。

我的目的并不是想让他紧张。

他用嘻嘻哈哈的说笑缓解着尴尬：“你最近太膨胀了吧，居然嚣张到‘追杀’没给你投票的人？”

我并没有全神贯注地听他说话，更没有像往常那样因为他说了什么而局促不安，相反，我看见了他的不安。

我看见他的右手，一直把那张写着我名字的选票攥在手心。从拿出来那一刻开始就不太适合再塞进口袋，他好像没办法再处理这个小纸条，左右为难。

我突然发现，虽然在人际交往方面叶尧总给人经验老到的感觉，可从我的角度看，他荒唐诡异的事一点没少干啊。

万一他并不比阳乐棋高明多少呢？

万一他真的不懂“朋友的闺密并不是你的闺密”这个道理呢？

万一没有人告诉过他呢？

恋爱的时候，我们谁能做到上帝视角、胜券在握？

我好像又在自欺欺人了。

我幻想，我直截了当告诉叶尧我不喜欢他在回应我告白的同时还和其他女孩说说笑笑，他醍醐灌顶向我道歉，说他没有想到、以后会改正。

现实大概率会和幻想背道而驰，我预感我和叶尧的关系会像直板夹怎么也夹不直的头发。可我还是要说。

“叶尧。”

他回过头来，对上了我异常紧绷的一张脸。

与此同时我又听见有人在叫我的名字，分出神去转向了另一个方向，哦，是阳乐棋。

我有点后悔刚才想起阳乐棋，按玄学思路考虑，他可能是受到心灵感应的召唤才出现的。

幸亏叶尧和我没有牵手，并且还保持着一定距离，凑巧在这个瞬间，我们脸上也没有挂出甜蜜恋爱的表情，除了我有点心虚，应该什么端倪也没有暴露。

阳乐棋和两个男生一起向我们走来，其中一个是他的室友高原，另一个有点矮胖，我猜到是谁了。

在朝我们走过来的过程中，阳乐棋的神情毫无变化，保持十足的热情跟我打着招呼：“晓晓，你们怎么站在这里？刚下课还是要去上课？”

我避重就轻地挑实话说：“刚参加完社团活动出来碰上了。”

我瞥了眼叶尧，他没说话，只是扯起嘴角冲阳乐棋他们缓慢地点了一下头。

所以阳乐棋也没把过多注意力分给他，继续和我寒暄：“哦哦，广播台是吧。我们这会儿去上专业课，晚上给你打电话。”

我愣了愣，犹豫着答应：“嗯，好。”

阳乐棋已经很久没给我打过电话了，虽说分手不代表绝交，那之后他也帮我给舞台剧拉过票，可相处起来多少有些不自然，这学期我们明显较以前疏远多了。眼下他的语气却好像我们天天都煲电话粥似的。

原先我偶尔觉得阳乐棋有点缺心眼，不过今天，变成了我无法理解阳乐棋。我隐隐感觉一瞬间气氛非常古怪，可又完全摸不着头脑。

目送三个男生的背影消失在楼道口，我脑海里蹿过很多胡思乱想。

之前阳乐棋远远见我和裴弈走在一起就猜测我喜欢的人是裴弈，他看见我和叶尧面对面站着说话却没有半点意外之色，是因为潜意识就觉得我这样的女生和叶尧那样的男生绝无交往的可能吗？

我难免有些泄气。

“他知道了。”叶尧在我身后没头没脑地冒了这么一句。

我诧异地回过头：“知道什么？”

“我喜欢你。”

“什么？”我都还不确定的事，阳乐棋是怎么知道的？

叶尧头疼地拧了拧眉心，离我近了一点，用懊恼的语气说：“前一阵我干了件蠢事。”

“嗯。”我睁大眼睛等着下文。

“打游戏的时候阳乐棋从来没说过你们分手了，他朋友好像也都不知道。那个时候我们俩还没交往，如果我们交往了，我反而不会跟他较劲……”

从叶尧语无伦次的“检讨”中，我无法理出剧情：“所以，具体是发生什么事了呢？”

“有一天晚上打游戏时，他朋友怂恿他‘让你女朋友把她那些漂亮小姐妹带出来玩啊’，应该指的是钟凯昕或者易然吧，他们也提到了钟凯昕和他们出去玩时很随和，不知道为什么后来又不太理人了，希望你再牵牵线。阳乐棋没说跟你已经分手，只说你最近很忙。他朋友就说再忙也不可能不吃饭，让他把你和你朋友至少叫出来吃饭。然后阳乐棋反问那他有什么好处，接着顺势就开始提各种条件，讨价还价，让他朋友帮他做几次作业之类。我不得不想，他把你当成什么了？可以兑换的资源包吗？”

我急忙解释：“阳阳肯定不是故意的，他这个人并不坏。可能就是他们专业女生太少了，他朋友想认识可爱的女孩子，把希望寄托在他身上，他直接说‘已分手’又觉得没面子……”

“是啊，知道你们分手了才能理解他只是在找借口推事，可是在当时那种语境下，我只能觉得他在装，所以我听了非常不爽。你也能理解我生气的点吧？你出来吃顿饭要做多少心理建设他不知道吗？就为了给他换那点好处？”

我轻轻碰了碰叶尧的手臂安抚他，替人讨饶地笑笑：“阳阳是不知道。”

叶尧张了张嘴，却没发出声音，一部分落空的控诉换了一声叹息。

过了长长的几秒，他才发出灵魂拷问：“你们谈的是什么恋爱？”

叶尧神情的夸张变化有点滑稽，我“咯咯”笑起来。

“然后呢？你一气之下把阳阳一枪爆头了？”

“没枪。”叶尧对我没心没肺的笑感到无奈，捡回残缺的严肃话题，“我顶了他一句‘阳乐棋，你有本事先把你自己女朋友约出来吃饭吧’。”

我脚下踉跄一步。

换位阳乐棋，这话应该对他杀伤力挺大的。

“阳乐棋当时就不作声了，但他朋友没感觉到不对，还跟着提议‘明天就约吧’。如果那时候我就已经和你在交往，反而会比较注意隐藏。”叶尧继续说，“但因为跟他较劲，所以故意让他发现。今天他看见我们俩，联想起来，心里十有八九已经确认我们在一起了。”

“是，就算是阳阳，也不可能反应迟钝到这地步。”

“我更担心的是，他会误以为我当时已经跟你交往了，不仅在一边看他笑话，还放话挑衅。我倒不在乎树敌，关键是你……这样一来，可能会被迁怒，没有办法再和阳乐棋做朋友了。”

我甚至有点同情阳乐棋，没想到刚才那个巧遇，最紧张、最想隐瞒我和叶尧关系的人居然是他，在他的同学朋友面前还特地夸大和我的亲近，装出没有分手的样子，一边不得不把戏演下去，一边又明知叶尧在那一刻会怎样看轻他。

太难堪了，换成我可能会找个地缝钻了再也不出来见人。

“我可以跟他解释，他不是小心眼的人。不过……”我抬头看向叶尧，“你是不是并不希望我解释？”

他转过脸看我的同时，肩膀的线条明显地硬了起来，静默几秒才放弃似的松开，含糊地应一声：“嗯。”

“你也不要标榜自己是路见不平拔刀相助，阴错阳差才造成这样的误会。叶尧我了解你情商很高，知道每句话丢出去会是什么分量。你不要说是替我生气、无意冒犯哦。”

“对不起。”叶尧垂着眼小声说，又匆匆地倒回来拉我的手，“我是自私了。”

“可是我蛮开心的。”

“嗯？为什么？”

“这才让我相信你好像是真的喜欢我，还会背后搞这种宣示主权的小动作。”

“喜欢你还有假的？”

“像假的。”

“哪里像假的？”

“就比如刚才我在演讲的时候，你都没有安静下来听我说话，事先教过我要用眼睛交流，到关键时刻却根本没有看我，会让我觉得你的‘喜欢’好像只是嘴上说些空话。”

“生气了？”他伸过手来捏了捏我的脸，居然没人性地笑了。

我瞪着他，不跟他嬉皮笑脸。

“故意惹你生气的。我是不是惹你生气的次数还挺多的？逼你吃饭还在饭桌上嘲笑你、戳破你说话不看人手玩头发、你演讲的时候在底下捣乱……这些都招你烦吧？”

“你还知道啊？”

“当然了，都是故意的，不然你以为我就是幼稚逗你玩吗？”

我本来就是这么以为。

“那完蛋了。”他笑得更深一点，“你喜欢的该不会是幼稚的我吧？”

“你不要做梦。”

叶尧正经起来，边走边说：“要治疗社交焦虑障碍，光告诉你‘小妙招’是起不了作用的，因为你欠缺的其实主要不是社交技能。很重要的一个环节是要‘暴露’，就是非得逼你去面对你害怕的情境，如果你一直回避就会一直恐惧。我是不是每次惹你生气之前都让你设想过你害怕发生的意外？”

“好像是。”

“然后到了现场我还故意制造这种让你害怕的局面，对吧？”

“嗯。”

“你必须一个个克服过来，重构自己的认知，才能有所改善。简单来说，你怕鬼，总躲着鬼，会不断给自己洗脑夸大鬼的可怕，但把你扔进鬼屋逼你试试看，你会发现没你预测的那么可怕，新的认知就建立了。”

“这都是顾浔告诉你的吗？”

“他说如果你去看心理医生，接受的就会是这种治疗。但我算你什么人呢？

没立场劝你去医院，我只能做这些惹你讨厌的事、直接给你制造困难情境了。”

“可是真的很讨厌。”

“我知道。我也怕你恨我，不过我想，还是让你恢复正常生活更重要。”

“但还有更讨厌的。”

“嗯？”从他拉着我手的力度可以感受到，他的神经又绷起来。

我挣开他的手，往后退一步，一字一顿地问：“你是什么时候开始喜欢我的？”

暴露治疗啊，我好像也学会了。

[40] “我记住你了”

他笑起来，牵着我的手慢慢走到墙体后，避开来来往往的学生，靠墙俯下身，保持和我相同的高度，点点自己脸颊：“亲我一下，我就告诉你。”

凯昕可没说会出现这种情况！

我乱了方寸，瞪他一眼，把脸别开：“不说拉倒。”

叶尧憋不住笑，别扭地抿着嘴角：“这么经不起逗！考虑一下嘛，想不想知道？”

真可恶，明明是质问的场面，又被他搞得这么暧昧。

“要不然，你让我亲一下也可……”

我没等他把话说完，心一横，攀住他的肩，上前一步，干脆利落地轻轻把他吻住了。

哼，有什么了不起。

叶尧反倒闹了个大红脸，接住我挑衅的视线，挑挑眉毛愣着，张口结舌，好半天才找回他的厚脸皮，清了清喉咙：“没准备好，重来一个。”

“你做梦！”我理直气壮地拔高音调，“快点告诉我，说话算话！”

叶尧把我揽过去，带我往墙后探出头，指着斜对面的奶茶店说：“开学第一天，你和钟凯昕就在那儿买奶茶，对不对？”

“嗯。”

他又指指路的对面，靠近我们这边：“易然在这边叫你。”

“哦，对的。”我想起来了，当时因为引人注目挺尴尬的。

“我和裴弈正好从那边食堂出来……”

“你们不是去了五食堂吗？”

“我们每个食堂都视察了一遍。”叶尧咧嘴冲我笑，“裴弈说伙食水准侧面反映了学校的治学水准。”

“贪吃还找那么多借口。”我戳穿道。

叶尧不置可否地笑：“反正我们路过，我听见易然叫你名字，就拉裴弈去买奶茶了。我想该不会这么巧正好是你吧，嘿，还真是你。因为又听见易然跟你说起阳乐棋，你叫他‘阳阳’，这个姓同时撞上的概率不太高。”

我听不懂了，困惑地挠挠头：“你怎么认识我？怎么又认识阳乐棋？”

“我又不像你这么健忘，完全不记得我。”叶尧卖了个关子，朝我眨眨眼，拿出手机故弄玄虚地翻条短信给我看。

短信内容现在看起来做作极了，还因为啰唆被切成了两条：“阳乐棋，我是孟晓，我还有十分钟到你家窗户正对的站台，我手机钱包被偷了，你能来帮我投个币吗？不来也没关系，我去你家蹭午饭。”

我一点都不健忘，几乎立刻就想起叶尧是谁了。

初中那次丢了钱包魂不守舍的遭遇还历历在目，我拽着拉杆忐忑不安，因为欠了司机人情而格外大汗淋漓，身边有其他乘客主动搭讪：“你是不是身体不舒服呀？”

是个男声，声音沙哑，像拉锯似的。

我不敢抬头，只看见一截刺眼的白T恤。

糟了，我想，我不会被坏人盯上了吧！

主动向落单的初中女生搭讪的男人怎么可能会是好人呢？

这个人发现我手机钱包丢了没法求助，会不会尾随我下车图谋不轨？虽然光天化日，但车站到我家还有条经常无人的区间路，这么热的夏天更不指望路上有行人，我脑海里响起了法制节目的主题曲。

仅仅是欠了两个硬币我还可以记住这辆公交车的时间班次改天补回来，可是出现了这样的危机，必须采取措施找人来接我了。

我顺势借他的手机给爸爸妈妈打电话，运气不好，都无人接听。局面比没借手机时更糟了，还被他发现我是没人惦记的，谁都联系不上。

我想起了阳乐棋，至少是个男生，坏人看见他应该能被吓退。

我和阳乐棋那时根本不算熟悉，只不过因为他手机号是个生日号，所以我记住了，我不敢给他打电话，只能孤注一掷地给他发短信。

那位“嫌疑人”乘客的手机输入法和我的不一样，我哆哆嗦嗦弄了半天才选出阳乐棋的名字。

嫌疑人见我操作费劲，接手过去："我帮你发。你说。"

我说："我是孟晓，子皿孟，日尧晓。"

隔了几秒，我听见对方莫名其妙地笑了，怪里怪气的。

结合现在叶尧认领这个身份，我才知道他为什么要笑。

他笑着说："你都这样自我介绍，谁听了能瞬间明白是哪两个字啊？就不能说'孟浩然的《春晓》那两个字'？"

"哦，孟浩然的《春晓》。"从此以后我就换了自我介绍。

对于给我建议修改自我介绍的人，我当然是记得的，只不过从头至尾我都没敢抬头看过他的脸。

公交车上所有戏剧化的情节都在阳乐棋闪亮登场那一刻结束了，我并不知道这个人究竟是单纯的好心乘客，还是被阳乐棋从天而降逼退的坏人。

连阳乐棋也不知道还有过这么惊险的前情，他只是告诉我："你记错我家方位了，我家不朝马路。"

嗯，我知道的。

可我没想到当时自己耍的小聪明能这么做作，让人一眼就看穿了。

叶尧特地把关键词念出来嘲笑我："'你家窗户正对的站台'？啧啧，你这警惕性也太高了，不能把人往好处想吗？"

我手指绞得发白："谁让你声音那么难听，像个大爷，而且你笑起来，听着就不怀好意。"

"帮你忙你还挑剔。"

"我哪知道你安的什么心？我又没有看人。"

"发现了，你就是不看人，那个时候就社恐？"

"嗯。"我讷讷地问，"你该不会说，你就是因为'社恐的女人好不一样'才喜欢我吧？"

叶尧笑起来："没有啊，我只是听见你跟易然说星期六要去看电影，我也没看，所以想去找你一起看电影。"

我回忆起了看电影话题的关键点："可是那时候我和易然也说了我和阳乐棋在交往啊。"

"我听见了呀。"他寡廉鲜耻地翻翻眼睛，"老是不陪你，不像正常情侣……阳乐棋自己错过的机会，能怪谁？"

"可你那天看电影约的不是凯昕吗？"

"我约她，再提议叫上你，你肯定会一起来对不对？"

“哦。”

“但是她不来，我约你，你就不会来了。我只能把票全买光，等你来我这儿买票。”

我目瞪口呆：“你？全买光了？”

“粉丝锁场嘛。”他坏笑着讽刺我。

我白了他一眼：“万一我那天不去看了呢？”

“我看你微博感觉去看的可能性更大，但也是碰运气啊，你要是临时决定不去了那我也没办法。”

“我微博？那时候你怎么会知道？”

“凑巧的，我很少看电影，开学那天听你说到这个，后来想起来才去搜搜看是什么片，但那时候差不多都下映了，没人聊，广场上最近的时间就你一个号在絮絮叨叨没人陪你看，你是自己去还是等网站上线，开始回复你的我猜是易然吧，她让你自己去，说‘缺了阳乐棋还不能活了’？”

“哦，对。哦我想起来，你还当我面跟别的女生搭讪！”

“我等你啊，傻站在那里不是太明显了吗？跟卖票的说几句话打发时间怎么了？”

“你直说以前见过我不就行了？”

“直说就没意思了。”叶尧嬉皮笑脸，“我看你老是慌慌张张躲躲闪闪、小聪明很多又爱气鼓鼓，有点好玩。”

“好狡猾！”我快要恼羞成怒，“不会也是你设局把我拐进文艺部的吧？”

“我自己都不是文艺部的，你想想可能吗？”

“呃……”

“疑神疑鬼。”他居然反咬一口。

“哼。”

“不过你进文艺部的群以后，我换了个头像加你微信。”

“我就知道！”我没有记错，“你换了动漫美少女！”

“嗯，你戒心太强，我怕加你被拒，所以换了个看起来像女生的头像趁你犯困蒙混过关。”

女生才不会用动漫美少女做头像。

我没有告诉他我的真实误解。

“然后我翻了翻你朋友圈，发现你喜欢挖掘机，那我想我们应该还挺有共同语言的。”

我社会性死亡了，他果然翻到了我小学时代：“我现在已经不喜欢了。”

“没关系，你现在喜欢我就行。”

“哪有这样暗度陈仓的，不像武林正派！”

“做武林正派，你早就逃走了。你说你自己是不是一遇到点风吹草动就奓毛？很难搞的，小姐。你要是像钟凯昕那么落落大方，我也会直接要你微信，不用这么迂回。”

“可你让凯昕误会了。”

“啊……那是意外，没注意。我一门心思只想认识你，而且我还知道小栩于焕喜欢她，压根没往那方面想。确实是谁都没往那方面想，因为大家也都知道我追的是你。”

“大家？”我怔怔地重复。

“裴弈他们，男生，要不然怎么发动群众投票把你选来《保护生物学》课上的？”

我又社会性死亡了，男生怎么这么爱抱团，万万没想到连裴弈都这么坏，以后叫他“笑面虎”，他们早知道了，他们心里怎么想，不觉得好笑吗？

我整理着混乱的思绪，嗫嚅着：“他们难道不觉得你和凯昕更登对吗？”

“不啊，他们都觉得自己和钟凯昕更登对。”

那还真是……意料之外情理之中。

“可是，你造成的误会不止这一个啊，还有易然呢。”

叶尧长叹一口气：“易然那儿我就死得更冤了，我真没做过什么能让她误解的事，一开始我想跟她打听打听你，但她吧，不愧是你的朋友，戒心也特别强，什么都不爱说，我也问不出什么来就放弃了。她只是很爱带走我支付宝的鸡。”

“你还发现了！”

“但她是你朋友，她想带就让她带呗，再说我猜她每天抓去劳动的另一只鸡是你的，虽然我还没追到你，但是我俩的鸡每天在易然那儿一起工作不也挺浪漫的吗？”

叶尧还真没猜错，易然带走的另一只鸡是我的，因为这游戏我不玩，所以不会去她那里把鸡领回来导致工作中断。

可我怎么会有这样思路清奇的朋友和男朋友？简直重新定义了浪漫。

“不可能我让她使唤了一下电子宠物就产生了特殊感情吧？”叶尧说。

“不能，可是你这学期开学问过她的课表，出现在每一门她选的通选课上了啊。”

“嗯？我没跟她打招呼啊。”

“难道你还希望她以为是巧合？”

“我只是远远躲在后排偷看了一下你有没有选跟她一样的课。”

“我没有。”

“我知道，所以我也没选。生物课结束我没有和你相同的课了，你的必修都是艺术类，我也去不了，只能碰碰运气，谁知道运气这么不好，白折腾。”

“是你说我爱跟风，所以我特地没跟风。”

“好吧。”叶尧无奈道，“那你进步真大。我没想到离那么远也被她发现了。”

“谁给你的自信不会被发现？你要是和我出现在一个教室里，不管二百人还是五百人的教室，就算你化成灰我也能发现……”

“别说这么恐怖。”

“你可是我喜欢的人啊。”

叶尧忽然动容，伸过手想摸我脸，但被我挡开了。

我接着垂下眼低声说：“可我也有不喜欢的部分，就是你交际花的这方面。我社恐当然不好，但你是另一个极端也很不好。”

“我哪里花了？”他争辩道。

“就是花了，天生的，你都没有感觉。一般人谁会在公交车上和初中女生搭讪？”

“初中男生。”

“正常初中男生都不好意思跟女生说话。”

“阳乐棋还跟你是朋友呢。”

“我们是同班同学啊，可你跟我说话的时候，我们是第一次见面的陌生人。”

“不是哦，一回生二回熟，我记住你了。”

“哎？”

“更早的时候，有一天晚上，你没坐车，在路上走，边走边哭，哭了有……五公里？差不多。那天有点堵车，所以每到一个路口我们的车停着不动，你就又哭着走上来了，一直看见你。不知道你记不记得了，反正有这么一天，你大概特别不开心。”

我怎么会不记得那一天。

我转学失去了所有朋友，和北方的同学逐渐连电话粥都煲不起来，那天又紧张和惶恐地做了很失败的课堂发言，因为口音不同而被嘲笑，第一次惊恐发作。

放学后不敢坐公交车回家，挑空旷的街道走得飞快，在眼泪涌出来之前躲过身后的人群，然后在一个人的路上捂着脸呜咽，堵住眼睛也有源源不绝的泪水从指缝里流出，怎么也停不下来。

以为没有人看见，希望没有人看见，从那以后变成一个总是低头、格外孤僻的人，希望再也不被看见。

是永生难忘的一天。

是时过境迁，很多年后，父母朋友听了都会反问“大惊小怪至于吗？”的一天。

是只有自己才能理解为什么一提起，眼泪就会条件反射夺眶而出的经历，无法一笑而过。

在那样不堪回首的日子里，被记住了。

叶尧把我揽进怀里，不明所以地帮我擦擦脸：“别哭啊。是不是因为你不爱理人没朋友才只能一个人哭？现在不会再这样了吧。”

唉，他猜错前因后果了。

“现在就好了，朋友这么多随便挑一个都能诉苦，不会再像那样不开心了。哦？”他捧着我的脸安抚道，“我虽然不想你和阳乐棋做朋友，但我也不希望你失去易然这样的朋友，需要我去跟她说说吗？”

呃，上次他“去说说”的后果可是连凯昕都激怒了。

我冷静下来，连忙摇头：“不要不要，你又不了解我的朋友，我自己会说的。”

“那你别再哭了。”

“嗯。”

“我不花吧？我只是看你表情不对，怕你在车上再哭个五公里，司机容易操作失误。”

气得我把他的手打开。

“坦白局结束没有？”他觍着脸笑，“还讨厌我哪里？让我再解释解释。”

一点都不讨厌，原来叶尧视野里的那部分故事是这样踏实忙碌，一开始见过几眼，记得两个名字，长大后见了面有点好奇，箭头悄悄指过来，小心翼翼地绕着圈接近，像用一块一块的砖笨拙地垒着墙，今天一点，明天一点，有时看运气，失败了再重来，无比真实，无比具体，直到最终开了扇门邀请我走进去，难以置信，又由不得人不信，那整幢建筑虽然沉默，但每块砖都是证据。

像魔法，却不是魔法。

“喜欢你，这也不是跟风的。”我把脸埋进他怀里，任他摸摸脑袋。

这也会成为我永生难忘的一天吧，新的一天。

“孟晓？”

我听见熟悉却空前冷漠的声音，抬起头，转过视线。

易然铁青着脸，尴尬地站在几步开外盯着我，就在刚进校时她叫我名字的路上。

我下意识地退了一步，离开叶尧，在易然转身跑掉前蹿出去拖住她。

可这也没有用，她用了最大力气把我的手挣开：“我再也不要朋友了！”

【全文完】

后记

QIANMA

永远在成长路上

大家好，我是猪妞。

这是我的不知道第几部长篇单行本，因为从《三年十一班》以后，出版顺序和连载顺序就不一样了，更不用说还有《一见如故》这样战线拉很长，比《荨麻》早开连载但至今依然在连载的。按写作顺序大概是第二十部。

《荨麻》算校园甜文，稍稍写出了点悬疑的感觉，刚开始连载时读者们猜了挺长一段时间谁是男主角，小叶出场存在感很强，只不过是凯昕的心动对象而且还表现得花三花四看起来不守男德，让人不敢轻易相认。

其实原因就是我厌倦了“作者像给猪配种一样指定男女主角快马加鞭地确定关系，然后疯狂发糖发刀”的写法，想尝试模拟一下现实生活中人与人的关系，逐渐认识逐渐了解，过程中有猜测有误会，可能两情相悦也可能自作多情，就像晓晓说的“我们谁能做到上帝视角、胜券在握”，就像追更的读者在中间章发出呐喊：“疯了！男的也太难懂了！”

这本书最初的版本是第三人称常规写法，然后改编成剧本，视听语言的表现力比文字强太多，节奏和悬念感都更胜一筹。于是我在想，怎么让小说不输剧本？一条叙诡的康庄大道在我面前展开了，嘻嘻。

不管是男主角对女主角的情感，还是女主角自我认知的偏差，都是只有文字可以对读者造成的误导，镜头前一览无余。也许有人会嗤之以鼻，玩这种小伎俩有意义吗？会有不一样的代入感，小说里“我”自称是个胖子，大家可能将信将疑姑且看下去了，代入胖子的视角去跟进这个世界中的种种发展；剧集里担当女主角的演员必然苗条漂亮，大家会搁浅在“你哪里胖？你不要‘凡尔赛’了吧！”的质疑里停滞不前。

有趣的是，直到连载最后一章时大家仍不相信她是个胖子，怀疑是不是其实在旁人视角里是个丰满有肉的美女？在我想象里她是真的平胸、有小肚子、大腿有点粗粗这种身材啦，不是什么“所有肉肉都长在该长的地方”的尤物，想塑造的就是个正常人，生活中说自己胖时不会被朋友质疑“你是在‘凡尔赛’”，反而会提出一些减肥建议的类型。

脸是很可爱的，故事里老师光看脸就特招了没参加过艺考培训的她，开学第一天凯昕也问过是不是拍过广告，虽然没拍过，但她就是那种日化用品广告里常用的“温馨家庭的可爱宝宝”童星脸，与此同时胖胖身材的缺点也很明显。

招生老师可能认为这种情况减减肥就行了，但那种十全十美的好事哪能常有，有些人不幸也是减肥苦手。不过晓晓有了广播台的实践经历将来往播音方向发展也会有一番天地，不用担心。

但我主要想表达的是每个人都可以扬长避短自得其乐，同样是半杯水，与其关注少掉的半杯水不如关注拥有的半杯水，心情完全不一样，不要纠结这些才是王道。说实话生活中真没遇到过能称得上难看的女孩子，通常就算有缺点只要化点妆穿对衣服也能规避。女生真的对自己要求很苛刻，明明非常亮眼却常常贬低自己的长相，经常对照魔术滤镜下的网红挑剔自己。

在这个故事里，晓晓因为是社交恐惧障碍患者格外放大了这些特质：害怕负面评价、关注消极反应、为自己设定高标准、回避社交情境让他人代劳，生活中的女孩子或多或少也有些轻微的类似表现，大家可以学着用“暴露+认知重构”的方式学着锻炼自己去改善。

说回小说本身，第一人称叙事也有第一人称的弊端：无法自夸。所以在这里要使劲夸一夸晓晓，就是可爱！肥而可爱！稳重点来说另一个弊端，描写要符合晓晓的心境——晓晓没喜欢上你，你只能帅得平平无奇，所以第一次对叶尧外貌的直接渲染出现在他和凯昕撇清关系之后，比较晚了，在此之前一直是葫芦娃……男主角真惨。

总之，外貌也好，恋爱也好，都不是最重要的。晓晓在大一这年为了融入新生活做了很多努力，尝试着克服社恐、参加社团，学会参与小组讨论完成自己的分配作业，和社团朋友们一起工作一起出游，开始自己很不擅长的运动——羽毛球和长跑，把广播做出了自己的风格，为了台词课的期末成绩自荐，最后连看似不可能的竞选都在叶尧的捣乱下完成了，也正是在这些努力中更让人看见她的闪光点，如果一整年都宅在寝室躲着不见人，恐怕不会有这样的收获。所以，首先要解决自己的人生问题，感情问题也会随之迎刃而解。

在解决问题的过程中，我们看见了周围很多人对她的影响，为首的是叶尧，但也不只叶尧，更有带她结交朋友的凯昕、在社团里格外照顾她的部长、公平公正以身作则的台长等，就像长跑考核，这个班级因为有了出色的领跑人才能全员合格。这个系列的书有三本，都短短的——和《一见如故》相比，《雀翎》和《麦秸》是其他女生做主角，有一个模糊的共同主题，所以叫“成长第三定律”，成长是人与人之间的相互作用产生的。

第一块多米诺骨牌已经被推倒了，那么晓晓会怎样影响大家呢？敬请期待后续的故事吧。

我们下本书再见啦！